AF191418

Das Buch

Wenn du alles verloren hast, geh dorthin, wo dein Herz zu Hause ist.

Als die Zwillingsschwestern Ruby und Elisa nach vielen Jahren zum Geburtstag ihrer Großmutter Gesa an die Nordsee zurückkehren, fühlen sie sich am Meer gleich wieder zu Hause. Einsame Strände, die salzige Luft und das Rauschen der Brandung – all das lässt ihr Herz höher schlagen.

Allerdings gibt ihnen das seltsame Verhalten ihrer Großmutter Rätsel auf. Warum befinden sich in ihrem Haus plötzlich verschlossene Zimmer? Was steckt hinter Oma Gesas Treffen mit ihrem Ex-Mann? Und was hat es mit dem charmanten Conor auf sich, der ebenfalls auf der Geburtstagsgästeliste steht?

Die Autorin

Brigitte Ploenes wurde 1981 in Hattingen geboren und lebt heute mit ihrem Mann und ihrem Sohn im nahegelegenen Bochum, mitten im Ruhrgebiet. Ihre Heimat im Herzen liegt allerdings schon seit vielen Jahren an der Nordsee, weshalb sie auch am liebsten Romane schreibt, die an der Küste spielen.

Mit ihren Büchern verbindet sie ihre Leidenschaft für das Schreiben mit ihrer Liebe zum Meer und dem Lebensgefühl an der Küste. Familie, Freundschaften, Liebe und das alltägliche Leben sind die großen Themen sowohl in ihrem Leben als auch in ihren Büchern.

Das Geheimnis hinter den Dünen

Roman

Brigitte Ploenes

Mehr zur Autorin finden Sie auf
www.brigitteploenes.de, www.facebook.com/autorinbrigitteploenes
und www.feuerwerkeverlag.de/ploenes

Abonnieren Sie auch unseren Verlags- und Autoren-Newsletter und
erfahren Sie so als Erster von unseren **Neuerscheinungen,
Autorennews** und exklusiven **Buch-Gewinnspielen**:
www.feuerwerkeverlag.de/newsletter

Originalausgabe Juni 2022
© FeuerWerke Verlag, alle Rechte vorbehalten
Maracuja GmbH, Laerheider Weg 13, 47669 Wachtendonk
Herstellung: Books on Demand GmbH
Printed in Europe
Umschlaggestaltung: Grit Bomhauer, grit-bomhauer.com unter
Verwendung von © Adobe Stock - lovelyday12 | Florian Kunde |
photallery | Jürgen Fälchle | juriskraulis | photoplotnikov | OLIVER
stockphoto | vetre | Nataliia Pyzhova | Jenny Klein
Lektorat: Ulrike Rücker, Leipzig

ISBN: 978-3-949221-32-3

Kapitelübersicht

Prolog

»ERSTAUNLICH ... wirklich ganz erstaunlich.«

Schwester Marie stand fasziniert vor den Bettchen der Zwillingsschwestern, die in der Nacht zur Welt gekommen waren. Sie arbeitete bereits seit über zwanzig Jahren auf der Kinderstation, hatte unzählige Neugeborene gesehen, und doch konnte sie ihre Überraschung nicht verbergen.

»Kaum zu glauben, dass es sich um Zwillinge handelt.«

Ihre junge Kollegin, Schwester Katja, nickte zustimmend und lächelte.

Sie sah auf die Namensschilder, die am Kopfende der Betten befestigt waren: Elisa und Ruby Weiler. Ihr Blick wechselte immer wieder zwischen den beiden hin und her. Elisa war blass und verzog unzufrieden ihr Mündchen, so als würde sie jeden Moment anfangen zu weinen. Ruby hingegen wirkte ganz ruhig und lag entspannt da, als hätte sie sich bereits in ihrem jungen Leben eingerichtet. Mit den vollen rosigen Wangen war sie einfach ein bildhübsches Baby, und es schien beinah so, als würde sie in dem Moment lächeln, in dem ihre Schwester die Augen aufriss und zu schreien begann.

»Sie wird Hunger haben. Bringen Sie die Kleine bitte zu ihrer Mutter«, wies Schwester Marie ihre Kollegin an und wandte sich dann wieder der kleinen Ruby zu. »Mach deiner Schwester das Leben nicht allzu schwer«, bat sie augenzwinkernd, denn ihr Instinkt verriet ihr, dass Ruby in Zukunft die Herzen nur so zufliegen würden, während sich Elisa vieles schwer würde erkämpfen müssen. Aber vielleicht täuschte sie sich ja auch.

In den nächsten Jahren sollten die Zwillinge noch häufiger Schwester Maries Weg kreuzen.

Als die beiden fünf waren, erschienen sie zum ersten Mal wieder auf der Kinderstation. Die kleine Ruby war im Kindergarten auf einen

Baum geklettert, heruntergefallen und hatte sich den Arm gebrochen. Als Marie ins Behandlungszimmer trat, war dieser bereits eingegipst, Rubys Tränen getrocknet und sie plapperte munter mit der Ärztin und erzählte von ihrem Abenteuer. Und auch nach all den Jahren konnte Marie die zwei auseinanderhalten. Ruby und Elisa hatten beide schulterlange, dunkelblonde Haare, doch Elisas waren zu einem Zopf gebunden und sie trug zwei niedliche Spangen, die ihr die Strähnen aus der Stirn hielten. Rubys Haar hingegen fiel ihr wild ins Gesicht. Ihre Jeans war schmutzig vom Sturz und hatte ein Loch. Ihre Wangen waren vor Aufregung gerötet, während Elisa blass war, sich eingeschüchtert hinter ihrer Mutter versteckte und kein Wort sagte.

Eine ähnliche Szene bot sich Marie vier Jahre später, als Ruby erneut einen Unfall gehabt hatte. Dieses Mal war sie mit dem Fahrrad von einer selbst gebauten Rampe gestürzt und musste wegen einer Gehirnerschütterung ins Krankenhaus und einige Tage bleiben. Ruby genoss es offensichtlich, im Mittelpunkt zu stehen und von ihrem Bett aus klare Anweisungen zu erteilen. Immer wieder huschte ihre Mutter aus dem Zimmer, um ihrer Tochter den gewünschten Schokoriegel oder ein Eis am Kiosk zu besorgen. Wenn Marie das Zimmer betrat, saß Elisa stets an einem Tisch und malte. Sie hob nicht einmal den Blick von ihrem Bild, wenn Marie an ihr vorbeiging oder die Mutter zurückkam. Nichts konnte sie ablenken. Einmal besah sich Marie, was das Mädchen da zeichnete, und erkannte sofort, wie talentiert es war. Die Details in dem Bild waren erstaunlich exakt, die Farben gezielt eingesetzt, sodass die Landschaft lebendig wirkte – auf einer Leinwand und mit Ölfarben gemalt hätte das Bild sicher einen Käufer gefunden. Marie fragte sich, ob jemand das Talent des Mädchens bereits entdeckt hatte.

Nach dieser Begegnung vergingen fünf weitere Jahre, in denen die Zwillinge ihr nicht über den Weg liefen, sie aber doch hin und wieder an die beiden dachte. Vor allem an Elisa. Dann geschah etwas sehr Tragisches, das auch Maries Leben verändern sollte. Es war ihre letzte Arbeitswoche, bevor sie endlich ihren wohlverdienten Ruhestand antreten würde. Eigentlich hatte sie es an ihren verbleibenden Arbeitstagen ruhig angehen lassen wollen. Sie wollte sich von den Kollegen verabschieden, mit allen noch einen Kaffee trinken und über alte Zeiten plaudern. Doch dann hörte sie, dass zwei Schwestern eingeliefert worden waren, die einen Autounfall gehabt hatten. Beide waren wohl nur leicht verletzt, aber die Eltern hatten den Zusammenstoß mit einem entgegenkommenden Wagen nicht überlebt. Marie eilte sofort in das Zimmer der beiden. Ihre Befürchtung bestätigte sich, als sie Ruby und Elisa in ihren Betten liegen sah. Elisa hatte sich das Bein gebrochen, Ruby war mit ein paar Prellungen davongekommen. Beide wirkten mitgenommen, geschockt und erschienen zum ersten Mal in ihrem Leben wie eine Einheit, verbunden durch die Trauer um ihre Eltern.

Marie beschloss, den Schwestern in diesen ersten schrecklichen Tagen beizustehen, und verweilte viele Stunden in ihrem Zimmer. Doch bald erkannte sie, dass Ruby schnell lernen würde, mit dem Erlebten umzugehen und weiterzumachen, während Elisa jemanden brauchen würde, der sie an die Hand nahm.

Doch Marie wusste nicht, wie sie zu dem Mädchen durchdringen konnte, das sich ganz in sich zurückgezogen hatte, bis sie sich an ihre letzte Begegnung erinnerte. Sie kaufte einen Zeichenblock und Pastellfarben und legte sie am nächsten Tag auf Elisas Schoß. Niemals wieder würde Marie das unscheinbare Lächeln auf dem traurigen Gesicht des Mädchens vergessen. Es war die Malerei, die ihr Hoffnung gab. Das verstand sie an diesem Tag. Und plötzlich fühlte sie sich sehr mit Elisa verbunden. Das hatte sie schon immer getan. Und so beschloss Marie, dass sie auch in Zukunft für sie, aber auch für Ruby, da sein würde.

Kapitel 1

15 Jahre später

ELISA legte den Pinsel beiseite und schloss die Augen. Sie versuchte, die Geräusche um sich herum auszublenden – den Straßenlärm, der durch das geöffnete Fenster drang, das Rascheln der Blätter in den herbstlichen Bäumen, das Hupen eines verärgerten Autofahrers ...

In den letzten Wochen hatte sie oft an ihren Lieblingsort denken müssen, doch wenn sie die Szenerie auf die Leinwand bringen wollte, musste sie vor ihrem inneren Auge lebendig werden. Elisa sah die Weiten der Nordsee vor sich, einen breiten, einsamen Strand, glaubte, die salzige Luft zu schmecken und das Rauschen der Brandung zu hören. Die hellen Schreie der Möwen im Wind klangen in ihren Ohren nach. Doch sie konnte das Bild nicht lange festhalten. Sobald sie die Augen öffnete, war sie wieder in ihrem kleinen Atelier – wenn man das winzige Hinterzimmer, das zu ihrem Laden gehörte, denn überhaupt so nennen konnte. Kaum ein Künstler würde sich mit dem wenigen Licht zufriedengeben, das durch das schmale Fenster drang. Dafür befand sich ihr Geschäft direkt in einer kleinen Fußgängerzone und zog daher auch Laufkundschaft an. Außerdem lag ihre Zweizimmerwohnung in der ersten Etage, und so kam sie auch an Regentagen trockenen Fußes zur Arbeit.

Als die Türglocke erklang, stand sie eilig auf, strich sich eine Strähne ihres widerspenstigen Haares aus der Stirn und zog eilig ihren Malerkittel aus. Verärgert bemerkte Elisa, dass sie mit dem Ärmel ihres viel zu weiten Strickpullovers an die geöffnete Farbe geraten war, sodass sich nun ein unschöner grüner Fleck auf dem beigen Stoff befand. Ihre Kleidung wies meistens Farbflecken auf. Sie verkaufte eben nicht nur Kunst, sondern war selbst Künstlerin, auch wenn das vielleicht nicht jeder so sah.

Elisa betrat den Verkaufsraum. Ihre Galerie war nicht besonders groß, und so standen überall verteilt speziell angefertigte Holzträger, in denen etliche Bilder sortiert waren, sodass die Kunden nach ihren neuen Schätzen stöbern konnten. Sie kaufte viele Gemälde von jungen Künstlern an, aber nur die wirklich gelungenen Werke bekamen einen Platz an der Wand oder im Schaufenster. Auch ihre eigenen Bilder standen zum Verkauf, doch meistens platzierte Elisa sie unauffällig hinter anderen. Nur die Werke, von denen sie wirklich überzeugt war, präsentierte sie für die Kunden gut sichtbar.

Auf ihrem Gesicht zeigte sich ein Lächeln, als sie sah, wer ihr Geschäft betreten hatte. Marie war einige Wochen auf Reisen und daher nicht zu Besuch gewesen. Die ehemalige Krankenschwester hatte ihr durch viele schlimme Jahre geholfen. Marie hatte sie motiviert, ihren eigenen Laden zu eröffnen, und sie war es auch gewesen, die ihr immer wieder versichert hatte, wie viel Talent sie doch besaß und dass ihre Bilder etwas ganz Besonderes waren. Und manchmal hatte Elisa ihr sogar geglaubt.

Nach ihrem Urlaub zeigte sich auf Maries Wangen eine gesunde Bräune. Sie wirkte trotz ihres Alters fit und vital. Schon immer hatte sie die pure Lebensfreude ausgestrahlt, und das zeigte sich auch in ihrer Kleidung. Nachdem sie jahrelang nur weiße Kittel getragen hatte, liebte Marie es nun, mit Farben zu spielen. Heute hatte sie eine rote Jeans zu einer gelben Steppjacke und pinkfarbenen Sneakers kombiniert, und was bei anderen vielleicht albern gewirkt hätte, ließ sie einfach nur jugendlich und lebendig erscheinen. Auch wenn nicht immer alles, was Marie trug, gut zusammenpasste, bewunderte Elisa ihren Mut. In ihrem Kleiderschrank dagegen fanden sich überwiegend gedeckte Farben, und wenn sie in einem Geschäft doch einmal zu etwas Auffälligerem griff, wagte sie anschließend nicht, es zu tragen. Elisa war noch nie gerne aufgefallen. In ihren blauen Jeans und den weiten Pullovern fühlte sie sich wohl, und dazu stand sie auch.

Marie strahlte sie an und schloss sie in die Arme.

»Du hast mir gefehlt«, sagte Elisa und drückte sie an sich.

»Du mir auch.«

»Hattest du denn einen schönen Urlaub?«

»Einen wunderschönen sogar.« Marie lachte. »Und ich habe dir etwas mitgebracht.« Sie griff in ihre Umhängetasche und nahm ein Stofftier heraus. Einen bunten Papagei. »Wenn du ihn einschaltest, plappert er alles nach, was du sagst. Vielleicht setzt du ihn auf die Ladentheke, deine Kunden hätten sicher Spaß daran.«

Ein Geschenk dieser Art war typisch für Marie. Elisa nahm es lächelnd entgegen. »Na, mal sehen. Vielleicht bekommt er doch besser einen Platz in meiner Wohnung.«

»Wie du willst, meine Liebe«, lächelte Marie. »Sag mal, wollen wir einen Kaffee trinken gehen? Ich lad dich ein, und dann kann ich dir ausführlich von meiner Reise erzählen. Da habe ich Sachen erlebt, das glaubst du gar nicht.«

»Das würde ich wirklich gerne, aber ich erwarte eine Kundin.« Elisa blickte auf ihre Armbanduhr. »Sie kommt immer gegen drei Uhr.«

»Sprichst du von dieser Dame mit dem aufdringlichen Parfüm, der auffallenden Goldkette und den vielen Ringen?«

»Ja, genau die meine ich. Madame Bonnet … so nennt sie sich selbst, obwohl das niemals ihr wirklicher Name ist. Der ist genauso unecht wie ihr französischer Akzent.« Elisa lachte.

»Na ja, die Hauptsache ist doch, dass sie dir regelmäßig ein paar Werke abkauft.«

»Ja, aber sie interessiert sich immer nur für die Bilder von diesem Conor O'Leary. Und bevor du fragst: Ja, das ist sein richtiger Name. Sein Vater ist Ire.«

Elisa nahm ein Bild in die Hand, das an der Wand lehnte. Es zeigte eine grüne Wiese unter einem blauen Himmel. Sonst nichts. Sie versuchte stets, die Werke junger Künstler wertzuschätzen. Schließlich hatte jeder seinen eigenen Stil, und gerade Kunst konnte vom Betrachter sehr unterschiedlich wahrgenommen werden. Aber das hier war nichts als die Malerei eines Mannes, der sich in ihren Augen kaum die Mühe machte, etwas Besonderes zu schaffen. Schnelle Pinselstriche, die ohne viel Liebe auf eine Leinwand gebracht worden waren. Auch seine anderen Werke waren nicht viel aussagekräftiger. Eine große, runde Sonne, ein Baum auf einer Wiese, eine Blüte auf einem gelben Hintergrund. Und keines der Motive war wirklich gut umgesetzt. Einzig und allein Conors Hartnäckigkeit und vielleicht auch ein wenig sein Charme hatten Elisa überzeugen können, seine Bilder anzukaufen. Sie fragte sich, warum ihre Kundin gerade an diesen Werken so interessiert war.

Dass Conor offenbar an Selbstüberschätzung litt, zeigte sich auch an seinen Preisen, die bei einer dreistelligen Summe begannen und die wohl niemand, außer Madame Bonnet, bereit war, zu zahlen.

»Diesen Conor würde ich gerne mal kennenlernen«, meinte Marie und stellte das Bild zurück zu den anderen.

»Er ist nicht sehr interessant.« Während Elisa das sagte, sah sie verlegen auf ihre Füße.

»Da verrät mir dein Blick aber etwas anderes«, schmunzelte Marie.

»Er ist überheblich und arrogant.« Elisas Wangen färbten sich zunehmend.

»Und gut aussehend?«, vermutete Marie.

»Ja, vielleicht. Ein wenig. Zumindest hat er wunderschöne blaue Augen.«

»Wunderschöne also?«, grinste Marie. »Mehr nicht?«

»Na ja, ein nettes Lächeln hat er auch«, sagte Elisa verlegen. »Aber trotzdem kann ich ihn nicht leiden«, betonte sie. Es klang allerdings nicht sehr überzeugend.

»Und kann er dich leiden?«

»Er wollte das letzte Mal, als er hier war, mit mir essen gehen. Aber ich bin standhaft geblieben und habe Nein gesagt.«

»Aber warum denn?«, fragte Marie verständnislos. »Gegen ein nettes Abendessen ist doch nichts einzuwenden.«

»Wir wissen doch alle, worauf es Typen wie Conor abgesehen haben. Er möchte nur seinen Spaß.«

»Manchmal ist gegen ein wenig Spaß auch nichts einzuwenden. Wann bist du das letzte Mal mit einem Mann ausgegangen?« Marie dachte kurz nach, bevor sie sich die Frage schließlich selbst beantwortete. »Das war doch mit diesem Dennis vor über einem Jahr, der dich zunächst schick ausgeführt und danach nie wieder angerufen hat.«

»Mir fällt es einfach schwer, den Richtigen zu finden. Ich bin eben anders als Ruby.« «

»Ja, deine Schwester lässt wirklich nichts anbrennen. Sie könnte es schon mal etwas ruhiger angehen lassen. Aber du musst definitiv mehr Schwung in dein Leben bringen. Und wenn Conor das nächste Mal hier auftaucht, nimmst du seine Einladung an.«

»Er hat sich für morgen angekündigt.«

»Umso besser. Und dann gehst du mit ihm nett essen und machst dir einen schönen Abend. Sei einfach mal unbeschwert und denk nicht immer so viel über alles nach.«

»Ich weiß nicht …«, stammelte Elisa. Sie war dankbar, dass in diesem Moment erneut die Türglocke erklang und Madame Bonnet den Laden betrat. Elisa und Marie wechselten, angesichts des extravaganten Auftritts der älteren Dame, einen vielsagenden Blick. Dann wandte Elisa sich ihrer Kundin zu. »Schön, Sie wieder einmal in meinem Laden begrüßen zu dürfen. Darf ich Ihnen einige der neu eingetroffenen Werke zeigen?«

»Ja, aber bitte nur die von Conor O'Leary.«

»Was auch sonst«, hörte Elisa Marie im Hintergrund nuscheln.

Ja, was auch sonst … bestätigte sie Maries Worte im Geiste.

Kapitel 2

GESA Weiler betrachtete eher lustlos das Stück Sahnetorte auf dem Teller vor ihr. Und das lag nicht an ihrem mangelnden Appetit, sondern viel mehr an der Person, die ihr in dem kleinen Inselcafé gegenübersaß. Mechthild war schon immer anstrengend gewesen, und Gesa wusste so allmählich nicht mehr, warum sie sich jede Woche erneut auf ein Treffen mit ihr einließ. Vielleicht war es über die Jahre einfach zu einer Gewohnheit geworden. Freitagnachmittags gehörten Kaffee und Torte nun einmal dazu. Doch manchmal wurde es Gesa einfach zu viel. So wie heute. Es regnete und stürmte bereits den ganzen Tag, und sie hatte lange mit sich gehadert, bevor sie sich schließlich doch auf den Weg in den kleinen Ortskern der Insel gemacht hatte. Bei den starken Böen hatte sie nicht einmal einen Schirm aufspannen können, und dementsprechend war sie völlig durchnässt angekommen. Und das nur, um sich Mechthilds endloses Geplapper über ihre neuesten Wehwehchen und die Lasten des Alters anzuhören.

»Heute Morgen hat mir mein Rheuma wieder besonders zu schaffen gemacht«, klagte diese nun und nahm einen Schluck Kaffee. »Aber was erzähle ich dir das? Schließlich wirst du in einem Monat auch schon achtzig.«

Gesa nickte nur. Sie würde doch nicht zu Wort kommen, um irgendetwas zu erwidern.

»Was hast du denn an deinem Ehrentag geplant?«

Sie sah überrascht auf. Drehte sich das Gespräch plötzlich wirklich um sie? »Nichts Besonderes«, antwortete sie. »Wahrscheinlich lasse ich es eher ruhig angehen.«

»Ja, das verstehe ich. In unserem Alter hat man auch kaum noch Interesse an großen Feiern. Und *du* hast dein Leben ja ausgiebig gelebt.« Sie lachte.

Gesa ließ die Gabel fallen und sah ihre Freundin provokativ an. »Was soll das denn heißen? Du tust ja so, als sei ich schon tot und hätte alles hinter mir.« Sie sprach lauter, als sie beabsichtigt hatte. Ein Herr am Nebentisch blickte neugierig zu ihnen herüber. Gesa fiel auf, dass er für sein Alter noch richtig gut aussah. So etwas war ihr noch nie entgangen. Nicht umsonst war sie viermal verheiratet gewesen. Sie fuhr sich durch ihr dunkelrot gefärbtes welliges Haar und fragte sich unweigerlich, ob ihr Lippenstift noch einwandfrei aufgetragen war.

»Ich meine doch nur, dass man in unserem Alter die großen Abenteuer doch nun wirklich hinter sich hat. Und von denen hast du ja einige vorzuweisen.«

»Ja, und ich werde mit meinem Leben auch noch nicht abschließen, nur weil ich achtzig werde«, betonte Gesa. »Mal ganz davon abgesehen, dass ich bestenfalls wie Anfang siebzig aussehe und mich wie in den Vierzigern fühle.«

»Wir haben uns wirklich gut gehalten, nicht wahr?« Mechthild lächelte geschmeichelt.

»Eigentlich habe ich nur von mir gesprochen«, sagte Gesa frei heraus, denn sie sprach immer aus, was sie dachte. »Und wenn ich recht darüber nachdenke, werde ich zu meinem Geburtstag wohl doch ein paar Gäste einladen. Allen voran meine Familie. Schließlich muss ich mich verabschieden, bevor ich auf Reisen gehe.«

»Du gehst auf Reisen?«, fragte Mechthild irritiert. »Das wusste ich ja gar nicht.«

Gesa hatte davon bis vor zwei Minuten selbst noch nichts gewusst. Sie traf gerne spontane Entscheidungen.

»Ich wollte schon immer mal eine Kreuzfahrt machen. Am liebsten um die ganze Welt.«

»Und was wird aus deiner Pension, wenn du so lange unterwegs bist?«

»Da werde ich schon jemanden finden, der die Stellung hält.«

»Du bist immer so unbekümmert«, sagte Mechthild. Doch es klang eher vorwurfsvoll als anerkennend.

»Ja, so bin ich nun mal. Und jetzt entschuldige mich bitte.« Gesa stand auf und ließ ihre Torte unberührt stehen.

»Was hast du denn vor?«

»Ich muss Bekanntschaft mit dem jungen Herrn am Nebentisch machen«, entschied sie kurzerhand. »Mir gefällt sein charmantes Lächeln.«

»Aber …« Mechthild konnte ihr nur mit offenem Mund hinterherschauen. Eigentlich wusste sie nicht, warum sie sich überhaupt jede Woche mit dieser unmöglichen Frau auf ein Stück Kuchen traf. Aber nächsten Freitag würden sie ja doch wieder hier zusammensitzen.

***

Elisa stand unschlüssig vor dem Spiegel. Dabei behielt sie die Wanduhr über ihrem Bett genau im Auge. In zwei Stunden würde Conor eintreffen – im Gepäck einige seiner neuen Werke. Madame Bonnet hatte gestern wieder ordentlich zugeschlagen und sich die anderen Bilder, die Elisa ihr präsentieren wollte, nicht einmal angesehen. Sie würde nie verstehen, was sie an Conors Malstil – wenn man diesen überhaupt so nennen konnte – derart faszinierte. Aber zumindest erzielte Elisa bei jedem Verkauf einen ordentlichen Gewinn und hatte so am Ende des Tages wieder Geld im Portemonnaie. Und das konnte sie gut gebrauchen.

Elisa ging zu ihrem Kleiderschrank und nahm einen figurbetonten roten Rollkragenpullover heraus, den sie nur sehr selten trug. Eigentlich wusste sie selbst nicht, warum sie ihre schlanke Figur stets unter weiter Kleidung versteckte. Manch einer hätte sie um ihre Taille sicherlich beneidet. Sie zog den Pullover über und wählte eine ebenfalls enge Jeans dazu aus. Dann trat sie wieder vor den Spiegel und betrachtete sich. Ihr Haar fiel ihr auf die Schultern, und sie ärgerte sich einmal mehr darüber, dass es so dünn war und sie es nicht länger tragen konnte. Ruby hatte seit Jahren eine freche Kurzhaarfrisur, die ihr ausgezeichnet stand. Meistens sparte sie auch nicht an auffälligen Farbtönen. Letzte Woche waren es lila Strähnen gewesen. Einmal hatte sich Elisa von ihrer Schwester überreden lassen, sich ebenfalls die Haare zu färben, und hatte sich anschließend wochenlang nicht ohne Mütze aus dem Haus getraut. Und das im Sommer.

Elisa nahm eine Bürste, kämmte sich und band ihr Haar zu einem Zopf zusammen. Dabei sah sie sich kritisch ins Gesicht. Ihre Augen waren blassblau und wirkten manchmal etwas müde. Auf ihrer Nase zeigten sich einige Sommersprossen, die sie nicht sonderlich mochte. Und auch ihre Blässe, die sich nicht einmal im Sommer vertreiben ließ, machte sie sicher nicht attraktiver für die Männer. Verzweifelt wandte sie sich ab und ließ sich auf ihr schmales Bett fallen, an dessen Kopfende einige Kuscheltiere saßen. Sie musste an Conor denken. Sicherlich hatte er nur aus Mitleid mit ihr essen gehen wollen und würde kein zweites Mal fragen. Aber was, wenn doch? Wie ging es dann weiter? Sie war nicht sehr geübt darin, mit Männern auszugehen. Worüber würden sie reden? Was würde er von ihr erwarten?

Bevor Elisa weiter in Selbstzweifeln versinken konnte, klingelte es an ihrer Wohnungstür. Eigentlich erwartete sie niemanden. Sie stand eilig auf, öffnete und blickte direkt in das Gesicht ihrer Schwester. Ruby kam nur selten zu Besuch. Meistens war sie viel zu sehr mit ihrem Nebenjob als Kellnerin beschäftigt, mit dem sie ihr Studium finanzierte. Ruby gehörte zu den Studenten, die eigentlich nur aus reiner Ratlosigkeit zur Universität gingen. Sie belegte immer wieder neue Kurse, ohne ein wirkliches Ziel vor Augen zu haben. Ihr gefiel das unbeschwerte Leben aus Nebenjobs und Partys. Wie immer sah Ruby umwerfend aus. Das bemerkte Elisa gerade heute. Sie trug einen engen schwarzen Rock, darunter eine ebenfalls schwarze Strumpfhose und Stiefel. Der rote Kurzmantel rundete das Outfit perfekt ab.

»Was machst du denn hier?«, fragte Elisa überrascht. »Ist etwas passiert?«

»Darf ich nicht einfach mal meine Schwester besuchen?«

»Schon, aber normalerweise tust du das nicht.« Sie trat beiseite und ließ Ruby hinein.

»Marie hat mich gestern Abend besucht.«

»Bei mir war sie auch. Hat sie dir auch so einen lustigen Papagei geschenkt?«

»Ja, und der nervt ziemlich.« Ruby lachte. »Pedro hat ihn an die Wand geworfen, als er ihn in einem sehr unpassenden Moment nachgeahmt hat.«

»Wer ist Pedro?«

»Na, Pedro … Ich habe dir von ihm erzählt. Aber eigentlich brauchst du dir den Namen gar nicht zu merken. Ich werde sicher bald Schluss machen.«

Elisa hatte schon lange aufgegeben, sich die Namen von Rubys neuesten Eroberungen zu merken. Die Männer in ihrem Leben kamen und gingen. Ihre Schwester sah das nicht so eng. Vermutlich musste sie eines Tages erst ihr Herz an jemanden verlieren, um die Liebe ernst zu nehmen.

»Marie hat erzählt, dass du heute ein Date hast.«

»Das ist gar nicht sicher«, entgegnete Elisa verlegen. Sie spürte, dass sie schon wieder rot wurde.

Ruby betrachtete sie nachdenklich. »Der Pullover gefällt mir. Aber du brauchst eine andere Hose, die Jeans ist langweilig.«

»Ich trage immer Jeans«, widersprach Elisa.

»Eben. Lass mich mal einen Blick in deinen Kleiderschrank werfen.« Kaum hatte sie ausgesprochen, lief Ruby schon ins Schlafzimmer und blickte in den Kleiderschrank ihrer Schwester. »Wo versteckst du die interessanten Teile? Du musst doch irgendwo einen Rock oder ein Kleid haben?«

»Ich habe doch diesen Hosenanzug. Den trage ich immer bei Feierlichkeiten«, entgegnete sie kleinlaut.

»Oh, bitte nicht dieses furchtbare beige Ding. Damit siehst du aus wie eine alte Frau.«

»Sehr freundlich«, schnaubte Elisa und setzte sich auf die Bettkante.

Ruby schlüpfte kurzerhand aus ihrem Rock und reichte ihn an ihre Schwester weiter.

»Versuch es mal hiermit. Der sieht sicherlich heiß zu deinem roten Pullover aus.«

»Ich trage keine Röcke«, widersprach Elisa energisch. »Außerdem ist es draußen viel zu kalt.«

»Dafür gibt es Strumpfhosen und Stiefel. Stell dich mal nicht so an.« Ruby setzte sich und entledigte sich auch der letzten Accessoires.

»Probier die.«

»Ich möchte aber nicht …«

19

»Aber ich möchte, dass du meine Sachen wenigstens einmal anprobierst.«

Elisa seufzte. Noch nie hatte sie sich gegen ihre Schwester durchsetzen können. So sehr sie sich auch darüber ärgerte, sie wusste, dass ihre Schwester nicht lockerlassen würde. So war Ruby eben. »Wenn du mich danach in Ruhe lässt …«, sagte sie schließlich, nahm die Kleidungsstücke zögerlich entgegen und tauschte sie gegen ihre Jeans. Dann trat sie vor den Spiegel.

Ruby pfiff anerkennend. »Wahnsinn! Du siehst toll aus. Beinah so gut wie ich.«

»Das bin aber nicht ich«, meinte sie unsicher, obwohl sie ihrer Schwester insgeheim zustimmen musste. Der Rock stand ihr. »Außerdem kannst du ja schlecht nur im Mantel nach Hause gehen.«

»Ich leihe mir einfach deine Jeans, und morgen tauschen wir unsere Klamotten wieder.«

»Ich weiß nicht …«

»Glaub mir. Dieses Outfit wird dein Date umhauen. Ich weiß, wovon ich spreche.«

»Denkst du wirklich?« Elisa strich unsicher über den kurzen Rock.

»Ganz sicher. Ich würde schon mal die Kuscheltiere wegräumen.«

»Ruby!«, rief Elisa entsetzt. »Ich nehme Conor doch nicht beim ersten Date mit in meine Wohnung, und schon gar nicht mit ins Schlafzimmer.«

»Das musst du selbst wissen, aber ich würde mir alle Möglichkeiten offenhalten.« Sie zwinkerte ihr verschwörerisch zu.

»Und morgen erzählst du mir haargenau, wie es gelaufen ist.«

»Ja, das mache ich«, versprach Elisa und sah ihrer Schwester gedankenverloren dabei zu, wie diese in ihre Jeans schlüpfte.

»Gut, dann verschwinde ich jetzt mal wieder. Ich muss heute noch arbeiten, und anschließend mache ich vermutlich mit Pedro Schluss. Aber das überlege ich mir kurzfristig.«

Elisa sah ihrer Schwester kopfschüttelnd nach. Dann warf sie einen zweiten Blick in den Spiegel.

»Und ich überlege mir kurzfristig, ob ich diesen Rock wirklich tragen werde«, nuschelte sie unsicher. Sie bekam schon

Bauchschmerzen, wenn sie nur daran dachte, so auf die Straße zu gehen – über den weiteren Verlauf des Tages wollte sie gar nicht erst nachdenken. Manchmal wünschte Elisa sich, etwas mehr wie ihre Schwester zu sein.

Sie wandte sich den Teddybären, Plüschhunden und anderen Stofftieren zu; Erinnerungen an ihre Kindheit, an Zeiten, in denen das Leben noch leichter gewesen war. Seitdem hatte sich vieles geändert. Außer vielleicht der Tatsache, dass sie und Ruby auch als Erwachsene noch in ihren Rollen gefangen waren. Sie, die Schüchterne, Vernünftige, die nie etwas tat, womit sie anderen hätte wehtun können, und Ruby, die sich einfach alles erlauben konnte, ohne dass man böse auf sie war. Elisa wünschte sich insgeheim, auch mal unvernünftig sein zu können, einmal etwas Verrücktes zu tun, stand sich aber immer selbst im Weg. Sie wusste, dass es allein in ihrer Hand lag, sich zu ändern.

»Vielleicht ist es wirklich an der Zeit, dass ihr mal näher zusammenrückt.« Sie griff zu der leeren Kiste, die unter ihrem Bett stand, verfrachtete die Kuscheltiere mit einer entschlossenen Handbewegung dort hinein und schob sie an ihren Platz zurück.

»Ich gehe nur auf Nummer sicher«, sagte sie dabei. »Später dürft ihr wieder zurückkommen. Versprochen.«

»Versprochen …«, wiederholte der Papagei, den Marie ihr geschenkt hatte. Elisa hatte ihn auf ihrem Nachttisch vergessen.

»Und du kommst auch zu den anderen. Aber vorher schalte ich dich ab.«

»… schalte ich dich ab«, plapperte er erneut ihre Worte nach.

Elisa ließ sich seufzend auf ihr plötzlich so leeres Bett fallen. »Das soll mir was werden«, flüsterte sie so leise, dass selbst der Papagei sie nicht hätte hören können.

Kapitel 3

RUBYS Wohnung lag in einem sechsstöckigen, grauen Kastenbau, umgeben von vielen anderen ähnlich trostlosen Gebäuden. In dem Viertel lebten überwiegend Studenten, und sie hatte sich trotz des wenig attraktiven Umfelds immer sehr wohl hier gefühlt. Ruby hatte viele Freunde in der Nachbarschaft. Man musste nie lange nach der nächsten Party suchen, und sollte doch mal nichts los sein, brachte sie die U-Bahn schnell zu den umliegenden Cafés, in eine Bar oder einen Club. Das war es, was sie so sehr an dem Leben in der Großstadt liebte.

Doch vor einigen Wochen war bekannt geworden, dass man in naher Zukunft das baufällige Haus, in dem sie wohnte, kernsanieren würde und die Mieter aufgrund der Arbeiten ihre Wohnungen zeitnah räumen mussten. Ruby konnte das durchaus nachvollziehen, auch wenn sie die offensichtlichen Mängel nach so langer Zeit kaum noch wahrnahm. Im Hausflur bröckelte der Putz von den Wänden, die Keller waren ganzjährig so feucht, dass man in ihnen nichts lagern konnte, und in den Wohnungen waren die Fenster undicht, sodass sich in einem langen Winter ebenfalls schnell Schimmel an den Wänden bildete. Elisa hatte sie schon oft gedrängt, sich endlich eine andere Bleibe zu suchen. Aber dies hier war Rubys erste eigene Wohnung, und auch wenn es für Außenstehende kaum vorstellbar war, waren diese vierzig Quadratmeter Rubys Zuhause, in dem sie sich sicher und geborgen fühlte. Umso mehr traf Ruby der Brief, den sie aus dem Briefkasten zog. Sie hatte ihn seit einigen Tagen erwartet, doch nun würde er das Unvermeidliche ankündigen und es somit noch realer machen. Ruby hielt den Umschlag sekundenlang in ihren Händen und starrte auf den Absender: die Wohnungsgenossenschaft, die das Gebäude verwaltete, wohlwissend, dass der Inhalt ihre schlimmsten Befürchtungen wahrwerden lassen würde. Kurzerhand beschloss sie, erst einmal nicht hineinzusehen. Das konnte auch noch bis heute Abend warten. Sie ließ den Brief in ihrer Umhängetasche verschwinden und machte sich auf den Weg in die fünfte Etage. Leider funktionierte der Fahrstuhl seit einigen Wochen nicht mehr. Aber das viele Treppensteigen ersetzte zumindest ein teures Fitnessstudio, besonders wenn man gleichzeitig mit drei Einkaufstaschen beladen war.

Oben angekommen hörte sie, dass laute Musik aus ihrer Wohnung in den Flur drang. Ruby seufzte. Es ärgerte sie, dass sie Pedro ihren Zweitschlüssel überlassen hatte. Seitdem kam er auch her, wenn sie nicht zu Hause war. Und das störte sie zunehmend. Es war wirklich an der Zeit, dass sie sich endlich von ihm trennte. Sie hatten sich vor zwei Monaten auf einer Party kennengelernt und auf Anhieb gut verstanden. Er war ein netter Typ, gut aussehend und unterhaltsam. Pedro studierte auf Kosten seiner wohlhabenden Eltern und konnte es sich erlauben, in den Tag hineinzuleben. Er schlief bis mittags, setzte sich dann lieber vor seinen PC als in einen Hörsaal und feierte anschließend die Nächte durch. Anfänglich hatte Ruby sich gerne von diesem Lebensstil mitreißen lassen, aber letztlich blieb ihr, anders als Pedro, kaum eine andere Wahl, als täglich zur Arbeit zu gehen, auch wenn ihr dazu viel zu oft die Motivation fehlte. Doch sie musste ihre Miete eben selbst aufbringen, hatte keine Eltern, die ihr Leben finanzierten.

Wieder wanderten ihre Gedanken zurück zu dem Umschlag in ihrer Tasche. Sie ignorierte das Ziehen in der Magengegend und betrat ihre Wohnung. In dem kleinen Eingangsbereich stapelten sich Jacken und Schuhe, die achtlos auf dem Boden verstreut lagen. Aus dem Wohnzimmer drangen, neben der Musik, laute Stimmen und Gelächter. Es roch nach Zigaretten. Ruby war selbst kein großer Ordnungsfanatiker, aber als sie Pedro und vier seiner Freunde auf ihrem schmalen Sofa und dem Fußboden sitzen sah, um sich herum Bierflaschen und Chipstüten verteilt, musste sie kurz Luft holen. An den Fernseher hatten sie eine Spielekonsole angeschlossen und waren von dem Spiel derart fasziniert, dass sie Rubys Eintreten gar nicht bemerkten. Sie bahnte sich einen Weg durch den kleinen Raum, um das Fenster zu öffnen.

»Oh, da bist du ja schon«, sagte Pedro, ohne vom Bildschirm aufzusehen.

»Was macht ihr hier?«, fragte Ruby. »Kannst du deine Freunde nicht mit zu dir nehmen?«

»Meine Eltern ertragen die laute Musik nicht.«

Bei Pedros Wohnung handelte es sich um ein kleines Kellerapartment im Hause seiner Eltern. Daher trafen sich die beiden auch zumeist bei Ruby.

»Vielleicht brauche ich ja heute auch ein bisschen Ruhe.« Sie ging zur Anlage und stellte die Musik leiser.

»Seit wann brauchst du denn Ruhe?« Pedro lachte.

»Muss ich das vielleicht rechtfertigen? Das ist meine Wohnung.«

»Komm schon«, säuselte Pedro süßlich und erhob sich, um sie in den Arm zu nehmen. »Ich dachte, du wärst bei der Arbeit und es würde dich nicht stören, wenn wir hier ein bisschen abhängen.«

»Ich wollte mich nur schnell umziehen, dann bin ich wieder weg.«

»Setz dich doch zu uns.« Pedro streckte seine Arme aus.

»Nein, wirklich nicht. Ich muss zur Arbeit.« Sie wusste, dass ihr Widerstand längst bröckelte, und wenn er sie so anblickte, verflog ihr Ärger auf ihn sofort.

»Komm schon. Mit uns ist es doch viel lustiger. Wir haben noch Bier.«

Tatsächlich war Pedros Angebot verlockend. Draußen war es heute kalt und ungemütlich, und Ruby hatte wenig Lust, noch einmal vor die Tür zu gehen. Vielleicht würde sie sich einfach krankmelden, ein paar Stunden mit Pedro und seinen Kumpels auf der Couch verbringen und sie anschließend alle rausschmeißen, um ein heißes Bad zu nehmen. Pedro hatte Glück, sie würde die Trennung noch ein paar Tage aufschieben. Denn wenn es darum ging, sie aufzuheitern, war er genau der richtige Mann.

»Na gut«, gab sie also nach und nahm die Bierflasche entgegen. Dann riss sie Pedro den Controller aus der Hand und lachte. »Jetzt zeig ich euch mal, wie das geht.«

Ruby nahm sich vor, für heute all ihre Sorgen zu verdrängen. Darin war sie schon immer viel geschickter gewesen als ihre Schwester, die sich um alles und jeden den Kopf zerbrach. Denn die meisten Probleme konnten schließlich auch bis zum nächsten Tag warten.

Elisa lief unruhig auf und ab und warf immer mal wieder einen Blick durch das Schaufenster auf die Straße. Eigentlich hätte Conor längst da sein müssen. Aber von ihren letzten Treffen wusste sie bereits, dass er es mit der Pünktlichkeit nicht so genau nahm. Sie blieb gedankenverloren vor einem ihrer Bilder stehen – eines der wenigen Werke, die es aus der dunklen Ecke an die Wand geschafft hatten. Es zeigte einen Leuchtturm auf der Klippe einer Steilküste. Elisa liebte maritime Motive. Schließlich hatte das Leben an der Küste einen großen Teil ihrer Jugend geprägt. Nach dem Tod ihrer Eltern hatte sie in einsamen, langen Strandspaziergängen oft Trost gefunden, die Weite des Meeres spendete ihr Kraft. Wieder musste sie an die Aussicht aus ihrem kleinen Zimmer im Hause ihrer Großmutter denken. Stundenlang hatte sie die Brandung beobachtet, sich in den Wellen verloren, die mal sanft, mal kraftvoll an Land rollten. Es war diese Szenerie, die ihr so sehr am Herzen lag, dass Elisa sie unbedingt auf einer Leinwand zum Leben erwecken wollte. Doch wenn sie dieses Werk schuf, dann sollte es so perfekt wie in ihren Erinnerungen werden.

Elisa versuchte, sich wieder aufs Hier und Jetzt zu konzentrieren. Sie sah an sich hinunter und bekam erneut Zweifel an dem ungewöhnlichen Outfit, das Ruby ihr aufgedrängt hatte. In diesem Rock war sie einfach nicht sie selbst, und plötzlich wünschte sie sich nichts mehr, als das Kleidungsstück wieder gegen ihre gewohnten Jeans zu tauschen. Sie ärgerte sich, dass sie sich hatte überreden lassen, obwohl ihr doch klar war, dass sie Conor nur dann selbstbewusst gegenübertreten konnte, wenn sie Kleidung trug, in der sie sich sicher fühlte. Elisa wollte gerade nach oben eilen, um sich umzuziehen, da erklang das vertraute Läuten der Ladenglocke und *er* betrat das Geschäft. Sie hatte nicht einmal bemerkt, dass er mit seinem Wagen vorgefahren war. Conor sah wie immer umwerfend aus, und Elisa musste sich beherrschen, um sich nicht augenblicklich in seinen schönen blauen Augen zu verlieren. Er fuhr sich lächelnd durch das dunkle, feuchte Haar. Draußen regnete es noch immer, und er war auf dem kleinen Stück von seinem Auto bis hierher ordentlich nass geworden.

Elisa entging Conors überraschter Blick nicht. Er kam nun bereits seit über einem Jahr, etwa alle zwei Monate, in ihr Geschäft, um neue Bilder abzuliefern, und wusste daher, dass Elisa ausschließlich Jeans und weite Oberteile trug.

»Du siehst gut aus«, bemerkte er ohne Umschweife. »So anders als sonst.«

»Danke«, war das Einzige, was Elisa herausbrachte.

Er kam auf sie zu und deutete auf das Leuchtturmbild.

»Du hast es immer noch nicht verkauft?«

Elisa hatte einmal erwähnt, dass dieses Werk eines der wenigen war, auf das sie wirklich stolz war, doch einen Käufer hatte es noch nicht gefunden. »Leider nicht. Aber einige deiner Bilder wurden von dieser exzentrischen Dame, Madame Bonnet, erworben. Sie scheint ein wahrer Bewunderer deiner Arbeit zu sein.«

»Dann wird sie sich freuen, dass ich vier neue Werke im Wagen habe. Ich hole sie, sobald der Regen nachlässt.«

Elisa lächelte unsicher. Sie wollte die Hände in den Taschen ihrer Jeans vergraben, erinnerte sich aber noch rechtzeitig daran, dass dies ja leider nicht möglich war. »Möchtest du einen Kaffee? Es ist ja ziemlich kalt da draußen.«

»Gerne«, nickte er lächelnd.

»Wenn du magst, können wir in das Café an der Ecke gehen. Die haben dort sehr guten Kuchen und …«

»Ich möchte meine Bilder eigentlich nicht so gern unbewacht im Auto lassen.«

»Dann trinken wir einfach hier einen Kaffee. Ich habe auch noch Kuchen oben in meiner Wohnung. Wenn du magst, schneide ich uns etwas ab und …«

»Ich mache dir einen anderen Vorschlag«, fiel Conor ihr erneut ins Wort. Er legte eine Hand auf ihre Schulter. Elisa spürte, dass ihr Herzschlag sich beschleunigte. »Wir trinken jetzt einen Kaffee zusammen, warten dabei den Regen ab, und sobald ich meine Bilder sicher im Laden weiß, lade ich dich in ein schönes Restaurant ein.«

»Das hört sich gut an«, entgegnete sie leise. Für Conor würde sie sogar mal eine Ausnahme machen und die Galerie früher schließen. Und während sie in das Hinterzimmer ging, um Kaffee aufzusetzen, nahm sie sich fest vor, die Ratschläge von Marie und Ruby zu beherzigen. Nur heute würde sie einmal nicht auf ihren Kopf, sondern ausschließlich auf ihr Herz hören und für alles offen sein. Der Abend mit Conor sollte unvergesslich werden, egal was morgen kam.

Conor hörte ein Klirren aus dem Hinterzimmer, dem ein leises Fluchen folgte. Er schüttelte lächelnd den Kopf.

»Mir ist eine Tasse zu Bruch gegangen!«, rief Elisa ihm zu. »Und das Kaffeepulver ist leider auch aufgebraucht. Ich laufe schnell nach oben in meine Wohnung und setze uns dort zwei Tassen auf.«

»Lass dir ruhig Zeit. Ich halte solange die Stellung im Laden«, versprach er.

Erst nachdem Elisa die Treppe hinaufgeeilt war, trat er an das Fenster und blickte nach draußen. Der Regen hatte immer noch nicht nachgelassen, und es waren nur wenige Menschen unterwegs. Hin und wieder fuhr ein Wagen vorbei, doch niemand schien sich auffällig zu verhalten. Und doch blieb das seltsame Gefühl, das ihn bereits auf dem gesamten Weg vom Flughafen hierher nicht losgelassen hatte. Irgendjemand hatte ihn beobachtet. Und zwar jemand, der genau wusste, was er tat, und immer im richtigen Moment hinter einer Hausecke verschwand oder in einer Menschenmenge untertauchte. Er hatte ihn nicht entdecken können und doch gespürt, dass er da war. Und das bereitete Conor große Sorgen. Vielleicht war es das Beste, so bald wie möglich wieder abzureisen und seinen Aufenthalt nicht unnötig in die Länge zu ziehen.

»Warum stehst du da am Fenster? Gibt es etwas Interessantes zu sehen?«

Elisa war mit zwei dampfenden Tassen in der Hand zurückgekommen. Sie lächelte schüchtern. Conor wusste manchmal nicht, was er von ihr halten sollte. Elisa gehörte wohl zu den unsichersten Menschen, die er kannte, und doch schien sie genau zu wissen, was sie vom Leben erwartete. Seit beinah drei Jahren führte sie nun erfolgreich ihre kleine Kunstgalerie, hatte eine feste

Stammkundschaft und war nebenbei selbst eine begabte Künstlerin. Er hatte einige ihrer Bilder im Laden gesehen und wusste, dass sie es nicht verdienten, in irgendwelchen Ecken zu verstauben. Schon einige Male hatte er sie zu überreden versucht, mehr von sich und ihrem Talent nach außen zu tragen. Sie musste einfach mal aus sich herauskommen. Vielleicht war ihr neues Outfit ja der erste Schritt in die richtige Richtung. Gerade noch hatte Conor mit dem Gedanken gespielt, seine Bilder schnell abzuladen und dann wieder zu verschwinden, denn das Gefühl, verfolgt zu werden, ließ ihm einfach keine Ruhe. Aber jetzt, da Elisa so vor ihm stand, konnte er es nicht übers Herz bringen, den versprochenen Restaurantbesuch abzusagen. Er musste sich etwas anderes einfallen lassen.

»Was hältst du davon, wenn wir jetzt sofort essen gehen?«

»Aber es ist doch erst halb vier – zu spät für ein Mittag- und zu früh für ein Abendessen.«

»Es ist nur so, dass ich ziemlichen Hunger habe. Im Flugzeug gab es leider nichts Vernünftiges.«

»Ich hole dir ein Stück Kuchen, okay?«

»Nein«, widersprach er. Conor hörte selbst, wie ungeduldig er klang, und riss sich zusammen. »Ich würde viel lieber in ein schönes Restaurant gehen. Zusammen mit dir.« Er lächelte charmant, doch Elisa zögerte.

»Das geht nicht. Mein Laden hat noch bis sechs geöffnet, und ich schließe niemals früher.« Ihr Widerspruch klang sehr halbherzig.

In diesem Moment nahm er aus dem Augenwinkel eine Bewegung auf der Straße wahr. Er sah aus dem Schaufenster und entdeckte eine junge Frau. Mit aufgespanntem Regenschirm überquerte sie die Straße und lief direkt auf das Geschäft zu.

»Ich mache dir einen Vorschlag«, meinte Conor. »Wenn ich es schaffe, der Frau dein Leuchtturmbild zu verkaufen, dann machst du den Laden zu und gehst mit mir essen.«

»Das wird dir niemals gelingen.« Elisa musterte die Kundin. Sie war etwa Anfang dreißig und wirkte in ihrem Hosenanzug wie die typische Karrierefrau. Vermutlich hatte sie eine schicke Wohnung in der Stadt und war auf der Suche nach einem abstrakten Gemälde für ihr modernes Wohnzimmer.

»Lässt du dich auf den Deal ein?«, fragte Conor leise, denn die Frau hatte mittlerweile die Tür erreicht.

»Ja, einverstanden«, stimmte Elisa zu und zog sich hinter die Ladentheke zurück.

»Guten Tag«, begrüßte Conor die Kundin, die soeben eintrat, und lächelte einnehmend. »Kann ich Ihnen behilflich sein?«

»Ich möchte mich nur etwas umschauen«, sagte sie.

»Sehr gerne. Aber falls Sie Hilfe brauchen, wenden Sie sich jederzeit an mich.«

Sie nickte ihm knapp zu. Elisa erkannte sofort, dass es eine der Kundinnen war, die möglichst in Ruhe gelassen werden wollten. Vermutlich würde sie nur einen schnellen Blick auf die Bilder werfen und innerhalb von fünf Minuten wieder verschwinden. Und tatsächlich betrachtete sie die Gemälde an der Wand nur im Vorübergehen. Auch den Bildern in den Holzträgern schenkte sie nur wenig Aufmerksamkeit. Elisa wusste, dass sie dringend eine größere Verkaufsfläche benötigte. Denn momentan besaß ihr Geschäft eher den Charme eines Trödelladens als einer wirklichen Galerie.

Die Frau blieb vor einem Ölgemälde stehen, das sich durch unruhige Farbmuster auszeichnete. Eines der Werke, die vom Betrachter wohlwollend als Kunst oder auch einfach nur als wilde Schmiererei wahrgenommen werden konnte. Elisa wusste, dass die Künstlerin recht erfolgreich war, auch wenn ihr persönlich dieser Stil nicht zusagte.

Die Kundin betrachtete das Werk eingehend, und als sie, offensichtlich ernsthaft interessiert, einen Blick auf das Preisschild warf, trat Conor an sie heran. »Darf ich fragen, für welches Zimmer es gedacht ist?«

»Für mein Schlafzimmer«, sagte sie knapp. »Es soll über dem Bett hängen.«

Conor nickte zögerlich. »Verstehe …«

»Sie scheinen ja nicht sonderlich überzeugt«, bemerkte die Kundin irritiert.

»Es ist nur so, dass ich kein gutes Gefühl dabei habe, ausgerechnet dieses Bild an Sie zu verkaufen.«

Elisa musste sich beherrschen, um nicht dazwischenzugehen. Hoffentlich wusste Conor, was er tat.

»Und woher rührt dieses Gefühl?«, fragte sie verständnislos.

Elisa gab dem Ganzen noch fünf Minuten. Dann würde die Frau gehen und sich eine Galerie suchen, in der nicht nur scheinbar Verrückte arbeiteten.

»Ich erkenne es in Ihren Augen«, säuselte Conor.

Elisa schnappte erschrocken nach Luft. Das konnte sie nicht zulassen. »Was mein Mitarbeiter sagen wollte …«, begann sie, doch Conor ließ sie nicht ausreden.

»Wissen Sie«, fuhr er fort und machte einen Schritt auf die Dame zu, »wenn man, so wie Sie, erfolgreich durchs Leben geht, immer auf den perfekten Auftritt bedacht, dann verdient man am Abend, wenn man heimkehrt, einen gemütlichen, sicheren Ort. Ein Zuhause sollte einem nichts als Geborgenheit schenken.«

»So, meinen Sie?« Ihre Stimmlage hatte sich verändert. Sie klang plötzlich sanfter.

»Jeder von uns braucht doch eine Auszeit vom hektischen Alltag.«

»Und die bietet mir dieses Bild nicht?«

»Nein«, sagte Conor aus voller Überzeugung. Ohne eine Begründung abzuliefern, schritt er zielstrebig auf das Leuchtturmgemälde zu. »Spüren Sie es?«, fragte er und blickte die Frau auffordernd an.

Diese wandte sich nun mit gerunzelter Stirn dem Bild zu, starrte eine Weile darauf und antwortete dann: »Nein, was denn?«

»Die Kraft und Ruhe, die von diesem Bild ausgehen.«

»Also, ich weiß nicht …«, stammelte sie.

»Sie müssen es auf sich wirken lassen. Betrachten Sie es ganz in Ruhe. Blenden Sie nur für ein paar Minuten all die Dinge aus, die Sie heute erlebt haben. Die Hektik im Büro, den Stress mit den Kollegen … Lassen Sie sich völlig darauf ein.«

»Aber dieses Bild entspricht so gar nicht den Werken, die ich für gewöhnlich kaufe.«

Elisa bemerkte, dass ihr Widerspruch nur sehr halbherzig klang.

»Sie scheinen mir doch eine starke, selbstbewusste Frau zu sein. Und ein Leuchtturm steht doch praktisch für genau diese Stärke. Also können Sie mir doch nicht weismachen, dass das Bild nicht zu Ihnen passen würde.«

Sie zögerte und schien in ihrer Entscheidung offenbar hin- und hergerissen zu sein. Tatsächlich verweilte sie einen Augenblick vor dem Bild und schenkte ihm ihre volle Aufmerksamkeit. »Vielleicht würde es sich doch sehr gut über meinem Bett machen«, überlegte sie.

Elisa glaubte, ihren Ohren nicht zu trauen.

»Ich wusste, dass Sie jemand sind, der stets die richtigen Entscheidungen trifft«, sagte Conor lächelnd.

»Sie haben mich überzeugt.« Die Kundin klang plötzlich erleichtert. »Ich nehme es.«

»Sie werden Ihre Wahl nicht bereuen«, versicherte Conor ihr.

Erst nachdem die Frau den Laden wieder verlassen hatte, kam Elisa hinter der Theke hervor.

»Ich kann es nicht glauben«, sagte sie und lachte glücklich auf. »Das Bild hängt seit Monaten an der Wand, und du verkaufst es an jemanden, der es eigentlich gar nicht haben möchte.«

»Ich habe eben großen Hunger und möchte jetzt endlich mit dir essen gehen«, entgegnete Conor grinsend.

»Und das hast du dir auch verdient«, meinte Elisa und betrachtete zufrieden die nun kahle Stelle an der Wand, an der zuvor ihr Bild gehangen hatte – und das über Monate. Nachträglich konnte sie Conors Verkaufsstrategie durchaus etwas abgewinnen. Zumindest war es unterhaltsam gewesen. »Ich hole mir nur schnell eine Jacke, und dann können wir los.«

»Und ich schaffe vorher noch meine Bilder in den Laden. Es hat gerade aufgehört zu regnen.«

Während Elisa in ihre Wohnung verschwand, eilte Conor zu seinem Wagen. Dabei warf er immer wieder einen Blick die Straße hinunter. Er nahm die Bilder aus dem Kofferraum, ging zurück und stellte sie hinter der Ladentheke ab. Elisa würde schon einen geeigneten Platz finden.

Während er wartete und auf seine Bilder sah, befiel ihn ein ungutes Gefühl. Conor wusste, dass die Bilder hier sicher waren. Elisa hatte eine ordentliche Alarmanlage und schloss die Ladentür immer zweimal ab, und dennoch …

Kapitel 4

SEIT vielen Jahren malte Elisa sich ihr Traumdate aus. Ein gutes Essen in einem schicken Restaurant bei Kerzenschein, danach ein Spaziergang Hand in Hand durch eine milde Frühlingsnacht und ein Kuss zum Abschied. Dass das Ganze natürlich bereits daran scheitern würde, dass heute ein kalter, verregneter Herbsttag war, hätte Elisa noch nicht aus der Fassung bringen können. Schließlich hatten Spaziergänge unter einem gemeinsamen Regenschirm auch etwas Romantisches. Aber dass sie und Conor eine Stunde später in einer Imbissbude in der Fußgängerzone saßen und Currywurst aßen, passte so gar nicht in ihre Vorstellung von einem perfekten Date. Sie hatten sich große Mühe gegeben, ein passendes Restaurant zu finden, aber die meisten Lokale öffneten erst wieder gegen siebzehn Uhr, und da Conor wohl wirklich sehr hungrig war, hatte Elisa eben nachgegeben. Sie gab viel zu oft nach. Das wusste sie. Und doch geschah es immer wieder. Conor schien es wenig zu stören, auf einem Klappstuhl an einem mit Ketchup beschmierten Plastiktisch zu sitzen, während im Hintergrund das Fett in der Fritteuse zischte und es nach Pommes und Brathähnchen roch. Und während er fröhlich über dies und jenes redete, erkannte Elisa mit einem Mal, dass dies überhaupt kein Date war. Er hatte sie ausschließlich zum Essen eingeladen, um seinen Hunger zu stillen. Nicht mehr und nicht weniger. Sie fühlte sich plötzlich sehr dumm. Warum sollte ein gut aussehender Mann wie Conor auch nur das geringste Interesse an ihr haben? Schließlich war sie nicht Ruby, der die Herzen nur so zuflogen.

»Alles in Ordnung?« Conor hatte bemerkt, dass sie lustlos in ihren Pommes herumstocherte.

»Ja, ich war nur in Gedanken.«

»Wir sollten darauf anstoßen, dass dein Bild eine Käuferin gefunden hat.« Er hob den Plastikbecher und lächelte.

Elisa tat es ihm gleich. »Ja, das hast du wirklich gut hinbekommen. Du scheinst der geborene Verkäufer zu sein.«

»Das muss man bei deinen Bildern gar nicht. Du bist so talentiert.«

»Danke«, murmelte sie geschmeichelt. »Nett, dass du das sagst.«

»Ich meine es auch genau so«, versicherte er ihr.

Elisa beschloss, das Thema zu wechseln. Sie fühlte sich unwohl, wenn sich das Gespräch um sie drehte. »Wirst du heute noch abreisen oder hast du dir ein Hotelzimmer genommen?«

»Ich werde wohl direkt heute Abend einen Flug zurück nach Irland nehmen«, erklärte er, dann setzte er schnell hinzu: »Aber ich weiß es noch nicht genau.«

Elisa fragte sich, ob seine Unentschlossenheit auch etwas mit ihr zu tun hatte. Vielleicht wartete Conor auf ein Zeichen von ihr, vielleicht war es ja doch ein Date, und nun wollte er erst einmal sehen, in welche Richtung sich dieses entwickeln würde. Ruby war gut darin, eindeutige Signale an ihre männlichen Begleiter zu senden. Aber Ruby wusste schließlich auch immer, was sie wollte.

Elisa schob ihren Teller von sich und lehnte sich zurück.

»Du hast ja kaum etwas angerührt«, bemerkte Conor. »Schmeckt es dir nicht?«

»Nicht so richtig«, entgegnete sie, offenbar zu laut, denn der übergewichtige Mann hinter der Theke drehte sich mit einem fassungslosen Gesichtsausdruck zu ihr. Er ließ die Zange sinken, mit der er bis eben noch leidenschaftlich die Würstchen auf dem Grill gewendet hatte, wischte sich seine fettigen Hände an der fleckigen Schürze ab und machte einen Schritt nach vorne. »Ihnen schmeckt meine Currywurst nicht?«

»Doch, es ist nur …« Elisa suchte nach den richtigen Worten.

»Junge Dame«, unterbrach der Mann sie und stemmte seine Hände in die Hüften. »Sehen Sie die Urkunde an der Wand neben Ihrem Tisch?«

Elisa blickte in die Richtung, in die er zeigte. Tatsächlich hing dort eine gerahmte Auszeichnung, das Glas war bereits milchig geworden. Sie konnte nicht sofort erkennen, was auf dem Dokument geschrieben stand, versuchte aber, beeindruckt auszusehen.

»Ja, Sie haben ganz richtig gelesen. Ich wurde für meine Spezialsoße ausgezeichnet. Es handelt sich dabei um ein altes Familienrezept – schon meine Urgroßeltern haben einen eigenen Imbiss besessen.« Er klang sehr stolz.

»Die Soße schmeckt mir ja auch«, sagte Elisa schnell. Sie bemerkte, dass Conor sich offenbar über den Wortwechsel amüsierte, und beantwortete sein Grinsen mit einem vorwurfsvollen Blick.

»Was ist es dann? Etwa die Bratwurst? Die bekomme ich jeden Tag von einem Metzger geliefert, der ebenfalls ausgezeichnet wurde.«

»Oh Mann, das sind ja ganz schön viele Auszeichnungen.« Elisa spürte, dass sie zu schwitzen begann. Der Imbissinhaber machte sie nervös. »Es schmeckt alles wirklich gut. Ich habe einfach keinen großen Appetit, aber das liegt auf keinen Fall an Ihrem Essen.«

»Und warum sagen Sie das dann? Stellen Sie sich mal vor, jemand hätte das gehört und es würde sich in der Stadt herumsprechen, dass mein Essen nicht schmeckt. Ich habe schließlich einen Ruf zu verlieren.«

»Aber wir sind doch schon die ganze Zeit allein«, entgegnete sie kleinlaut.

»Möchten Sie damit andeuten, dass ich nicht genug Gäste habe?«, fragte der Mann nun immer aufgebrachter und blinzelte sie böse an.

So langsam reichte es Elisa. Erst hatte Conor ihr romantisches Date in diesen schmuddeligen Imbiss verlegt, und dann führte der Besitzer sich so auf, als wäre er der Inhaber eines französischen Sternerestaurants. Sie stand auf und machte einen Schritt auf ihn zu.

»Wenn Sie so viel Wert auf ein gutes Image legen, sollten Sie in Zukunft erst einmal die Tische abwischen, bevor neue Gäste kommen. Aber bitte nicht mit dem schmuddeligen Lappen, der dort hinten in der Spüle liegt. Und lüften könnten Sie auch mal wieder. Hier riecht es so sehr nach altem Fett, dass einem der Appetit ja vergehen muss. Es ist doch nicht zu viel verlangt, für seine Gäste ein nettes Ambiente zu schaffen, oder?«

»Also …«, brachte ihr Gegenüber noch heraus, dann fehlten ihm offenbar die Worte.

Dafür zeigte sich auf Elisas Gesicht ein breites Grinsen. Sie war selbst über ihren Auftritt erstaunt. Aber es hatte sich gut angefühlt.

Vielleicht sollte sie öfter einmal aus sich herauskommen. Gerade wenn die Leute einen unterschätzten, war die Wirkung erstaunlich.

»Vielleicht gehen wir jetzt besser«, entschied Conor schmunzelnd. Während er das Pappgeschirr vom Tisch räumte, stürzte Elisa aus dem Imbiss. Sie brauchte dringend ein paar Sekunden, um nachzudenken. Sollte sie Conor bitten, sie nach Hause zu begleiten? Sie könnte ihn auf einen gemeinsamen Kaffee in ihre Wohnung einladen. Aber wenn er nicht auf ein Zeichen von ihr wartete, würde er das dann nicht als aufdringlich empfinden? Elisa blickte unschlüssig die gut besuchte Fußgängerzone hinunter, als Conor schließlich zu ihr stieß.

»Dem hast du es aber gegeben«, meinte er lachend und klopfte Elisa kumpelhaft auf die Schulter. Wieder eine dieser freundschaftlichen Gesten, die er ihr gegenüber so oft zeigte. Vermutlich hatte sie einfach zu viel in seine Einladung hineininterpretiert. Elisa nickte nur.

»Alles okay mit dir?«

»Ja, es ist nur …«

»Du bist enttäuscht, weil unser geplanter Restaurantbesuch hier geendet hat, oder?« Er deutete zum Eingang der Imbissbude.

Es überraschte sie, wie durchschaubar sie offensichtlich war. »Nein, warum denn?« Elisa lachte angestrengt. »Du hattest Hunger, und die Restaurants waren eben noch geschlossen. Da war das hier doch die beste Lösung.«

Sie blickte verlegen zur Seite, als Conor dicht vor ihr stehen blieb und ihr eine Haarsträhne aus dem Gesicht strich. Er lächelte sanft.

»Lädst du mich noch auf eine Tasse Kaffee zu dir ein?«

»Wenn du möchtest.« Auf Elisas Gesicht zeigte sich ein zaghaftes Lächeln. Es war wohl ihrer aufsteigenden Nervosität geschuldet, dass sie Conors unruhigen Blick nicht bemerkte, der immer wieder prüfend die Straße auf und ab wanderte.

»Ja, sehr gerne«, entgegnete er.

Und während sie so Seite an Seite durch den Regen spazierten, schöpfte Elisa wieder neue Hoffnung. Vielleicht würde sich ja doch noch alles zum Guten wenden.

***

Gesa war schlecht gelaunt, als sie am späten Nachmittag ihr weißes Reetdachhaus erreichte. Sie gab es nicht gerne zu, aber dass Mechthild ihren bevorstehenden Geburtstag angesprochen hatte, ärgerte sie. Gesa lebte stets nach dem Motto: *Man ist so alt, wie man sich fühlt.* Und dennoch machte ihr die Achtzig mehr zu schaffen, als sie sich selbst eingestehen wollte. Sie wusste aber nicht, woran das lag. Sie hatte schon so viele Hürden in ihrem langen Leben überwunden, da sollte ihr so eine Zahl doch nichts ausmachen.

Gesa blieb nachdenklich vor der Eingangstür stehen und betrachtete kritisch ihr Spiegelbild in der eingelassenen runden Scheibe, die nicht grundlos einem Bullauge glich. Ihr zweiter Ehemann hatte sie vor vielen Jahren einbauen lassen. Ein Haus, das nur dreißig Meter vom Strand entfernt lag, konnte ruhig das eine oder andere maritime Detail aufweisen, hatte er gemeint.

Gesa liebte das Meer. Noch heute machte sie jeden Tag lange Spaziergänge am Wasser, sammelte Strandgut und verzierte damit jeden Winkel ihres ohnehin vollgestellten Hauses. Sie war eine Sammlerin, und dazu stand sie auch. Es gab nur wenige Dinge, die nicht ihre Sammelleidenschaft anregten, und so waren die zwei Etagen mit den Jahren immer beengter geworden. Vom Speicher einmal ganz abgesehen. Im Wohnzimmer erwarteten sie unzählige Puppen, die zunächst nur auf dem Sofa drapiert waren, sich mittlerweile aber auch auf den Regalen und Vitrinen wiederfanden. Dazwischen saßen einige wertvolle alte Teddybären. Im Eingangsbereich hingegen fand sich auf und neben dem Sideboard eine beachtliche Sammlung von Muscheln und Treibholz, sodass man beim Betreten des Hauses das Gefühl hatte, immer noch am Strand zu sein. Die alte Wohnküche wirkte auf den Besucher wie ein Museum für Teekannen und -services, und im Schlafzimmer standen hohe Regalreihen voll von Büchern und alten Zeitschriften. Einzig und allein die Ferienwohnung, die in einem kleinen Anbau lag, war von Gesas Leidenschaft verschont geblieben. Zumindest weitestgehend. Gegen etwas maritime Dekoration hatte schließlich kein Feriengast etwas einzuwenden.

Ja, Gesa wusste, dass sie und ihre Art zu leben speziell waren. Aber in ihrem Alter stand man längst über den Dingen, und so gab sie nichts auf das Getratsche der Insulaner, die ihr oft nachsagten, sie wäre nicht ganz richtig im Kopf. Ein wenig Verrücktheit hatte schließlich noch niemandem geschadet.

Gesa kramte in ihrer vollen Handtasche nach ihrem Schlüssel, konnte diesen aber zwischen Taschentüchern, Hustenbonbons und all dem anderen Zeug, das sie stets mit sich herumtrug, nicht finden. Seufzend hob sie einen Stein an, der in Wirklichkeit nur ein gut gemachtes Imitat aus Plastik war und unter dem sich ein Hohlraum verbarg. Seit sie sich vor vielen Jahren einmal ausgesperrt hatte, versteckte Gesa dort einen Ersatzschlüssel.

Sie war erschrocken, als sie ins Leere griff. Es gab nur sehr wenige Menschen, die von diesem Versteck wussten, und die meisten von ihnen wollte sie nicht in ihrem Haus wissen.

Verärgert suchte sie wieder in ihrer Tasche herum. Wer auch immer ihren Schlüssel genommen hatte, der würde sich was anhören können. Bevor sie fündig werden konnte, hörte sie Schritte, und Sekunden später zeigte sich ihr aufdringlicher Besucher.

»Oscar«, sagte Gesa verblüfft, als ihr vierter Ehemann vor ihr stand. Sie hatten sich vor zehn Jahren getrennt. Und nach ihm war sie nicht noch einmal vor den Traualtar getreten. Diese ganzen Scheidungen waren ihr mit den Jahren einfach zu anstrengend geworden.

Oscar sah immer noch gut aus. Das musste sie ihm lassen. Sein graues Haar war dicht gewachsen, und seine grünen Augen hatten sie schon früher in ihren Bann gezogen. Wenn er lächelte, wirkte er jugendlich und sah oft so aus, als würde er etwas aushecken. Das tat Oscar meistens auch. Er war auf jeden Fall der interessanteste ihrer Ehemänner gewesen, und manchmal fragte Gesa sich, warum sie ihn hatte gehen lassen. Das letzte Mal war er vor einem halben Jahr bei ihr auf der Insel gewesen. *Um mal nach dem Rechten zu sehen* ... wie er immer so schön sagte.

»Was machst du hier, und warum brichst du in mein Haus ein?«

»Ich bin nicht eingebrochen.« Er hielt ihr den Schlüssel entgegen, während eine graue Katze an ihm vorbeihuschte und ins Freie lief. »Es ist übrigens sehr leichtsinnig, dass du ihn draußen versteckst. Besonders wegen der Dinge, die oben lagern …«

»Erinnere mich nicht an diese *Dinge*«, bat sie schroff und drängte ihn zur Seite, um endlich eintreten zu können. »Ich schließe das Zimmer oben immer ab. Mach dir also keine Sorgen.«

»Tu ich nicht. Ich weiß doch, dass ich mich auf dich verlassen kann«, sagte er lächelnd.

»Und warum bist du dann hier?«

»Um mal nach dem Rechten zu sehen.«

»Was auch sonst?«, schnaubte sie und lief in die Küche.

»Es wird immer voller bei dir«, bemerkte Oscar, der ihr hinterherging.

»Nachdem ich die Männer aus meinem Leben verbannt habe, habe ich ja auch genug Platz, um mein Haus mit sinnvolleren Dingen zu füllen.«

Oscar ließ sich grinsend auf der alten Küchenbank nieder. »Hast du schlechte Laune?« Er wirkte amüsiert.

»Nein, warum sollte ich?«

Gesa holte eine Teekanne aus dem Schrank und setzte Wasser auf.

»Ist es wegen deines bevorstehenden Geburtstages?«

Sie stöhnte innerlich auf. Oscar kannte sie einfach zu gut. Doch diesen Triumph wollte sie ihm nicht gönnen. »So ein Quatsch. Du weißt doch genau, dass ich keine Angst vor dem Älterwerden habe.«

»Das musst du auch nicht. Du siehst noch genauso hübsch aus wie vor zwanzig Jahren.«

Gesa lächelte geschmeichelt. Oscar hatte schon immer die richtigen Worte gefunden. »Du hast dich aber auch gut gehalten«, gab sie zurück und reichte ihm eine Teetasse. »Und nun verrate mir endlich, warum du hier bist.«

»Ich habe neue Ware auf meinem Boot.«

»Hört das denn nie auf, Oscar? Wir hatten über einen kurzen Zeitraum gesprochen und …«

»Ich verspreche dir, dass es nicht mehr lange dauern wird. Außerdem habe ich so immer einen Grund, dich zu besuchen und etwas Zeit mit dir zu verbringen.« Er strich scheinbar beiläufig über ihren Arm.

Gesa konnte nicht abstreiten, dass sie Oscars Nähe genoss. Sie war viel zu oft allein. »Ich bin ja auch nicht abgeneigt, ein wenig Zeit mit dir zu verbringen.«

Die Aufmerksamkeit eines attraktiven Mannes war genau das, was sie heute Nachmittag benötigte. Dadurch würde sie sich gleich wieder sehr viel jünger fühlen.

Kapitel 5

AUF dem kurzen Rückweg von der Imbissbude nach Hause machte Elisa sich so ihre Gedanken. Sie hatte eine ziemlich genaue Vorstellung davon, was geschah, wenn Ruby einen Mann in ihre Wohnung einlud. Aber sie war nicht Ruby, und es war ihr noch immer nicht wirklich gelungen, Conor und seine Absichten zu durchschauen. Sie warf ihm einen flüchtigen Blick zu. Auch er schien in Gedanken zu sein, denn er bemerkte nicht, dass sie zu ihm sah. Doch plötzlich weiteten sich seine Augen. Sie waren gerade um die Ecke gebogen. Elisa folgte seinem Blick und erkannte sofort, was ihn so erschreckte. Aus ihrer Galerie stieg dichter schwarzer Rauch. Auf der anderen Straßenseite hatten sich bereits Menschen versammelt, unter ihnen einige ihrer Nachbarn. Hilflos starrten sie auf die Flammen, die bedrohlich aus dem Gebäude schlugen.

»Die Bilder!«, rief Conor erschrocken und rannte los. Elisa eilte ihm nach. Erst als sie näherkam, erkannte sie das wirkliche Ausmaß der Katastrophe. Das Feuer hatte sich bereits auf die erste Etage ausgeweitet.

»Die Feuerwehr ist gleich da!«, rief ihr Herr Mauser zu, ein älterer Herr, der unter dem Dach lebte. Zum Glück schien wohl niemand mehr im Gebäude zu sein. In diesem Augenblick erklangen Sirenen. Vom Schock wie gelähmt, bemerkte sie, wie Conor auf den Laden zustürmte. Schnell griff sie seinen Arm. »Du kannst da nicht reingehen!« Sie wollte ihn mit sich auf die andere Straßenseite ziehen, doch er riss sich los. »Ich muss.«

»Das ist Wahnsinn. Bleib bitte hier.« Elisa spürte, dass ihr Tränen in die Augen stiegen. Der Rauch ließ sie husten, während Conor sich einen Arm vor den Mund hielt und sich in das Inferno stürzte.

»Was macht er denn da?« Herr Mauser war zu ihr gekommen. »Ist da etwa noch jemand im Atelier?«

»Nein.« Elisa hustete.

»Ist der irre?«

Elisa versuchte, Conor zwischen Flammen und Rauch auszumachen, konnte ihn aber nicht entdecken. Panik stieg in ihr auf. »Ich muss ihn da rausholen.«

Sie hatte nicht bemerkt, dass sich ihr in diesem Augenblick ein Feuerwehrmann näherte, der sie entschlossen nach hinten drängte.

»Mein Freund ist da drin«, erklärte sie aufgeregt. »Sie müssen ihm helfen.«

»Wir kümmern uns sofort um Ihren Freund. Aber Sie müssen jetzt aus der Gefahrenzone heraus. Kommen Sie.«

»Was ist denn nur passiert?«, schluchzte Elisa.

Herr Mauser legte einen Arm um sie und begleitete sie auf die gegenüberliegende Straßenseite.

»Das wissen wir auch nicht. Ich habe nur plötzlich den Rauch gerochen und bin in den Flur gelaufen. Da war mir sofort klar, dass es unten brennen muss, also hab ich alle anderen im Haus alarmiert. Wir haben auch bei Ihnen geklingelt, aber zum Glück waren Sie ja unterwegs. So wie die meisten um diese Uhrzeit.«

»Aber was ist mit Conor …« Elisa wollte erneut über die Straße eilen, aber Herr Mauser hielt sie zurück.

»Lassen Sie die Feuerwehrleute ihre Arbeit machen. Die wissen schon, was sie tun.«

In diesem Augenblick schlug eine besonders große Flamme aus dem Gebäude. Die Hitze drang bis zu ihnen herüber und ließ Elisa die Kraft des Feuers spüren. Unter ihre Angst mischte sich Wut. Warum war Conor so unüberlegt in diese Flammenhölle gestürzt? Was hatte er sich nur dabei gedacht? Etwas in ihr bezweifelte, dass irgendjemand dort lebend herauskommen konnte.

***

Conor verlor für einen Moment die Orientierung zwischen den Flammen und dem dunklen Rauch. Er bemühte sich, die Luft anzuhalten, versuchte, sich für eine Sekunde zu sammeln und die aufsteigende Panik zu unterdrücken. Die Hitze war beinah unerträglich. Er entdeckte eine volle Wasserflasche hinter dem Verkaufstresen, den die Flammen bisher verschont hatten, öffnete diese und goss sich die Flüssigkeit über Kopf und Kleidung. Das verschaffte ihm einen kurzen Augenblick, in dem er sich umsah. Conor hatte seine Bilder neben die Theke gestellt. Da war er sich ganz sicher. Doch dort waren sie nicht mehr. Seine schlimmsten Befürchtungen schienen sich zu bewahrheiten, und er wusste mit einem Mal sehr genau, wer das Feuer gelegt hatte. Draußen hörte er Sirenen. Feuerwehr und Polizei waren eingetroffen. Und denen wollte er nicht in die Arme laufen. Der Rauch ließ ihn husten. Conor eilte in das kleine Hinterzimmer, in dem Elisa so oft saß und malte. Bis hierher war das Feuer noch nicht vorgedrungen, aber alles war voller Rauch. Auf seinem Weg zum Fenster stolperte er fast über die Staffelei, auf der ein Bild stand, das einen wunderschönen, langen Sandstrand an einem Wintertag zeigte. Kurzentschlossen schnappte er sich die Leinwand, riss das Fenster zum Hinterhof auf und kletterte nach draußen. Er entfernte sich schnell von dem brennenden Gebäude, stieg über eine kleine Mauer und sank dann hustend zu Boden. Hier hinten, zwischen den Müllcontainern, würde ihn niemand suchen. Er musste erst einmal wieder zu Atem kommen, bevor er weiterlaufen konnte. Erst jetzt bemerkte Conor, dass sein rechter Arm schmerzte. Er war den Flammen wohl doch zu nah gekommen. Er ging oft ein zu hohes Risiko ein. Das war ihm nur allzu bewusst. Conor musste wieder an die Bilder denken. Es würde ihm eine Menge Ärger einbringen, dass er sie verloren hatte. Und es würde verdammt schwierig werden, sie zurückzubekommen.

Immer noch hustend stand er auf. Seine Beine zitterten. Der Schreck war ihm in die Glieder gefahren. Vielleicht war er doch nicht so gelassen, wie er es gerne vorgab. Es war leichtsinnig gewesen, einfach in das brennende Haus zu rennen. Conor musste an Elisa denken. Sie hatte alles verloren. Und das bereits zum zweiten Mal in ihrem Leben. Wie gerne hätte er ihr beigestanden, sie in den Arm genommen und ihr Trost gespendet. Aber das war leider nicht möglich. Er musste auf dem schnellsten Weg zum Flughafen. Seinen Pass trug er bei sich, die übrigen Sachen musste er wohl oder übel in dem Mietwagen, der noch auf der Straße vor der Galerie parkte, zurücklassen.

Erst jetzt bemerkte Conor, dass er immer noch Elisas Bild in der Hand hielt. Kurzentschlossen stellte er es an der Hausmauer ab. Hoffentlich würde sie es finden. Es war vermutlich eines der letzten Werke, das ihr geblieben war.

***

Elisa wusste nicht, wie lange sie hilflos auf der Straße gestanden und die Arbeit der Feuerwehr beobachtet hatte. Herr Mauser hatte ihr immer wieder Mut zugesprochen, ihr etwas Wasser gereicht und dafür gesorgt, dass sie nicht zusammenbrach. Schließlich waren die Flammen irgendwann erloschen und es stieg nur noch leiser Rauch aus dem, was einmal ihr Geschäft, ihre Wohnung, ihr Leben gewesen war. Und dann kam endlich ein Feuerwehrmann zu ihr. Elisa machte sich auf das Schlimmste gefasst. Conor war in das Gebäude gestürmt, aber nicht wieder herausgekommen. Er konnte nur tot sein.

»Haben Sie ihn gefunden?«, fragte sie mit zitternder Stimme.

»Nein. Sind Sie ganz sicher, dass er dort drin war?«

»Ja, Herr Mauser hat es doch auch gesehen. Er ist direkt in das brennende Gebäude gelaufen.«

»Tut mir leid. Da drin war niemand.«

Sie atmete erleichtert auf, auch wenn sie sich sein plötzliches Verschwinden nicht erklären konnte. »Aber wo ist er dann?«

»Das kann ich Ihnen nicht sagen. Vielleicht ist er aus einem der hinteren Fenster geklettert, weil es nach vorne kein Entkommen mehr gab.«

»Aber dann wäre er doch zu mir zurückgekommen.«

Der Feuerwehrmann zuckte nur ratlos mit den Schultern.

»Kann ich mir den Schaden ansehen?«, wollte Elisa wissen.

»Nein, das Gebäude darf vorerst nicht betreten werden.«

»Aber ich muss doch ein paar Sachen aus meiner Wohnung holen.« Sie klang verzweifelt.

»So leid es mir tut«, er legte eine Hand auf ihre Schulter und sah sie mitleidig an, »aber das Feuer hat auch die ganze erste Etage zerstört. Dort werden Sie nicht mehr viel rausholen können.«

Elisa starrte ihn fassungslos an, dann sank sie in die Knie und ließ sich kraftlos auf dem Bordstein nieder. Eine Sanitäterin wurde herbeigewinkt.

»Sie steht vermutlich unter Schock«, hörte Elisa den Feuerwehrmann sagen, während man ihr eine Decke über die Schultern legte.

»Das wird schon wieder«, meinte die junge Sanitäterin. Aber daran glaubte Elisa nicht. Schließlich hatte sie alles verloren.

Und dann war plötzlich Ruby da. Elisa wusste nicht, wie ihre Schwester von dem Feuer erfahren hatte. Man sagte Zwillingen ja oft nach, dass sie ein Gespür dafür besaßen, wenn es dem anderen nicht gut ging. Und das schien selbst zu funktionieren, wenn man auch sonst kaum etwas gemeinsam hatte. Elisa fiel Ruby schluchzend in die Arme. Sie war einfach dankbar, nicht weiter allein sein zu müssen.

»Komm, ich bring dich hier weg«, flüsterte Ruby. »Du bleibst erst mal bei mir. Wir schaffen das schon. Zusammen.«

Kapitel 6

3 Tage später

»IST sie immer noch nicht aufgestanden?«

»Nein. Sie liegt seit Tagen nur auf der Couch, isst kaum etwas und schläft die meiste Zeit.«

Elisa zog sich die Decke etwas höher. Es störte sie nicht, dass Marie und Ruby über sie sprachen, als wäre sie nicht anwesend. Denn so richtig war sie es auch nicht. Ihre Gedanken drehten sich immer wieder um das Feuer ... und um Conor, der wie vom Erdboden verschluckt war. Meistens war sie zu müde, um diese Gedanken zu Ende zu bringen. Sie hatte in den letzten Tagen kaum etwas gegessen und fühlte sich kraftlos. Am liebsten wollte sie einfach ewig hier liegen bleiben und in Ruhe gelassen werden. Marie schien da allerdings andere Pläne zu haben, denn sie trat plötzlich näher und zog an der Decke.

»Elisa Weiler«, sagte sie. Die ungewohnte Strenge in ihrer Stimme ließ Elisa aufblicken. »Wir wissen, dass du viel durchgemacht hast, und wir haben dir ein paar Tage gegeben und dich in Ruhe gelassen. So wie du es wolltest. Aber jetzt ist Schluss. Du stehst jetzt auf, nimmst ein Bad, lässt dir von Ruby ein gutes Frühstück machen und gehst endlich mal wieder an die frische Luft.«

»Ich möchte nicht. Ich fühle mich schlapp.«

»Das ist doch ganz normal, wenn man tagelang nur schläft.« Rubys Stimme klang deutlich mitfühlender als die von Marie, die aber nicht vorhatte, nachzugeben. Als sie nun auch noch die Decke wegzog, stieg Wut in Elisa auf. »Lasst mich einfach in Ruhe!«, rief sie und spürte, dass erneut Tränen in ihr aufstiegen.

»Nein, wir sehen uns nicht weiter an, wie du in Selbstmitleid versinkst«, sagte Marie.

»Ich habe doch allen Grund dazu.« Elisa setzte sich mühsam auf und drückte ein Kissen an sich.

»Ja, das hast du. Aber das Leben muss weitergehen.« Ruby setzte sich neben sie und strich ihr sanft übers Haar. »Vielleicht interessiert es dich, dass die Feuerwehr den Zutritt zur Galerie und deiner Wohnung wieder freigegeben hat.«

»Und? Was soll ich da noch? Es ist doch ohnehin alles verbrannt.«

»Das wirst du erst beurteilen können, wenn du vor Ort bist«, meinte Marie.

Elisa nickte schließlich einsichtig, dann griff sie die Hand der Krankenschwester und ließ sich hochhelfen.

»Ich habe dir ein paar Sachen von mir rausgelegt«, sagte Ruby. »Keine Sorge. Nichts von den ausgeflippten Teilen. Nur die Jeans, die du mir neulich geliehen hast, und einen Pullover.«

»Danke«, sagte Elisa leise und schlich ins Bad. Sie bemerkte gerührt, dass ihr bereits jemand ein Schaumbad eingelassen hatte, das nach Milch und Honig duftete. Ohne einen Blick in den Spiegel zu wagen, schlüpfte sie aus dem weiten, überlangen T-Shirt, das Ruby ihr vor Tagen geborgt hatte, und sank seufzend in das heiße Wasser. Sie spürte, wie die Anspannung der letzten Tage Stück für Stück von ihr abfiel, und begann, das Bad zu genießen. Elisa versuchte, alle negativen Gedanken auszublenden, auch wenn ihr das noch nicht so ganz gelingen wollte. Besonders wenn sie an Conor dachte, fühlte sie sich allein und im Stich gelassen. Außerdem drängten sich ihr seit seinem Verschwinden eine Menge Fragen auf. Direkt am ersten Abend, kurz bevor sie beschlossen hatte, sich auf der Couch einzurollen und nie wieder aufzustehen, hatte sie versucht, ihn auf seinem Handy zu erreichen. Doch es war ausgeschaltet gewesen. Vielleicht würde sie es später noch einmal versuchen. Aber für den Moment musste sie sich auf sich selbst konzentrieren und versuchen, wieder zu Kräften zu kommen.

Erst nachdem Elisa sich angezogen hatte, warf sie einen Blick in den Spiegel über dem Waschbecken. Sie war blass und hatte dunkle Ränder unter den Augen, aber es war nicht so schlimm, wie sie befürchtet hatte. Sie sah natürlich alles andere als herausgeputzt aus mit Rubys dunklem Kapuzenpullover, doch er fühlte sich weich und warm an und gab ihr ein Gefühl von Geborgenheit. Sie hatte sich schon immer gerne unter diesen viel zu weiten Pullovern versteckt.

Aus der kleinen Küche drang der Duft von Rührei und frischen Brötchen, und Elisa verspürte zum ersten Mal seit Tagen echten Appetit.

»Na, siehst du«, rief Marie erfreut, als Elisa sich an den Tisch setzte. »Du siehst schon viel besser aus.« Sie und Ruby tauschten einen kurzen, geheimnisvollen Blick. Dann nickte Ruby. »Marie und ich haben etwas für dich.«

»Vielleicht ist es noch zu früh …«, meinte Marie zögerlich, verschwand dann aber kurz in Rubys Schlafzimmer. Als sie zurückkam, hielt sie einige Pinsel und Tuben mit Ölfarbe in der Hand.

»Wir haben dir auch eine Leinwand und eine Staffelei besorgt«, erklärte Ruby.

Elisa spürte, dass sie erneut feuchte Augen bekam. »Wie damals«, sagte sie leise und sah Marie an.

Diese lächelte. »Ja, wie damals.« Marie kam zu ihr und drückte sie liebevoll an sich. Dann lachte sie. »Aber jetzt musst du erst einmal etwas essen. Malen kannst du später immer noch.«

Elisa lächelte. Zum ersten Mal seit dem Feuer fühlte sie sich leichter. Es würde alles gut werden. Daran konnte sie plötzlich wieder glauben.

***

Elisa zitterten die Knie, als Marie vor dem Haus parkte und sie aus dem Wagen stieg. Sie wagte kaum, hinzusehen. Die Fassade war schwarz vom Ruß, die Scheiben der Galerie von der Hitze des Feuers zersprungen. Der Eingangsbereich war notdürftig mit Absperrband gesichert worden, was aber kaum jemanden daran hindern würde, in die Brandruine einzusteigen. Allerdings gab es für potenzielle Diebe nichts mehr, was sich zu stehlen lohnte.

Elisa war natürlich versichert, aber gerade sie verstand nur allzu gut, dass kein Geld der Welt den Künstlern ihre Bilder ersetzen konnte, die in dem Feuer zerstört worden waren.

Sie spürte, dass Marie einen Arm um sie legte und sie sanft mit sich zog. Erst als Elisa aufblickte, sah sie Conors Mietwagen, der immer noch an Ort und Stelle parkte.

»Er ist zu Fuß verschwunden«, bemerkte sie beiläufig.

»Wer? Conor?«, wollte Ruby wissen.

»Ja. Er ist mit diesem Wagen gekommen.« Sie ging darauf zu und spähte durch die Fenster.

»Mach dir jetzt keine Gedanken um ihn«, sagte Marie und führte Elisa sanft am Arm zum Eingang der Galerie, hob das Absperrband an und ließ die Schwestern darunter hindurch schlüpfen, bevor sie ihnen folgte.

Noch immer hing der Brandgeruch in der Luft, als sie den Raum betraten. Seit Tagen ließ er Elisa nicht los und erinnerte sie in jeder Sekunde daran, was passiert war. Wortlos sahen sie sich um. Feuer und Löschschaum hatten einen Ort der Verwüstung hinterlassen und man fand kaum noch Hinweise darauf, dass hier einmal Kunst ausgestellt worden war. Hier und da erkannte man die Überreste eines Rahmens oder den Fetzen einer Leinwand. Schweigend trat Elisa hinter den Verkaufstresen oder hinter das, was davon noch übrig war. Als sie unter dem Schutt etwas Farbiges aufleuchten sah, bückte sie sich gedankenverloren und hob es auf. Es musste das Überbleibsel eines der Bilder sein, die hier hinten gestanden hatten – nicht größer als fünf Zentimeter, aber nur an den Rändern verkohlt. Elisa ließ es in die Tasche gleiten und lief weiter. Sie betrat das kleine Hinterzimmer. Wie viele Stunden hatte sie in den letzten Jahren hier verbracht. Obwohl der Raum nicht viel hergab und manch ein anspruchsvollerer Künstler sicherlich über die schlechten Lichtverhältnisse geklagt hätte, hatte sie sich hier stets wohlgefühlt. Elisa war bis zu diesem Augenblick noch außergewöhnlich gefasst gewesen, aber plötzlich traf sie die Erkenntnis, dass ihr Lebenstraum in Schutt und Asche lag, mit voller Wucht. Sie musste dringend an die frische Luft. Ohne weiter nachzudenken, stürmte sie nach draußen auf den Hinterhof und lief ein paar Schritte.

»Elisa!«, hörte sie Ruby rufen, und dann Maries Stimme: »Gib ihr einen Moment.«

Elisa lief bis zu den Mülltonnen und blieb dort atemlos stehen. Sie unterdrückte ein Schluchzen und versuchte, sich wieder zu beruhigen. Wenn sie jetzt erneut zu weinen begann, würde sie nicht mehr aufhören können. Ihr Handy klingelte in diesem Augenblick und sorgte für die gewünschte Ablenkung. Sie kannte die Nummer nicht.

»Hallo?« Elisa klang zögerlich.

»Elisa Weiler?«, fragte eine Frauenstimme. Nachdem diese bejahte, fuhr die Anruferin fort:»Mein Name ist Irina Schneider. Ich bin für die Untersuchung des Brandes zuständig. Leider muss ich Ihnen mitteilen, dass es sich wohl um Brandstiftung handelt.«

»Brandstiftung?«, fragte Elisa fassungslos.»Aber wer würde denn mein Geschäft in Brand stecken?« Sie lehnte sich an die Häuserwand, fühlte sich mit einem Mal ganz schwach.

»Das müssen wir gemeinsam mit der Polizei herausfinden.«

Elisa nickte abwesend.

»Sind Sie noch dran, Frau Weiler?«

»Ja, natürlich.« Sie räusperte sich.

»Kommen Sie bitte schnellstmöglich bei uns vorbei, damit wir die Sache besprechen können.« Frau Schneider nannte ihr eine Adresse, und Elisa versicherte ihr, dass sie es einrichten würde.

Brandstiftung … Das Wort drohte sich genauso in ihrem Kopf festzusetzen wie der Brandgeruch in ihrem Haar. Und während sie noch versuchte, ihre Gedanken zu ordnen, entdeckte Elisa plötzlich die bemalte Leinwand, die zwischen den Mülltonnen an der Hausfassade lehnte. Es war eines ihrer Bilder. Das letzte, das sie vor dem Feuer gemalt hatte. Der winterliche Strand zeigte eine ihrer schönsten Erinnerungen. Wenn sie es betrachtete, glaubte Elisa, wieder die kalte, klare Winterluft auf der Haut zu spüren, die tosende Brandung zu hören und sich gegen den kräftigen Seewind zu stemmen, der drohte, sie einfach mit sich zu reißen. Wie sehr hatte sie die Spaziergänge an den einsamen Stränden geliebt. Und plötzlich sehnte sie sich zurück an die Nordsee.

Doch dann drängte die Frage in den Vordergrund, wie das Bild hierher gelangt war. Und das völlig unversehrt. Darauf gab es nur eine plausible Antwort. Conor musste es aus den Flammen geholt haben.

Auch wenn sie sich nicht erklären konnte, warum er das für sie getan hatte, würde sie ihm ewig dankbar dafür sein.

***

Ruby und Marie hatten sich währenddessen die erste Etage angesehen. Es hatte nur wenige Blicke benötigt, um zu erkennen, dass es nichts mehr zu retten gab, außer vielleicht ein paar wenige bedeutungslose Gegenstände. Diesen Anblick wollten sie Elisa ersparen. Also warteten sie vor der Galerie auf sie. Während sie auf der Straße standen, klingelte Rubys Handy. Auf dem Display erschien das Foto ihrer Großmutter. Sie hatten lange nicht telefoniert. Meistens war Oma Gesa einfach zu beschäftigt, um sich um ihre Enkelinnen zu kümmern, und Ruby bemerkte erst jetzt, dass sie ihr bisher nicht einmal von dem Feuer erzählt hatte. Etwas schuldbewusst meldete sie sich.

»Ruby, hier ist deine Großmutter, Oma Gesa«, setzte sie überflüssigerweise hinterher.

»Hallo, Oma. Wie geht es dir?«

»Wie soll es einer fast achtzigjährigen Frau schon gehen?«, entgegnete sie. »Großartig natürlich!«, sagte sie dann aber euphorisch.

»Das ist schön.«

»Und mir würde es noch besser gehen, wenn mich meine Enkelinnen mal wieder besuchen würden.«

Ruby war ehrlich überrascht. Oma Gesa war nicht unbedingt die typische Großmutter, die viel Wert darauf legte, ihre Familie um sich zu haben. Zumindest hatte Ruby das immer angenommen.

»Hier ist gerade ziemlich viel los ...«, sagte sie zögerlich.

»Ihr werdet wohl etwas Zeit erübrigen müssen«, fiel Gesa ihr ins Wort. »Schließlich werde ich in drei Wochen achtzig, und ich habe vor, groß zu feiern.«

»Wirklich? Du feierst doch sonst nie deinen Geburtstag.«

»Dieses Jahr schon. Und ich erwarte, dass du und Elisa kommen werdet. Reist ruhig ein paar Tage früher an. Dann könnt ihr mir bei den Partyvorbereitungen helfen. Ich kann schließlich nicht alles allein machen.«

»Ich werde mit Elisa darüber sprechen, und dann melden wir uns morgen bei dir«, versprach Ruby.

»Ich dulde keine faulen Ausreden.« Mit diesen Worten wollte Gesa das Gespräch bereits beenden, doch Ruby stoppte sie. Sie sah gedankenverloren zu der Brandruine, bevor sie sagte: »Ich muss dir noch etwas erzählen. Hier ist etwas Schlimmes passiert ...«

»Was ist denn los, Kind?« Gesa klang besorgt.

»Es hat einen Brand in Elisas Galerie gegeben.«

»Ein Feuer? Das ist ja furchtbar!«

»Ja, auch Elisas Wohnung ist betroffen. Sie konnte kaum etwas von ihren Sachen retten.«

»Ich ... ich weiß gar nicht, was ich sagen soll«, stammelte Gesa. »Geht es Elisa gut? Ist sie unverletzt?«

»Ja, sie ist so weit in Ordnung.«

»Soll ich besser zu euch kommen?«, fragte Gesa. »Ich kann gleich die nächste Fähre nehmen.«

»Das wird nicht nötig sein. Wir kommen zu dir«, entschied Ruby, bevor sie sich von ihrer Großmutter verabschiedete.

Im ersten Moment hatte Ruby es für keine gute Idee gehalten, ausgerechnet jetzt an die Nordsee zu reisen. Aber womöglich konnte es gar keinen besseren Zeitpunkt geben, um sich für ein paar Tage auf die Insel abzusetzen, einfach mal wieder zu entspannen und Abstand zu den Ereignissen zu gewinnen. Sie würde mit Elisa sprechen.

»Das war dann wohl die berühmte Oma Gesa?«, fragte Marie. Sie hatte die Großmutter der Mädchen bisher nur einmal kurz kennengelernt.

»Ja«, entgegnete Ruby nur, da Elisa endlich zu ihnen stieß.

»Was hast du da?« Marie zeigte überrascht auf die Leinwand.

»Eines meiner Bilder. Es stand hinter dem Haus.«

»Wie kommt es dort hin?«

»Ich habe keine Ahnung. Aber wir haben jetzt auch ganz andere Sorgen. Ich habe gerade erfahren, dass es Brandstiftung war.«

Marie schlug erschrocken die Hand vor den Mund. »Aber wer würde denn so etwas machen?«

»Ich weiß es nicht, aber ich hoffe, man wird den Täter finden und für eine sehr lange Zeit ins Gefängnis stecken.«

»Ja, da gehört er hin«, sagte Ruby mit einem verbitterten Blick auf die Brandruine. Marie nickte zustimmend.

»Wir müssen noch in der Wohnung nachsehen, wie groß der Schaden ist.« Elisa blickte beinah ängstlich zu den zersplitterten Fenstern in der ersten Etage hinauf.

»Wir waren gerade kurz oben«, sagte Marie und legte einen Arm um Elisas Schulter. »Mute dir das heute lieber nicht mehr zu.«

»Ist es so schlimm?«

Maries und Rubys Blicke waren ihr Antwort genug. Elisa stieg wortlos in den Wagen. Sie wollte nur noch weg von hier.

Kapitel 7

Es war wieder einmal Freitag. Gefühlt vergingen die Wochen mit dem Alter schneller. So empfand Gesa es zumindest.

Oscars Besuch hatte sie kurzfristig fröhlicher gestimmt. Sie hatten zwei wunderschöne Tage miteinander verlebt. Eigentlich hatte er noch länger bleiben wollen, aber dann hatte ihn ein Anruf seines Enkels in plötzlichen Aufruhr versetzt. Irgendetwas war bei dem Jungen wohl gründlich schiefgelaufen, aber auch nach mehrfacher Nachfrage hatte Oscar sie nicht einweihen wollen. Genau aus diesem Grund war damals auch ihre Ehe gescheitert. Oscar war ein Mann voller Geheimnisse, und wenn Gesa eines nicht mochte, dann war es, außen vor zu sein.

»Wo bist du mit deinen Gedanken?«, fragte Mechthild in diesem Augenblick und stopfte sich den Rest ihrer Sahnetorte in den Mund. Sie winkte die Kellnerin herbei und bestellte sich direkt ein zweites Stück. Der Appetit dieser Frau war einfach unersättlich.

Kein Wunder, dass sie jedes Jahr ein paar Kilo zulegt, ging es Gesa durch den Kopf. Sie hatte immer Wert auf ihre Figur gelegt und besuchte daher einmal pro Woche die Senioren-Sportgruppe. Außerdem hielten sie ihre täglichen Strandspaziergänge fit.

»Hast du über deinen Geburtstag nachgedacht?«

»Ja, das habe ich«, gestand Gesa. »Und du wirst dich freuen zu hören, dass ich sogar schon einige Einladungen ausgesprochen habe.«

»So? Wer steht denn auf der Gästeliste?«

»Jedenfalls nicht die halbe Insel. Es wird eine Familienfeier.«

»Eine Familienfeier also?« Mechthild ließ die Gabel sinken und klang sehr enttäuscht. »Ich dachte, du würdest auch deine engsten Freundinnen einladen.«

»Das wäre mir zu anstrengend. Schließlich gibt es noch so viel wegen meiner Reise zu organisieren.«

»Hast du denn schon etwas gebucht?«

Gesas Blick wanderte unwillkürlich zu der kleinen Poststelle auf der anderen Straßenseite, die gleichzeitig eine Apotheke und auch ein Reisebüro war. Und im selben Haus gab es auch noch einen Haus- und einen Zahnarzt. Auch wenn die Insel klein war, wussten sich die Einwohner und zahlreichen Touristen immer gut versorgt. Aber nun, so spürte Gesa, wurde es Zeit, mal wieder etwas anderes zu sehen. Früher war sie oft gereist, hatte die halbe Welt gesehen, doch in den letzten Jahren hatte sie sich zu sehr in ihrem vertrauten Umfeld eingerichtet.

»Nein, aber das werde ich jetzt.« Sie stand auf.

»Jetzt sofort? Du hast ja deinen Kuchen noch gar nicht aufgegessen.«

»Der ist ohnehin viel zu kalorienhaltig. Ich verzichte lieber. Bezahlst du bitte für mich?«

Ohne eine Antwort abzuwarten, schnappte Gesa sich entschlossen ihren Mantel und überquerte die Straße. Dann öffnete sie die Tür zur Poststelle mit solch einer Wucht, dass der Mann hinter dem Tresen erschrocken die Augen aufriss. Im nächsten Moment lächelte er.

»Gesa, schön, dich zu sehen.« Er fuhr sich mit der Hand durch sein schütteres, braunes Haar und rückte sich seine Brille zurecht.

»Moin, Lasse«, grüßte sie. Gesa kannte ihn schon, seit er ein Junge war. Jetzt hatte er bereits die Vierzig überschritten. Es war einfach erschreckend, wie alles und jeder um sie herum älter wurde. Sogar die Stühle vor dem kleinen Schreibtisch, der zum Reisebüro gehörte, waren mittlerweile verschlissen. Auch sie hatte schon unzählige Male hier gesessen. Mal mit Ehemann, mal ohne.

»Brauchst du Briefmarken, um die Einladungen zu deinem Geburtstag zu verschicken?«, wollte Lasse wissen.

»Was habt ihr bloß alle mit meinem Geburtstag?«, schimpfte sie.

»Na ja, du wirst immerhin achtzig und …«

»Und daher möchte ich mir zu meinem Ehrentag selbst ein Geschenk machen.« Sie ließ sich entschlossen auf einem der Stühle nieder. Hinter dem Tresen stand ein kleines Regal, in dem Reiseprospekte lagerten.

»Du möchtest in den Urlaub fahren?« Lasse verließ den Postschalter und kam zu ihr.

»Ich würde gerne eine Kreuzfahrt buchen. Und wenn es geht, dann sehr kurzfristig.«

»Ich kann mal im Computer nachsehen, ob es Last-Minute-Angebote gibt. Meistens sind auf den Schiffen noch einzelne Plätze zu haben.« Er öffnete ein Programm und studierte die Angebote. »Wie wäre es mit einer einwöchigen Reise durchs Mittelmeer? Dort ist es jetzt noch angenehm warm und …«

»Langweilig«, sagte Gesa. »Da war ich schon so oft.«

»Na schön …« Lasse suchte weiter, und nach einer Weile sagte er: »Das hier hört sich interessant an. Zehn Tage Norwegen.«

»Nein. Da war ich auch schon.«

»Auf der großen Ostsee-Kreuzfahrt gäbe es auch noch eine freie Kabine. Sogar mit Meerblick.«

»Hast du nicht irgendetwas wirklich Aufregendes zu bieten? So ein richtiges Abenteuer?«

»Da wäre noch etwas, aber das ist vielleicht ein wenig zu aufregend. Vor allem für eine spontane Reise.«

»Raus mit der Sprache!«, forderte Gesa ihn auf.

»In sechs Wochen gäbe es eine Weltreise. Es ist noch genau eine Einzelkabine frei. Die Kreuzfahrt dauert 140 Tage, also wärst du eine ganze Weile unterwegs. Von den Kosten ganz zu schweigen.«

»Lass die Kosten mal meine Sorge sein«, schnaubte Gesa.

»Start wäre ab Hamburg und …«

»Hamburg hört sich gut an.« Sie lächelte erfreut. »Wenn ich bei dir buche, kannst du mich dann zum Schiff bringen?«

»Ich?«, fragte Lasse irritiert.

»Ja, du hast doch ein Auto am Hafen auf dem Festland stehen. Dann bräuchte ich mir kein Taxi zu nehmen. Ich mag keine Taxis. Frag mich nicht, warum. Es ist einfach so.«

»Du möchtest die Reise also wirklich machen?«

»Natürlich. Oder wirke ich etwa unentschlossen auf dich?«

»Das nicht, aber so etwas muss doch gut durchdacht werden. Du hast doch bestimmt Gäste in deiner Ferienwohnung und …«

»Um die wird sich schon jemand kümmern. Und jetzt buch endlich diese verflixte Reise, sonst mach ich es selbst.« Gesa wusste genau, warum sie Lasse derart drängte. Ein wenig fürchtete sie sich selbst vor ihrer eigenen Entschlossenheit. Vor so einer langen Reise gab es noch so viel zu organisieren und zu bedenken. Aber das würde sie schon hinbekommen. Natürlich musste sie auch Oscar über ihr Vorhaben informieren. Es würde ihm gar nicht gefallen, wenn sie das Haus wochenlang jemand anderem überließ, aber es würde sich schon alles finden. Wenn das Leben Gesa eines gelehrt hatte, dann war es Gelassenheit. Und in diesem Augenblick galt es, diese schnell wieder zu erlangen, sich nicht einschüchtern zu lassen und einfach nur zu handeln.

Gesa war bereit für ihr vielleicht letztes großes Abenteuer.

***

Elisa ging viel durch den Kopf, als sie am späten Nachmittag aus der U-Bahn stieg. Sie hatte Frau Schneider nicht wirklich weiterhelfen können. Während diese ihr noch einmal versichert hatte, dass kein Zweifel daran bestand, dass es sich um Brandstiftung handelte, hatte Elisa nur fassungslos dagesessen und deren ausführlichen Erläuterungen über den verwendeten Brandbeschleuniger an sich vorbeirauschen lassen. Überhaupt hatte Elisa den Eindruck, dass sie seit dem Unglück nicht sehr aufnahmefähig war. Ihre Gedanken kreisten so sehr um das Erlebte, dass kaum Platz für etwas anderes blieb.

Als sie eine zweispurige Straße überquerte, hupte es plötzlich neben ihr, dann hörte sie Bremsen quietschen. Elisa blieb wie erstarrt stehen und registrierte erst jetzt, dass die Fußgängerampel Rot zeigte. Sie ignorierte das Schimpfen des Mannes und eilte schnell auf den sicheren Gehweg.

So konnte es nicht weitergehen. Es wurde Zeit, dass sie endlich aus ihrer Schockstarre erwachte und sich auf die Suche nach Antworten machte.

Elisa hatte mittlerweile den grauen Wohnblock erreicht, in dem Ruby schon so lange lebte. Es war ein sonniger Nachmittag, und sie wandte sich zu der kleinen künstlich angelegten Grünfläche, um einen Moment auf einer der Bänke Platz zu nehmen. Zunächst musste sie zwei Pappbecher von der Sitzfläche räumen, die jemand zurückgelassen hatte. Elisa stopfte sie in den überfüllten Abfalleimer rechts neben der Bank und setzte sich. Die Wiese war voll von buntem Laub und auch der große Baum, der so fehl am Platz wirkte inmitten dieser Betonklötze, erstrahlte goldgelb vor einem tiefblauen Himmel. Der Wind war angenehm mild, und man konnte an diesem Nachmittag kaum glauben, dass es bereits Ende Oktober war. Elisa liebte den Herbst. Um diese Jahreszeit war sie besonders gerne bei ihrer Großmutter. Wenn die Fähren kaum noch Touristen mit sich brachten, die Strände einsam und die Einheimischen plötzlich wieder unter sich waren, wurde es ruhig auf der Insel. Ruby war diese Ruhe zu langweilig, doch Elisa sehnte sich oft danach. Und das besonders in schwierigen Zeiten wie diesen. Sie schloss für einen Augenblick die Augen, versuchte, den nahen Straßenlärm auszublenden und sich ausschließlich auf das Rascheln der Blätter zu konzentrieren. Sie musste an Oma Gesa denken. Es war nicht immer einfach gewesen, bei ihr zu leben. Ihr vollgestopftes Haus hatte den Bewohnern wenig Platz zum Durchatmen gelassen. Es hatte sich oft so angefühlt, als lebe man in einem Museum, das durch seine vielen Ausstellungsstücke keine Struktur bot und die Besucher dadurch schnell überforderte. Nur ihr kleines Zimmer war für Elisa ein echter Rückzugsort gewesen. Wenn der Regen gegen die Fenster prasselte und sie das Rauschen des Meeres hören konnte, hatte sie sich sicher und geborgen gefühlt. Plötzlich freute sie sich über die Einladung ihrer Großmutter. Zunächst hatte sie den Zeitpunkt für denkbar schlecht gehalten, aber vielleicht hatte Ruby ja recht und es gab keinen besseren Moment, um sich für ein paar Tage auf die Insel abzusetzen. Der Seewind würde gewiss dabei helfen, wieder einen klaren Kopf zu bekommen.

Elisa wollte gerade aufstehen, da klingelte ihr Handy. Sie kannte die Nummer nicht und befürchtete, dass sie erneut jemand wegen des Brandes sprechen wollte. Doch als sie sich meldete, schwieg der Anrufer zunächst. »Hallo?«, fragte Elisa. »Wer ist denn da?«

»Hier ist Conor«, sagte er zögerlich.

»Conor?« Sie war fassungslos. Elisa hatte unzählige Fragen an ihn, brachte aber plötzlich kein einziges Wort heraus.

»Ich wollte mich bei dir entschuldigen. Geht es dir gut, Elisa?«

»Nein, mir geht es nicht gut.« Sie klang verbittert. »Ich habe dich in die Flammen laufen sehen, und du bist nicht wieder herausgekommen. Ich habe alles verloren, weil jemand mein Geschäft in Brand gesetzt hat. Meine Wohnung, meine Möbel, Fotos, Erinnerungen ... Alles liegt in Schutt und Asche. Und da fragst du mich, ob es mir gut geht?« Sie hatte lauter gesprochen als beabsichtigt, und ein vorbeilaufendes Kind blickte erschrocken zu ihr. Wütend wischte Elisa sich einige Tränen weg und atmete einmal tief durch.

»Ich würde dir gerne erklären, warum ich abgehauen bin. Aber das kann ich nicht. Zumindest nicht jetzt.«

»Aber du bist mir eine Erklärung schuldig, Conor!«

»Das weiß ich. Und die bekommst du auch.« Er schwieg einen Moment. »Hast du das Bild gefunden? Hinterm Haus ... Ich konnte es vor den Flammen retten.«

»Ja, das habe ich.« Elisa wusste, dass sie abweisend klang.

»Ich dachte, es würde dir vielleicht etwas bedeuten«, meinte Conor unsicher. Elisa hatte ihn noch nie so erlebt.

»Das tut es auch, und ich danke dir dafür. Und dennoch möchte ich jetzt nicht weiter mit dir reden. Solange du dein seltsames Verhalten nicht begründen kannst, möchte ich, dass du mich in Ruhe lässt und nicht wieder anrufst.«

»Das verstehe ich. Dennoch sollst du wissen, dass ich an dich denke. Ich weiß, dass du gerade eine schwere Zeit durchmachst.«

Elisa schluckte schwer, bevor sie, ohne sich zu verabschieden, das Gespräch beendete. Wütend kickte sie gegen eine Getränkedose, die auf dem Rasen vor ihr lag. Dann machte sie sich auf den Weg zurück zu Ruby.

Ruby war nicht zu Hause. Es war das erste Mal, dass Elisa allein in der kleinen Wohnung war. Vermutlich war das ein gutes Zeichen. Offenbar traute man ihr wieder zu, auch mal ein paar Stunden allein zurechtzukommen. In den letzten Tagen war es ihr oft zu viel geworden. Marie und Ruby waren nicht von ihrer Seite gewichen. Obwohl sie das Gespräch mit Conor ziemlich aufgewühlt hatte, besann sich Elisa auf ihr Vorhaben, die Dinge endlich anzupacken. Sie war schon immer ehrgeizig gewesen und ein festes Ziel vor Augen zu haben, schenkte ihr die nötige Motivation, um auch durch diese schwere Zeit zu kommen. Dafür war es wichtig, nicht nur ihre Gedanken und Gefühle zu sortieren, sondern auch sonst alles, was mit dem Brand zusammenhing.

Sie ging auf den kleinen Couchtisch zu, auf dem zwischen einem vollen Wasserglas, einem angeknabberten Schokoriegel und einer halb leeren Chipstüte einige ungeöffnete Briefe lagen. Wichtige Unterlagen von der Versicherung und dem Sachverständigen. Ruby hatte sie dort hingelegt, während Elisa die letzten Tage regungslos auf der Couch verbracht hatte. Beinah hektisch räumte sie das Wasserglas vom Tisch. Unter normalen Umständen wäre Elisa niemals so unachtsam gewesen. Sie wollte gar nicht darüber nachdenken, was mit den Unterlagen geschehen wäre, falls sie das Glas umgestoßen hätte. Überhaupt nahm sie an diesem Nachmittag zum ersten Mal bewusst die Unordnung wahr, die in der Wohnung ihrer Schwester herrschte. Ruby war schon immer eine Chaotin gewesen; unorganisiert und planlos. Aber solange Elisa gezwungen war, mit ihr in diesen kleinen zwei Zimmern zu leben, wollte sie ihrer Schwester ein wenig unter die Arme greifen.

Zunächst brauchte Elisa einen Ordner. Es war wichtig, alle Unterlagen beisammenzuhaben, damit man später nicht suchen musste. Ruby hatte einen Schreibtisch in ihrem Schlafzimmer stehen. Gewiss würde sie nichts dagegen haben, wenn Elisa sich dort nach etwas Passendem umsah, in dem sie alles abheften konnte. Im Schlafzimmer war das Rollo noch heruntergelassen. Das Bett war ungemacht, und daneben stapelte sich ein Berg schmutziger Kleidungsstücke. Elisa beschloss zunächst, etwas Tageslicht in das Zimmer zu lassen, zog das Rollo hoch und riss die Fenster auf. Dann trat sie an den Schreibtisch, an dem ihre Schwester sicherlich nur selten arbeitete. Ihr Laptop lag unter zwei Röcken und einer Strumpfhose vergraben. Elisa ging ins Bad, schnappte sich den Wäschekorb, der auf der Waschmaschine stand, und sammelte all die Kleidungsstücke ein, die überall in der

Wohnung verteilt lagen. Im Bad sortierte sie die Teile dann ordentlich und warf die erste Ladung Buntwäsche in die Maschine.

Nun war im Schlafzimmer wieder ein Durchkommen, da sie aber keinen leeren Ordner entdecken konnte, durchsuchte sie die Schreibtischschubladen, in deren Chaos sie tatsächlich einen ungebrauchten Schnellhefter fand. Der musste zunächst ausreichen. Als sie ihn herauszog, kam darunter ein ungeöffneter Brief von der Wohnungsgenossenschaft, die den Häuserblock verwaltete, zum Vorschein. Vermutlich hatte Ruby ihn einfach vergessen. Elisa legte ihn auf den von Schmutzwäsche befreiten Schreibtisch, sodass ihre Schwester ihn nicht übersehen konnte. Dann ging sie zurück ins Wohnzimmer, riss auch hier zunächst die Balkontür auf und heftete dann ihre Unterlagen ab. Anschließend räumte sie das schmutzige Geschirr in die Spüle, wischte den Tisch ab und saugte überall gründlich durch. Dabei erwischte sich Elisa, wie sie ein Lied summte. Es tat einfach gut, endlich wieder tätig zu sein. Auch wenn sie nur den Haushalt für ihre Schwester übernahm.

Noch während sie saugte, kam Ruby zurück. »Warum ist es so kalt hier?«, fragte sie aufgebracht, flitzte an Elisa vorbei und schloss die Balkontür.

»Und warum ist es so aufgeräumt?«

Elisa drehte sich zu der männlichen Stimme um und schaltete den Sauger aus. Ruby hatte einen Mann mitgebracht, einen gut aussehenden, sportlichen Typen. Wie immer. Leider waren ihre Freunde meistens etwas oberflächlich und konnten mehr mit ihrem Aussehen als mit Intelligenz überzeugen. Elisa hatte nie verstanden, warum Ruby sich immer auf solche Männer einließ.

»Ich musste mich etwas beschäftigen«, sagte Elisa. Es klang beinah entschuldigend. »Ich hoffe, es stört dich nicht, dass ich ein wenig aufgeräumt habe.«

»Nein, mach ruhig weiter. Wenn es dir Freude macht, halte ich dich nicht auf.« Ruby lachte. »Das ist übrigens Pedro.«

Elisa erinnerte sich. Das war also der Pedro, von dem Ruby sich seit Wochen trennen wollte.

»Voll krass, dass ihr Zwillinge seid«, platzte dieser nun heraus. »Euch kann wohl jeder auseinanderhalten, was?«

»Wieso? Wir sehen uns doch total ähnlich«, sagte Ruby mit ernster Miene und legte einen Arm um die Schulter ihrer Schwester.

»Also, ich weiß ja nicht …« Pedro klang tatsächlich etwas verunsichert und sah von einer zur anderen.

»Das war doch nur Spaß«, meinte Ruby kichernd, bevor sie sich an Elisa wandte. »Wir wollen heute Abend mit ein paar Freunden ausgehen. Kommst du mit?«

»Du weißt doch, dass das nichts für mich ist. Außerdem ist es mitten in der Woche.«

»Musst du morgen etwa früh aufstehen? Also ich nicht.« Ruby sah sie bittend an. »Komm schon, wann waren wir das letzte Mal gemeinsam feiern?«

»Ich glaube, noch nie.« Elisa stellte den Staubsauger weg.

»Dann wird es Zeit. Ich leihe dir ein paar Klamotten, wir machen dich zurecht und dann haben wir etwas Spaß.«

»Ich möchte wirklich nicht«, widersprach Elisa noch einmal.

»Versuchs doch wenigstens. Komm erst mal mit, und wenn du dich nicht wohlfühlst, dann fahren wir sofort nach Hause. Versprochen.«

»Mir ist aber wirklich nicht danach, auszugehen.«

»Du musst wieder unter Menschen. Das hat Marie auch gesagt.«

Elisa wusste eigentlich nicht, warum, aber sie hörte sich ein »Na gut« stammeln.

»Super!«, rief Ruby erfreut. Sie zog Elisa mit sich ins Schlafzimmer, während Pedro in der Küche verschwand und sich am Kühlschrank bediente. »Dann suchen wir dir mal ein Partyoutfit zusammen und …« Sie hielt mitten im Satz inne und sah auf ihren Schreibtisch. »Was macht der Brief da?«

»Ich habe mir einen Hefter aus der Schublade genommen und ihn dort entdeckt. Ich dachte, du hättest vielleicht vergessen, ihn zu öffnen.«

»Nein, das habe ich nicht. Er lag absichtlich dort.«

»Willst du ihn denn nicht lesen?«

»Das kann warten. Jetzt bist du erst einmal an der Reihe.« Ruby öffnete ihren Kleiderschrank, und Elisa wunderte sich, dass dieser trotz der vielen Schmutzwäsche, die sie eingesammelt hatte, noch so vollgestopft war. Und es herrschte auch hier das reinste Chaos. »Würdest du mal alles ordentlich einräumen, hättest du einen besseren Überblick.«

»Das ist mir zu viel Arbeit«, meinte Ruby und schnappte sich ein enges, schwarzes Top. »Hier, zieh das mal an.«

»Aber draußen ist es so kalt. Soll ich erfrieren?«

»Draußen kannst du den überziehen.« Sie warf Elisa einen kurzen Mantel aus pink gefärbtem Fellimitat zu.

»Das kannst du vergessen. Den trage ich nicht.« Elisa warf ihn ihrer Schwester zurück.

»Aber auf das Top können wir uns einigen, und dazu das hier.« Sie reichte ihr einen roten Rock und eine dunkle Strumpfhose. »Du wirst super aussehen.«

Elisa betrachtete kritisch die Kleidungsstücke, die Ruby ihr reichte.

Diese war kaum zu stoppen in ihrer Euphorie. »Du wirst dich heute Abend kaum vor Angeboten retten können.«

»Na, ich weiß nicht.«

»Ach, komm schon, Elisa. So ein Abend ist jetzt genau das Richtige. Vertrau mir. Ich weiß, wovon ich rede.«

»Seid ihr langsam mal fertig?«, rief Pedro aus der Küche.

»Wolltest du dich nicht längst von ihm trennen?«, flüsterte Elisa.

»Ja, vielleicht morgen.« Ruby lachte. »Und jetzt zieh dich schnell um. Wir wollen vorher noch was essen gehen. Wir brauchen eine gute Grundlage, heute gibt es nämlich alle Cocktails zum halben Preis, und das muss man schließlich ausnutzen.«

»Wenn du meinst …« Elisa klang wenig überzeugt, fand aber auch nicht die nötige Kraft für weitere Diskussionen. Ein Cocktail konnte vielleicht auch nicht schaden. Danach konnte sie immer noch die U-Bahn nach Hause nehmen und ihrer Schwester und deren Freunden die Partyszene überlassen.

Kapitel 8

ELISA staunte, wie viele Menschen unter der Woche offensichtlich die Zeit fanden, auszugehen und zu feiern. Schon um halb zehn war der Club, in den Ruby und Pedro sie geschleppt hatten, regelrecht überfüllt. Die Musik dröhnte aus allen Ecken, sodass man sich kaum unterhalten konnte. Aber dafür waren die meisten wohl auch nicht gekommen. Es wurde getanzt, gelacht und vor allem viel getrunken. Anfänglich hatten sie gemeinsam an einem Tisch gesessen und Cocktails bestellt. Ruby war ehrlich bemüht gewesen, Elisa in die belanglosen Gespräche mit einzubeziehen und sie ihren vielen Freunden vorzustellen. Irgendwann war sie dann auf der Tanzfläche verschwunden und seitdem nicht mehr aufgetaucht. Elisa hielt sich immer noch an ihrem ersten Cocktail fest. Er war sehr stark, und sie wollte nicht zu hastig trinken. Sie hatte noch nie viel Alkohol vertragen. Obwohl es um sie herum so voll war, fror Elisa in den dünnen Sachen, die Ruby ihr aufgezwängt hatte. Seit dem Feuer fror sie einfach ständig, so als hätte es ihr jegliche Wärme geraubt. Elisa wusste um die Ironie dieser Gedanken.

Sie leerte ihr Glas und stand anschließend auf, um sich einen Weg zu den Toiletten zu bahnen. Anschließend würde sie Ruby Bescheid geben, dass sie sich auf den Rückweg machte. Für heute Abend war sie eindeutig genug unter Menschen gewesen. Elisa drängte sich über die Tanzfläche und atmete erst wieder auf, als sie die Waschräume erreichte. Ein Mädchen, vielleicht siebzehn Jahre alt, stürzte gerade aus der Damentoilette.

»Da würde ich vorerst lieber nicht reingehen«, riet sie ihr kichernd. Elisa beschloss, besser nicht nach dem Grund zu fragen. Dann musste sie eben bis zu Hause warten. Ein weiterer Grund, möglichst schnell aufzubrechen. Sie sah sich hektisch nach Ruby um und entdeckte sie schließlich eng umschlungen mit Pedro in einer Ecke. Die zwei waren offenbar ausreichend mit sich selbst beschäftigt, also drehte Elisa sich entschlossen um und eilte zum Ausgang.

Sie saugte gierig die frische Nachtluft ein. Die Musik drang nur sehr gedämpft nach draußen. Aufgrund der niedrigen Temperaturen waren die Straßen in dem Partyviertel relativ leer. Die meisten hielten sich wohl lieber in statt vor den Bars und Clubs auf. Es hatte zu nieseln begonnen und der feine Sprühregen legte sich auf den Nylonstoff der dunklen Jacke, die Ruby ihr geliehen hatte, und drohte, das dünne Material in wenigen Minuten zu durchnässen. Sie musste morgen dringend einkaufen gehen, um sich neu einzukleiden. Elisa lief auf die U-Bahn-Station zu und blickte auf die leuchtende Anzeige vor dem Treppenaufgang. Ein Obdachloser saß schlafend an die Mauer gelehnt und störte sich nicht an den Menschen, die an ihm vorbeieilten und zum Teil abwertend auf ihn herabblickten. Elisa warf ihm ein Zwei-Euro-Stück in seinen Kaffeebecher, bevor sie sich der Anzeige zuwandte. Sie hatte ihre Bahn gerade verpasst, und die nächste fuhr erst in dreißig Minuten. Sie fluchte innerlich. Mal von ihrem Toilettenproblem abgesehen, das zunehmend dringender wurde, hatte sie auch keine Lust, eine halbe Stunde bei der Kälte in einer U-Bahn-Station auf den nächsten Zug zu warten. Ziellos schlenderte sie die Straße hinauf und spielte kurz mit dem Gedanken, sich ein Taxi zu nehmen, verwarf die Idee aber wieder, als ihr Blick zufällig an einem großen Werbeplakat hängen blieb, das auf eine Kunstausstellung ganz in der Nähe hinwies. Sie hatte natürlich von der Ausstellung gelesen, war bei allem, was geschehen war, aber nicht dazu gekommen, sie zu besuchen. Das Plakat zeigte das Werk eines bekannten Künstlers. Elisa mochte das Motiv: ein Kornfeld im Sommer. Die Blumen am Wegesrand leuchteten in einem kräftigen Rot und spiegelten die Schönheit und die lebendigen Farben der Natur wider. Manchmal waren es gerade die einfachen Motive, die sie besonders faszinierten. Der Künstler hatte sich in den letzten zwei Jahrzehnten einen großen Namen gemacht, und seine Bilder wurden mittlerweile hoch gehandelt. Er verstand es auf besondere Weise, mit einfachen, oft kopierten Motiven die Blicke der Menschen einzufangen.

Elisa dachte kurz nach. Unter dem Bild wurde darauf hingewiesen, dass das Museum in dieser Woche bis Mitternacht geöffnet hatte. Sie sah auf ihre Armbanduhr. Es blieben ihr also noch fast zwei Stunden. Vielleicht war der angebrochene Abend ja doch noch zu retten. Sie lächelte freudig über ihren Entschluss, noch nicht zurück in Rubys leere Wohnung zu fahren und stattdessen in die Ausstellung zu gehen. Es waren von hier aus nur wenige Gehminuten. Doch sie ließ sich Zeit. Nachdem Elisa den Trubel des Partyviertels hinter sich gelassen hatte, genoss sie für einen Augenblick die nächtliche Ruhe. Sie schlenderte über die große Wiese, an deren Ende sich bereits das beleuchtete Museumsgebäude zeigte, blendete die entfernten Geräusche der Straße und die Stimmen der Besucher aus und versuchte, ihre Gedanken zu ordnen; tief ich sich hineinzuhören. Manchmal fragte sie sich, warum sie nicht ein wenig mehr wie ihre Schwester sein konnte. Beinah war es, als steckte sie in einer festgefahrenen Rolle, aus der es kein Entkommen gab. Vielleicht hatte sie gerade aus diesem Grund Gefallen an der Vorstellung gefunden, sich auf einen Menschen wie Conor einzulassen – dem selbstbewussten, gut aussehenden Künstler, der eigentlich so gar nicht zu ihr passte. Vielleicht hätte er ihr helfen können, eine andere Seite an sich zu entdecken, dem Leben und dessen Herausforderungen selbstsicherer entgegenzutreten. Aber diese Überlegungen waren nun, da er verschwunden war, sinnlos. Sie sollte sich nicht zu viele Gedanken machen. Auch das war eine Sache, die sie in Zukunft häufiger berücksichtigen wollte.

Elisa hatte nun den Vorplatz des Museums erreicht. Sie stöhnte auf, als sie die langen Schlangen vor den Kassen bemerkte. Offensichtlich hatten sich auch noch andere dazu entschlossen, die nächtliche Ausstellung zu besuchen. Sie versuchte gerade abzuschätzen, ob es sich um diese Uhrzeit noch lohnen würde, sich in die Warteschlange einzureihen, da sprach sie jemand von hinten an.

»Gehst du auch in die Ausstellung?«

Elisa fuhr erschrocken herum. Ein Mann stand dicht hinter ihr und sah sie freundlich an. Mit seinem netten Lächeln und dem fröhlichen Ausdruck in den Augen war er Elisa auf Anhieb sympathisch.

»Ja, vielleicht«, sagte sie. »Obwohl ich kaum glaube, dass ich noch lange in der Ausstellung bleiben kann, wenn ich mir das Gedränge vor den Kassen ansehe.«

Er fuhr sich unsicher durch sein rotblondes Haar, das etwas ungekämmt wirkte. Vermutlich hätte er es kürzer tragen müssen, um die wirren Locken in den Griff zu bekommen. Elisa aber gefiel es so.

»Und wenn ich dir sagen würde, dass ich dich innerhalb von zwei Minuten in die Ausstellung bringen könnte?« Er lächelte verschmitzt.

»Jetzt machst du mich neugierig«, gestand sie.

»Ich kenne eine Mitarbeiterin. Sie lässt mich durch den Hintereingang.«

»Und warum möchtest du ausgerechnet mich mit hineinschleusen?«, fragte Elisa überrascht.

»Ich habe deinen verzweifelten Blick bemerkt, als du die Warteschlange gesehen hast. Und da dachte ich … na ja … Du hast irgendwie verloren und auch ein bisschen einsam auf mich gewirkt. Falls ich das so sagen darf.«

Ja, das war wohl der Eindruck, den Elisa bei manchen Menschen hinterließ, wenn sie sich denn die Mühe machten, hinzusehen. Auch daran musste sie dringend arbeiten und auf Ruby und Marie hören, die sie immer wieder baten, etwas mehr aus sich herauszukommen.

Der Mann vor ihr machte einen netten Eindruck. Seine ganze Erscheinung wirkte ehrlich und einnehmend. Er schien ein glücklicher, fröhlicher Mensch zu sein, und diese Leichtigkeit war genau das, was sie im Moment brauchte.

»Ich bin Malte«, stellte er sich nun vor.

»Elisa.«

»Freut mich, dich kennenzulernen, Elisa.«

Das konnte sie nur zurückgeben. Und während sie Malte zum Hintereingang folgte, überkam sie plötzlich das Gefühl, dass dies doch noch ein richtig schöner Abend werden könnte.

»Bist du sehr kunstinteressiert?«, fragte er, während sie um das Gebäude herumliefen.

»Ja.« Sie nickte. »Ich male auch selbst ganz gerne. Und ich habe eine eigene Galerie … na ja, ich hatte eine …« Sie schluckte schwer.

»Wirklich?«, fragte er interessiert. »Was ist passiert?«

»Hast du von dem Feuer letzte Woche gehört?«

»Oh nein! Das war dein Laden?« Malte wirkte ehrlich betroffen. Er legte eine Hand auf ihre Schulter. Eigentlich eine viel zu vertraute Geste für jemanden, den Elisa erst seit wenigen Minuten kannte. Dennoch empfand sie die Berührung nicht als unangenehm.

»Lass uns nicht weiter darüber reden. Ich möchte gerne auf andere Gedanken kommen.«

»Dann sollten wir jetzt hineingehen.« Er klopfte an eine Hintertür. Tatsächlich öffnete ihm eine Museumsangestellte.

»Hi, Malte«, grüßte sie freundlich. »Schön, dich zu sehen.«

»Ich würde einer Freundin gerne die Ausstellung zeigen«, sagte er.

»Dann macht euch einen schönen Abend.« Sie trat zur Seite, um die beiden hereinzulassen.

»Das werden wir«, meinte Malte und ließ Elisa den Vortritt. Ein langer, schwach beleuchteter Flur erstreckte sich vor ihr. »Wenn wir dort hinten durch die Glastür gehen, gelangen wir direkt in die Ausstellung«, sagte er.

Elisa folgte ihm. Es fühlte sich irgendwie aufregend an, auf diesem Weg in das Museum zu gelangen. Sie tat normalerweise niemals etwas Verbotenes. Vielleicht würde es Malte sogar gelingen, sie von Conor und ihren Sorgen abzulenken. Selbst wenn es nur für diesen einen Abend war …

**

Gesa saß an ihrem Schreibtisch und starrte ins Leere. Draußen war es bereits dunkel und sie hatte das Fenster geöffnet, um die kühle Nachtluft in ihr Schlafzimmer zu lassen. Der Wind brachte das vertraute Rauschen der Brandung mit sich und ließ sie nachdenklich, vielleicht sogar ein wenig sentimental werden. Gesa gönnte sich selten die Zeit, ihr langes Leben zu reflektieren. Eigentlich war sie niemand, der sich zu sehr mit der Vergangenheit beschäftigte. Aber vielleicht brachte das Alter solche Gedanken einfach mit sich. Wenn man achtzig Jahre alt war, vier Ehemänner und unzählige Liebhaber gehabt hatte und nun doch an einem Abend wie diesem völlig allein in einem viel zu großen Haus saß, hatte man vielleicht nicht immer die richtigen

Entscheidungen getroffen. Es war schließlich nicht so, als wären die Männer, die einst an ihrer Seite waren, bereits verstorben. Ganz im Gegenteil schienen sie alle mit einem ebenso langen Leben gesegnet zu sein wie sie selbst. Alle, außer Oscar, hatten erneut geheiratet und eine Familie gegründet. Ihr waren nur ihre Enkelinnen geblieben, die weit weg wohnten und sie nur selten besuchten. Vielleicht war sie selbst daran schuld. Auch wenn sie für die Mädchen alles getan hatte, um ihnen die Eltern zu ersetzen, wusste Gesa, dass beide es kaum hatten erwarten können, von ihr und der Insel wegzukommen und sich ein eigenes Leben aufzubauen. Sie war eben noch nie der mütterliche Typ gewesen. Das musste sie sich eingestehen. Oft war sie darauf bedacht, das Beste für sich selbst rauszuholen. Vermutlich hatte sie sich auch genau aus diesem Grund für die Kreuzfahrt entschieden. Noch fühlte sie sich gesund und vital genug, um solch ein Abenteuer zu wagen. Und vielleicht würde sie ja einen attraktiven, wohlhabenden Witwer kennenlernen.

Gesa ermahnte sich, mit ihren Gedanken nicht zu sehr abzuschweifen. Eigentlich saß sie nur hier, mit Block und Stift vor sich, um eine Gästeliste für ihre Feier zu entwerfen. Doch bisher standen dort ausschließlich die Namen der Mädchen. Vielleicht würde sie auch diese Krankenschwester, Marie, einladen, die sich auch heute noch so rührend um die zwei kümmerte. Und dann war da noch Oscars Enkel. Sie hatte den Jungen nur einmal kennengelernt, aber sie wusste, dass Oscar ein enges Verhältnis zu ihm hatte, auch außerhalb seiner Geschäfte, in die der Junge aber tief mit drin steckte. Und das konnte von Vorteil sein. Vielleicht war er sogar der Richtige, wenn es darum ging, sie in ihrer Abwesenheit zu vertreten. Er würde sich schon um alles kümmern und dafür sorgen, dass es keine unerwünschten Schwierigkeiten gab. Natürlich kannte sie ihn nicht gut genug, um ihm die Verantwortung für ihr Haus, die Ferienwohnung und die Katzen zu überlassen. Dafür brauchte sie eine echte Vertraute. Gesas Gedanken wanderten zu Elisa. Es hatte sie sehr erschrocken, von dem Feuer zu hören, und sie konnte sich kaum vorstellen, was jetzt in Elisa vorging. Das Mädchen hatte es schon immer schwerer im Leben gehabt als ihre Schwester. Oder vielleicht nahm sie das Leben auch einfach nur schwerer als Ruby. Wie auch immer … Es würde ihr sicherlich guttun, ein paar Tage hier auf der Insel zu sein, und vielleicht konnte sie Elisa auch überreden, ihren Aufenthalt ein wenig auszudehnen …

Kapitel 9

ELISA genoss es, mit Malte durch das Museum zu schlendern. Er verstand offenbar sehr viel von Kunst, und sie konnte sich zu beinah jedem Bild mit ihm austauschen. Mit seiner fröhlichen und unterhaltsamen Art gelang es ihm, sie von den Sorgen der letzten Tage abzulenken, und er brachte sie sogar einige Male zum Lachen.

»Darf ich dich noch auf einen Kaffee einladen?«, fragte er, nachdem sie alles gesehen hatten.

Es freute Elisa, dass auch er den Abend noch nicht ausklingen lassen wollte. »Kaffee um ...« Elisa sah auf ihre Armbanduhr und erschrak. »Es ist ja schon kurz vor Mitternacht!«

»Ja, die Zeit ist wirklich schnell vergangen«, bemerkte Malte lächelnd. »Aber ich würde mich dennoch über einen Kaffee mit dir freuen.«

»Na gut«, stimmte Elisa zu. »Aber ich muss meiner Schwester schreiben, dass ich noch unterwegs bin. Sie vermisst mich sicher schon.« Eigentlich war Elisa davon gar nicht so überzeugt, aber man konnte ja nie wissen. Sie tippte schnell eine Nachricht an Ruby in ihr Handy und folgte Malte schließlich in das kleine Café. Tatsächlich herrschte hier eine Atmosphäre wie am Nachmittag. Ein Pärchen teilte sich sogar ein Stück Sahnetorte. Elisa schüttelte sich. Um diese Zeit bekam sie so etwas nicht runter.

Malte führte sie zu einem Zweiertisch. »Setz dich doch. Ich hole uns Kaffee.«

»Ich möchte lieber einen heißen Kakao. Sonst finde ich heute keinen Schlaf mehr.« Eigentlich glaubte Elisa, dass ihr das auch so nicht gelingen würde. Sie sah zu Malte, der sich in die Warteschlange eingereiht hatte. Manchmal gab es also tatsächlich diese Begegnungen mit einem Menschen, der einem vom ersten Moment an vertraut war, ohne dass man genau sagen konnte, warum man so empfand. Elisa mochte Malte. Er konnte auf jeden Fall ein guter Freund werden. *Alles*

Weitere wird sich schon noch zeigen, dachte sie und erschrak. Sie verbot sich derartige Gedanken und würde die Dinge von nun an einfach auf sich zukommen lassen … Neuerdings kamen ihr erstaunlich viele gute Vorsätze in den Sinn.

Malte kam mit zwei Pappbechern zurück. »Das Café schließt leider in zehn Minuten«, sagte er entschuldigend. »Wir müssen unseren Kakao wohl draußen trinken. Ich hoffe, es regnet nicht mehr.«

»Das macht doch nichts.« Sie stand auf und folgte ihm.

Dieses Mal verließen sie das Museum durch den Haupteingang. Tatsächlich hatte der Regen aufgehört, die Wolkendecke war aufgerissen und ein heller Vollmond stand am Himmel. Beinah war es wie in ihren lang gehegten Träumen; ein nächtlicher Spaziergang nach einem wunderschönen Abend. Nur dass nicht Conor an ihrer Seite war. Es ärgerte Elisa, dass sich ihre Gedanken immer wieder zu ihm verirrten. Sie versuchte, sich auf Malte zu konzentrieren, der schweigend neben ihr herlief und dabei hin und wieder an seinem Kakao nippte.

»Eine wunderschöne Nacht«, bemerkte Elisa, blickte hinauf zum Sternenhimmel und übersah beim Überqueren der Straße das kleine Schlagloch vor ihr. Sie knickte mit dem Fuß um und stürzte auf den Asphalt. Dabei fiel ihr der Becher aus der Hand, sodass sich der Kakao quer über ihrer Jacke und den Rock verteilte.

»Alles in Ordnung?« Malte kniete sich erschrocken zu ihr. »Hast du dich verletzt?«

»Nichts passiert.« Eigentlich tat es doch ganz schön weh, aber sie wollte nicht jammern. Es war peinlich genug, vollgekleckert auf einer regennassen Straße zu sitzen, aber den stechenden Schmerz in ihrem Knöchel konnte sie einfach nicht weglächeln.

»Kannst du aufstehen?«

»Es wird schon gehen.« Sie ließ sich von ihm hochhelfen und stützte sich auf seine Schulter. Als sie den Fuß belastete, schoss der Schmerz durch ihren ganzen Körper. »Ich glaube, ich habe mir den Knöchel verstaucht.«

»Ich schau mir das mal an. Komm, ich wohne gleich da drüben.« Malte zeigte auf ein Haus, in dessen Erdgeschoss sich ein kleiner Gemüsehandel befand. »Denkst du, du schaffst es bis dorthin?«

Elisa nickte. »Ich glaube, so schlimm ist es nicht.«

Ihr Handy vibrierte. Das war bestimmt Ruby. Sie würde später einen Blick darauf werfen. Jetzt hatte sie erst einmal andere Sorgen.

***

Ruby lief unruhig vor dem Club auf und ab. Sie hatte Elisas Verschwinden erst vor zehn Minuten bemerkt und fühlte sich schuldig. Schließlich hatte sie ihre Schwester mitgenommen, damit diese auf andere Gedanken kam und vielleicht ausnahmsweise mal etwas Spaß hatte. Doch dann hatte sie Elisa allein am Tisch zurückgelassen und mit Pedro den Abend verbracht. Elisas kurze Nachricht, dass sie noch unterwegs sei, hatte sie beunruhigt. Wo konnte ihre Schwester um diese Uhrzeit sein? Warum war sie nicht einfach nach Hause gefahren?

Sie griff zu ihrem Smartphone und schrieb Elisa eine Nachricht: *Wo bist du? Melde dich bei mir.*

»Kommst du wieder rein?« Pedro wartete ungeduldig an ihrer Seite. Er war bereits ziemlich angetrunken. »Oder sollen wir lieber direkt zu dir fahren?«

»Das geht nicht. Ich suche meine Schwester.«

»Die ist doch schon erwachsen und kann auf sich selbst aufpassen«, säuselte er.

»Natürlich kann sie das, aber ich fühle mich im Moment verantwortlich für sie. Immerhin hat sie viel durchgemacht und …«

»Elisa braucht doch keinen Babysitter.« Er lachte. »Komm jetzt endlich. Die Nacht hat doch gerade erst angefangen.«

»Für mich ist die Party erst einmal vorbei. Ich mach mir wirklich Sorgen. Elisa geht es momentan nicht besonders gut.«

»Dann gehe ich eben allein.« Er wollte sich schon abwenden, aber Ruby hielt ihn zurück. Vielleicht war heute Abend der ideale Zeitpunkt, diese Beziehung endlich zu beenden. So wie sie es schon seit Tagen vorhatte. Pedro hatte ihr noch nie sehr viel bedeutet, war nicht mehr als ein netter Zeitvertreib gewesen. So wie die meisten Männer, mit denen sie bisher zusammen gewesen war. Er würde ihr wohl kaum fehlen. Das spürte sie in diesem Augenblick ganz besonders.

»Weißt du was«, schnaubte sie. »Lass uns einfach Schluss machen. Dann kannst du zurück in den Club gehen und dir dort direkt eine neue suchen.«

»Meinst du das ernst?«, fragte er, klang aber wenig überrascht.

»Klar. Wir passen sowieso nicht zusammen.«

»Na gut.« Er zuckte unbeeindruckt mit den Schultern und ließ Ruby allein auf der Straße stehen. Was anderes hatte sie von Pedro auch nicht erwartet. Sie griff erneut zu ihrem Handy und wählte Elisas Nummer. Aber sie meldete sich nicht. Irgendwann sprang schließlich die Mailbox an. »Elisa, wo bist du? Ich fahre jetzt nach Hause und sehe nach, ob du schon zurück bist. Falls nicht, dann melde dich bitte bei mir. Ich mache mir Sorgen.«

Das tat sie wirklich. Und dazu kam ein furchtbar schlechtes Gewissen. Hoffentlich lag Elisa bereits schlafend auf der Couch oder meldete sich zumindest. Falls nicht, würde sie Marie anrufen. Die wusste schließlich immer, was zu tun war.

***

Es fühlte sich seltsam an, mitten in der Nacht bei einem fremden Mann auf der Couch zu sitzen. Elisa war noch nie einfach mit jemandem mitgegangen, den sie praktisch gar nicht kannte. Das hatte sie immer für viel zu gefährlich gehalten. Ruby nahm so etwas viel lockerer. Wie die meisten Dinge im Leben.

Dennoch konnte Elisa nicht behaupten, sich unwohl in der kleinen Dachgeschosswohnung zu fühlen. Obwohl Malte offenbar allein lebte, hielt er eine beachtliche Ordnung. Das Wohnzimmer war sehr gemütlich. Auf dem Holzfußboden lag ein flauschiger, heller Teppich. An den Wänden standen mehrere rustikale Bücherregale, dazwischen hingen einige Bilder und Fotos. Es gab nur einen kleinen Fernseher, ein sehr altes Modell. Malte schien seinen Feierabend wohl eher mit einem guten Buch zu verbringen.

»Lass mich deinen Fuß mal ansehen«, bat er und hockte sich vor Elisa.

Diese zog vorsichtig ihren Schuh und die Socke aus, damit Malte einen Blick auf die Verletzung werfen konnte. Vorsichtig nahm er ihren Fuß in die Hände, betastete den Knöchel, bewegte das Gelenk behutsam.

»Der Knöchel ist etwas geschwollen, gebrochen ist aber nichts. Ich lege dir einen Verband an.«

Während er das Zimmer verließ, um einen Erste-Hilfe-Kasten zu holen, fiel Elisas Blick auf die Fotos an der Wand. Eines der Bilder hing im Posterformat über dem Fernseher und zeigte einen Sonnenuntergang am Meer. Es war eine wunderschöne Aufnahme. Die Sonne, die wie ein roter Glutball tief am Horizont stand, färbte das Wasser in den schönsten Rottönen. Elisa hatte unzähliger solcher Sonnenuntergänge am Strand beobachtet, doch sie hatten für sie niemals an Faszination verloren. Jetzt bemerkte sie auch das maritime Windlicht auf dem Couchtisch und sah sich genauer um. Überall fanden sich kleine Hinweise darauf, dass auch Malte das Meer und die Küste liebte. Im Regal neben den Büchern lag eine große Muschel, in einem anderen Fach stand das Modell eines Fischkutters.

Malte kam nun mit einer Verbandsrolle und Schmerzsalbe zurück.

»Da habe ich ja Glück, dass du so gut ausgestattet bist«, bemerkte Elisa schmunzelnd. »Bei mir zu Hause würdest du nicht mal ein Pflaster finden.« Ihr Gesichtsausdruck wurde plötzlich ernst. »Also in meinem ehemaligen Zuhause.«

»Ich dachte, das Feuer hätte nur dein Geschäft zerstört.«

»Leider auch meine Wohnung, die direkt darüber lag.«

»Das tut mir so leid«, sagte Malte erneut. »Wo wohnst du denn jetzt?«

»Bei meiner Schwester. Aber ich muss mir bald etwas Neues suchen. Es ist keine gute Lösung, ewig bei ihr auf der Couch zu schlafen.«

»Das verstehe ich.«

Vorsichtig rieb er nun ihren geschwollenen Knöchel mit der Salbe ein und verband ihn anschließend. »Ist das zu eng?«

»Nein, du machst das super«, lobte sie ihn.

»Das hoffe ich doch. Schließlich ist das mein Job.«

»Wirklich?«

»Ich bin Rettungssanitäter.«

»Da hab ich aber Glück gehabt.« Elisa lächelte.

Malte sah ihr einen Moment in die Augen. »Ich hoffe, du verstehst mein Angebot jetzt nicht falsch ...« Er wirkte plötzlich etwas verlegen. »Aber es ist schon mitten in der Nacht, und du solltest deinen Fuß heute lieber nicht mehr belasten. Ich kann dich natürlich zu deiner Schwester fahren, aber wenn du möchtest, darfst du auch gerne hier übernachten.«

»Hier, bei dir?«, fragte Elisa unsicher.

»Also ich kann auf der Couch schlafen, oder du. Wie es dir lieber ist. Ich kann dir auch ein paar bequemere Sachen leihen, ohne Kakaoflecken drauf.«

Malte wirkte ebenso unsicher wie Elisa. Vermutlich nahm auch er nicht jeden Abend eine Frau mit nach Hause. Und genau diese Unsicherheit machte Elisa ihre Entscheidung leicht.

»Danke. Es wäre wirklich besser, wenn ich heute Nacht hierbleibe.«

»Ich lege dir einen Pullover und eine Jogginghose ins Bad. Dann kannst du dich umziehen. Falls du möchtest. Die Sachen sind dir viel zu groß, aber für eine Nacht wird's gehen.«

»Ich liebe zu weite Pullover«, sagte Elisa lächelnd.

»Wäre es dir lieber, wenn ich auf der Couch schlafe?«

»Nein, ich bin es doch gewohnt, auf dem Sofa zu übernachten.«

»Na gut. Dann hole ich dir schnell ein paar Sachen.« Malte war offenbar froh, das Zimmer verlassen zu können und eine Aufgabe zu haben.

Im Bad schlüpfte Elisa aus den Sachen, die sie von Ruby geborgt hatte, und hoffte, dass die Flecken wieder rausgehen würden. Anschließend zog sie sich das weite Sweatshirt über, das wunderbar frisch gewaschen roch und sich herrlich warm und flauschig anfühlte. Es vermittelte Elisa sofort ein Gefühl von Behaglichkeit. Das verstärkte sich noch, als sie zurück ins Wohnzimmer humpelte. Dort hatte Malte ihr ein gemütliches Nachtlager bereitet. Er hatte das Licht gedimmt und ihr Kissen und eine weiche Wolldecke zurechtgelegt. Malte selbst befand sich gerade im Nachbarraum, seinem Schlafzimmer, wie Elisa vermutete. Sie griff erneut zu ihrem Handy und wollte gerade eine Nachricht an Ruby schreiben, da kam Malte zurück.

»Hast du alles, was du brauchst?«, fragte er.

»Ja, ich fühle mich wohl.« Und sie meinte es tatsächlich so.

»Schmerzt dein Fuß auch nicht allzu sehr?«

»Nein, es geht.«

»Wenn irgendetwas ist, dann wecke mich ruhig. Ich bin direkt nebenan.«

»Ich glaube ehrlich gesagt nicht, dass ich sofort schlafen kann«, gestand sie. »Vielleicht könnte ich mir ja eines deiner Bücher borgen. Lesen hat noch immer geholfen, ruhiger zu werden.«

»Ich kann dir auch noch etwas Gesellschaft leisten«, bot er ihr an. »Ich bin nämlich auch noch nicht besonders müde.«

»Du musst doch bestimmt früh raus und …«

»Nein, ich habe morgen Spätschicht, kann also ausschlafen.«

Er setzte sich zu ihr auf die Couch. Dann schwiegen beide für einen Moment. Elisa sah erneut auf das Foto über dem Fernseher.

»Fährst du gerne ans Meer?«

»Oh ja, ich liebe es«, sagte er aus voller Überzeugung. »Es gibt keinen schöneren Ort als die Küste. Das Foto ist bei meinem letzten Urlaub an der Ostsee entstanden.«

»Die Ostsee also«, wiederholte Elisa. »Meine Großmutter sagt immer, das sei kein richtiges Meer. Sie lebt auf einer Insel in der Nordsee.«

»Ach, mit der Nordsee konnte ich nie so viel anfangen. Ich war einmal als Kind dort und habe eine Woche lang kaum das Wasser gesehen. Immer wenn ich mit meinen Eltern am Strand war, herrschte Ebbe. Und das während einer Hitzewelle, bei der sich jeder nach einer Abkühlung gesehnt hat. Es gibt ein Foto von mir, auf dem ich in einer winzigen Pfütze im Watt sitze. Und die musste ich mir auch noch mit einem anderen Jungen teilen.« Malte lachte. »Seitdem sind wir nur noch an die Ostsee gefahren, und ich mach das heute noch.«

»Dann können wir wohl keine Freunde werden«, scherzte Elisa.

»Du warst als Kind sicherlich sehr oft bei deiner Großmutter«, vermutete Malte.

»Ich habe einige Jahre bei ihr gelebt.«

Malte sah sie überrascht an.

»Nach dem Unfalltod meiner Eltern sind meine Schwester und ich zu ihr auf die Insel gezogen«, erklärte sie.

»Oh, das mit deinen Eltern tut mir leid.« Er strich kurz über ihren Arm.

»Ja, es war eine schlimme Zeit, aber im Nachhinein denke ich auch gerne an die Jahre bei unserer Großmutter zurück. Ihr Haus liegt nur wenige Meter vom Strand entfernt, und die Insel ist wirklich traumhaft schön.«

»Und warum bist du dann zurück in die Großstadt gezogen?«

»Ich bin hier aufgewachsen. Und irgendwie zieht es einen doch immer zu seinen Wurzeln zurück, mich zumindest.« Elisa lächelte. »Außerdem hatte ich hier die Möglichkeit, meinen Traum von einem eigenen Atelier zu verwirklichen, und meine Schwester Ruby konnte es kaum erwarten, die Insel zu verlassen, um sich in das Großstadtleben zu stürzen. Und auch wenn wir uns nicht immer verstehen, wollte ich in ihrer Nähe wohnen. Wir sind Zwillinge und das verbindet ein Leben lang.« Elisa wurde einen Augenblick nachdenklich. »Mittlerweile sehne ich mich oft zurück an die Nordsee. Mir fehlt die Weite und Einsamkeit der Strände. Es ist kaum ein Trost, an einem kleinen Ententeich im Stadtpark zu sitzen oder im Freibad auf der Wiese zu liegen.«

»Nein, das ist es nicht.« Malte schmunzelte. »Ich freue mich auch schon auf meinen bevorstehenden Urlaub.«

»Dann fährst du vermutlich wieder an die Ostsee.«

»Ja, wahrscheinlich schon. Obwohl ich mich noch nicht festgelegt habe. Um diese Jahreszeit gibt es ja genug freie Unterkünfte. Deswegen wollte ich ganz spontan sein.«

»Vielleicht kann ich dich ja doch noch zu einem Trip an die Nordsee überreden«, entgegnete sie grinsend.

»Wenn du mitkommst, könnte ich es mir vielleicht überlegen.«
Malte bemerkte Elisas entsetzten Blick. Er räusperte sich verlegen.
»Oh, das ist mir nur so rausgerutscht. Tut mir leid. Du musst mich jetzt
für ganz schön aufdringlich halten. Schließlich kennen wir uns gerade
mal seit drei Stunden, und ich möchte dich schon zu einem
gemeinsamen Urlaub überreden.«

»Bist du immer so schnell bei der Sache?« Elisa hatte sich bemüht,
einen Scherz zu machen, um die Situation aufzulockern. Aber ihre Art
von Humor erreichte die Menschen eher selten.

»Aber nein«, beteuerte Malte. »Ich wollte doch wirklich nicht …«

»Schon okay«, unterbrach sie ihn lachend. »Ich habe dich schon
verstanden.«

»Wirklich? Da bin ich aber erleichtert. Es ist nur so … Ich mag dich,
Elisa. Ich hab sofort gespürt, dass wir uns gut verstehen werden.«

»Ich mag dich auch, Malte.«

Sie sahen sich einen Augenblick lang schweigend an. Maltes Gesicht
war gerötet, und er lächelte unsicher. Elisa konnte einfach nicht
anders, als sich nach vorne zu beugen und ihm einen zarten Kuss auf
die Wange zu hauchen.

»Vielen Dank, dass ich heute bei dir bleiben kann.«

»Das ist doch selbstverständlich«, entgegnete er.

Sie sah auf die Uhr. »Wir sollten jetzt wirklich ein wenig schlafen,
oder?«

»Ja, das sollten wir. Bis morgen, Elisa. Und wenn was ist, ich bin
nebenan.«

»Mach dir keine Gedanken. Mir geht es gut.«

Während Malte sich in sein Schlafzimmer zurückzog, kroch Elisa
unter die warme Wolldecke. Ihr fielen schon nach wenigen Minuten
die Augen zu. Das Surren ihres Handys hörte sie nicht mehr.

***

»Und sie hat nur geschrieben, dass sie noch unterwegs ist?«, fragte
Marie. Sie saß am Küchentisch, während Ruby unruhig auf und ab lief.

»Ja, das ist jetzt schon über zwei Stunden her. Danach habe ich nichts mehr von ihr gehört.«

»Warum schleppst du deine Schwester auch mit in diesen Club? Du weißt doch genauso gut wie ich, dass sie sich in solchen Lokalitäten nicht wohlfühlt.«

»Ich wollte sie einfach auf andere Gedanken bringen.«

»Dann hättest du sie vielleicht nicht den halben Abend allein am Tisch sitzen lassen sollen.« Marie wusste, dass sie vorwurfsvoll klang, und versuchte, sich wieder zu beruhigen. Ruby fühlte sich auch schon ohne ihre anklagenden Worte schlecht genug. Sie hatte das Mädchen selten so besorgt erlebt. Das war eine Seite, die sie fast nie zeigte.

»Lass uns einmal versuchen, so wie Elisa zu denken. Was gibt es in der Nähe des Clubs, wo sie hingehen könnte? Es muss interessant genug gewesen sein, um sie davon abzuhalten, direkt nach Hause zu fahren.«

»Elisa interessiert sich doch für nichts. Außer für Kunst natürlich.«

»Das ist es!«, rief Marie. »Ganz in der Nähe des Clubs findet doch diese Kunstausstellung *Nacht im Museum* statt. Elisa hat mir davon erzählt und auch, dass sie die gerne besuchen möchte.«

»Dann sollten wir dort zuerst nach ihr suchen«, entschied Ruby.

Sie eilten zu Maries Wagen und fuhren auf schnellstem Weg dorthin. Ruby spürte, dass ihr Herz raste, als sie zum Eingang eilten. Innerlich hoffte sie, dass Elisa einfach noch hier sein würde.

»Es ist schon geschlossen«, bemerkte sie enttäuscht und rüttelte frustriert an der Tür.

»Was machen Sie denn da?« Eine junge Frau kam zu ihnen. Sie trug ein Shirt, auf dem der Name und das Logo des Museums gedruckt waren, und zündete sich gerade eine Zigarette an. »Möchten Sie etwa, dass der Alarm ausgelöst wird?«

»Entschuldigung«, sagte Ruby kleinlaut.

»Die Ausstellung hat für heute geschlossen«, grummelte die Frau. Ihre Laune war nicht die beste. Kein Wunder, wenn man um diese Uhrzeit noch arbeiten musste.

»Wir sind auf der Suche nach meiner Schwester, die heute Abend vielleicht hier war.«

»Hier waren wirklich sehr viele Leute. Wie sieht sie denn aus?«

»Sie ist meine Zwillingsschwester.« Ruby stellte sich in das Licht der Außenlampe. »Allerdings sehen wir uns nicht sehr ähnlich.« Ruby seufzte. Auf diesem Weg würde sie wohl nicht weiterkommen. »Sie hat längere Haare als ich«, fuhr sie dennoch fort. »Und sie ist ungeschminkt. Außerdem trägt sie einen kurzen Rock und eine dunkle Nylonjacke. Warten Sie ...« Sie holte ihr Handy heraus und zeigte der Frau ein Foto von Elisa.

Die Museumsangestellte nahm einen tiefen Zug von ihrer Zigarette und dachte kurz nach.

»Ja, vielleicht erinnere ich mich an sie. Ich habe sie zusammen mit Malte durch den Hintereingang reingelassen, denke ich.«

Ruby spürte, dass ihr ein Stein vom Herzen fiel.

»Und ist sie noch hier?«, wollte Marie wissen.

»Nein, es sind nur noch ein paar Mitarbeiter im Museum, um aufzuräumen und alles für morgen früh vorzubereiten. Wir öffnen ja in acht Stunden schon wieder und sind völlig unterbesetzt. Das bedeutet wenig Schlaf und viel Arbeit. Ich hasse diese Museumsnächte«, fluchte sie.

So leid Ruby das auch tat, aber sie konnte jetzt nicht auf ihre Probleme eingehen. »Wer ist dieser Malte?«, fragte sie ungeduldig.

»Er ist ein Bekannter von mir. Daher lasse ihn schon mal durch den Hintereingang in die Ausstellung. Das darf aber niemand erfahren.«

»Wissen Sie zufällig, wo er wohnt?«, fragte Ruby hoffnungsvoll.

»Ja, es ist nicht sehr weit von hier. Nur ein paar Gehminuten.« Sie nannte ihnen die Adresse. »Er wohnt in der Dachgeschosswohnung. Vielleicht ist Ihre Schwester bei ihm. Obwohl Malte nicht der Typ ist, der sofort eine Frau mit nach Hause nimmt.« Sie lachte.

»Wir werden es trotzdem bei ihm versuchen«, entschied Ruby. Sie wollte jede Möglichkeit nutzen, um ihre Schwester zu finden.

Kapitel 10

DAS laute Schrillen der Klingel ließ Elisa hochschrecken. Sekunden später stürzte Malte in einem klassisch karierten Pyjama aus dem Schlafzimmer. »Wer ist das denn mitten in der Nacht?« Er rieb sich verschlafen die Augen und schaltete das Licht ein. Während Malte bereits zur Tür eilte, benötigte Elisa einen Moment, um sich zu orientieren. Sie setzte sich langsam auf und nahm ihr Handy vom Tisch, um auf die Uhr zu sehen. Praktisch in derselben Sekunde überfiel sie die Erkenntnis, dass sie die Nachricht an Ruby nicht abgeschickt hatte. Die Hoffnung, dass diese ihr Verschwinden vielleicht nicht bemerkt hatte, zerschlug sich, als sie die aufgeregte Stimme ihrer Schwester im Hausflur hörte … und die von Marie.

»Oh nein«, stöhnte Elisa und sprang von der Couch auf. Ein stechender Schmerz fuhr ihr durch den Knöchel, und sie musste kurz innehalten, bevor sie zur Wohnungstür humpelte.

»Es tut mir wirklich leid, dass wir Sie geweckt haben«, hörte sie Ruby gerade sagen. »Aber wir sind auf der Suche nach …« Sie unterbrach sich, als Elisa an Maltes Seite trat.

»Na, so was …« Auf Maries Gesicht zeigte sich ein Grinsen, während Elisa spürte, dass sie rot wurde. Sie wusste gar nicht, warum ihr die Situation so unangenehm war. Schließlich war sie erwachsen und hatte jedes Recht, bei einem Mann zu übernachten und seine Sachen zu tragen.

»Was machst du hier?« Ruby klang wie eine besorgte Mutter, aber nicht wie die flippige Studentin, als die sie sich sonst gern zeigte.

»Es ist nicht so, wie ihr denkt«, stammelte Elisa.

»Möchten Sie nicht vielleicht reinkommen, bevor wir das restliche Haus aufwecken?«

Marie senkte die Stimme. »Nein, wir wollen gar nicht länger stören. Wir haben uns nur Sorgen gemacht, weil wir nicht wussten, ob es Elisa gut geht. Aber allem Anschein nach fehlt ihr ja nichts.«

Elisa gefiel das Grinsen nicht, das sich auf Maries Gesicht zeigte. Offensichtlich deutete sie weit mehr in die Situation hinein als zutraf.

»Von dem verstauchten Knöchel einmal abgesehen«, sagte Malte.

»Du hast dir den Fuß verstaucht?« Maries Blick fiel auf den Verband.

»Ja, Malte hat mich verarztet und mir anschließend angeboten, über Nacht auf seinem Sofa zu schlafen. Es war schon so spät, und ich wollte meinen Fuß schonen.«

»Und dann bleibst du einfach bei einem fremden Mann?«

Elisa konnte nicht fassen, dass ihr ausgerechnet Ruby diese Moralpredigt hielt. Sie wollte gar nicht wissen, wie oft ihre Schwester schon bei irgendwelchen fremden Typen übernachtet hatte.

»Möchtest du mit uns zurückfahren oder vielleicht lieber hierbleiben?«, fragte Marie.

»Natürlich wird sie mit uns nach Hause fahren«, entschied Ruby aufgebracht.

Elisa zögerte. Sie hatte sich erstaunlich wohl bei Malte gefühlt. Aber nun gab es ja keinen Grund mehr, seine Gastfreundschaft weiter zu strapazieren. »Ich sollte wohl wirklich lieber mit ihnen nach Hause fahren.« Sie lächelte Malte entschuldigend an. »Ich ziehe mich nur noch schnell um.«

»Lass die Sachen ruhig an. Du kannst sie mir morgen früh zurückbringen, wenn du zum Frühstück vorbeikommst?« Er sah sie fragend an.

»Sehr gerne«, erwiderte Elisa erfreut. »Wie wäre gegen zehn?«

»Ja, das hört sich gut an. Ich freue mich.«

»Und ich würde jetzt gerne ins Bett«, drängte Ruby.

»Ist ja gut.« Elisa zog schnell ihre Jacke über und verabschiedete sich von Malte. Dann humpelte sie hinter Ruby und Marie die Treppe hinunter.

»Dieser Malte scheint ja ein sehr netter Mann zu sein«, bemerkte Marie, nachdem sie wieder im Auto saßen.

»Ja, das ist er.« Elisa lächelte geheimnisvoll.

»Woher kennst du ihn?«, wollte Ruby wissen. Sie hatte sich zu ihrer Schwester auf die Rückbank gesetzt, als würde sie auf sie aufpassen müssen.

»Ich habe ihn heute Abend in einer Ausstellung kennengelernt.«

»Und da gehst du gleich mit ihm mit nach Hause?«

»Jetzt sei mal nicht so streng, Ruby«, ermahnte Marie sie. »Wir wissen doch alle drei, dass du schon mehr als einmal bei irgendwelchen Männern die Nacht verbracht hast, die du kaum kanntest. Und bei denen hast du sicherlich nicht nur auf der Couch geschlafen.«

»Das ist etwas anderes«, grummelte Ruby.

»Ach? Und wieso ist es bei dir etwas anderes?«, fragte Elisa verständnislos. »Warum veranstaltest du in meinem Fall einen solchen Wirbel um die Sache?«

»Weil du eben Elisa bist, die Vernünftige von uns beiden. Wir dürfen unsere Rollen nicht einfach vertauschen. Das stiftet nur Chaos.«

Marie lachte über Rubys fadenscheinige Argumente. »Ich glaube, sie hat sich einfach Sorgen um dich gemacht«, sagte sie und zwinkerte Elisa zu.

»Das nächste Mal denke ich daran, mich zu melden«, versprach sie.

»Das nächste Mal?«, wiederholte Ruby entsetzt. »Wirst du jetzt etwa öfter bei ihm übernachten?«

»Man kann nie wissen«, entgegnete Elisa grinsend und lehnte sich zufrieden zurück. Innerlich genoss sie den Triumph, ihre Schwester endlich einmal aus der Fassung gebracht zu haben.

***

Marie war furchtbar müde, als sie nach Hause kam. Dennoch entging ihr die blinkende rote Lampe ihres Anrufbeantworters nicht. Während sie Schuhe und Jacke abstreifte, hörte sie nebenbei die Nachricht ab.

»Moin, Marie, hier ist Gesa. Sie wissen schon, die Großmutter von Elisa und Ruby.« Marie schmunzelte. Natürlich wusste sie, wer Oma Gesa war. Auch wenn sie die etwas schrullige, alte Dame nur einmal persönlich getroffen hatte, war sie ihr gut im Gedächtnis geblieben.

»Vielleicht haben Sie von meinen Enkelinnen bereits erfahren, dass ich bald achtzig werde. Offiziell dürfen Sie – wie ich – natürlich zehn Jahre abziehen. Also bringen Sie bloß keine Karte mit, auf der eine goldene Achtzig prangt.« Es wurde kurz still, dann sagte Gesa: »Bevor ich Ihnen jetzt das ganze Band vollquatsche, fasse ich mich kurz. Ich würde mich freuen, wenn Sie die Mädchen begleiten. Es soll zwar nur eine Feier mit der engsten Familie werden, aber Sie sind mir herzlich willkommen. Reisen Sie doch ruhig ein paar Tage früher an, ich habe genug Platz in meinem Haus. Sie brauchen mir keine Zusage oder Absage geben. Ich sehe ja, ob Sie mitkommen. Also, bis bald dann.«

Marie ließ sich kopfschüttelnd auf der kleinen Sitzbank neben ihrem Telefon nieder. Die Einladung kam überraschend. Andererseits hatte sie für die nächsten Wochen keine konkreten Pläne, und es schadete schließlich nie, ein wenig frische Seeluft zu schnuppern. Sie würde vorher noch mit Elisa und Ruby über die Sache reden. Die zwei würden aber gewiss nichts dagegen haben, sie mit auf Reisen zu nehmen.

***

»Aufwachen!«

Elisa riss erschrocken die Augen auf, als Ruby unsanft an ihrer Schulter rüttelte. »Ist was passiert?«, fragte sie irritiert und gähnte.

»Mal davon abgesehen, dass du das Frühstück mit deinem Malte beinah verschlafen hättest …«

»Wie spät ist es denn?«

»Viertel nach neun.«

»Oh, Mist.« Elisa setzte sich müde auf. Sie hatte in der vergangenen Nacht erst sehr spät wieder in den Schlaf gefunden. Lange noch hatte sie an den Abend gedacht, an Malte … »Es ist wohl das erste Mal, dass *du* mich wecken musst«, bemerkte sie. Ruby hatte das sagenhafte Talent, ständig zu verschlafen und daher überall zu spät zu erscheinen.

»Es war ja auch das erste Mal, dass ich dich aus der Wohnung eines fremden Mannes holen musste. Wie auch immer … Es sollte nicht zur Gewohnheit werden, dass wir zwei die Rollen tauschen.« Sie lachte.

»Nein, das sollte es wirklich nicht.« Elisa stand auf und belastete vorsichtig ihren verletzten Fuß.

»Hast du noch Schmerzen?«

»Nur noch ein wenig.«

»Malte hat bestimmt nichts dagegen, dich noch einmal zu verarzten.« Ruby grinste.

»Sag das nicht so«, ermahnte Elisa sie und humpelte in Richtung Bad.

»Ich habe dir übrigens ein paar scharfe Klamotten für dein Frühstücksdate rausgelegt.«

»Heute werde ich mich mal nicht verkleiden«, stellte Elisa klar. »Jeans und Pulli – nichts anderes.«

»Na gut, ganz weit hinten im Schrank werde ich vielleicht noch was Passendes finden. Aber später sollten wir unbedingt shoppen gehen und dich neu einkleiden.«

»Musst du denn gar nicht zur Uni oder arbeiten?«

»Auf der Arbeit hab ich mich krankgemeldet, und die Uni kann warten. Heute ist es mir einfach zu grau und zu ungemütlich, um die Wohnung zu verlassen.«

»Nimmst du das Leben manchmal nicht ein wenig zu locker?« Elisa schenkte ihrer Schwester einen verständnislosen Blick.

»Nimmst du es dafür manchmal nicht etwas zu schwer?«

»Ja, vielleicht.«

Die Schwestern schwiegen – mehr gab es auch nicht zu sagen.

Erst nachdem Elisa endlich gegangen war, setzte Ruby sich an ihren Schreibtisch und suchte das Schreiben der Wohnungsgenossenschaft heraus. Schließlich musste sie sich früher oder später mit dem Inhalt des Briefes auseinandersetzen. Sie ignorierte den Brieföffner, den Elisa ihr vor Jahren geschenkt hatte, und riss den Umschlag unachtsam auf. Dann entnahm sie ihm den unheilvollen Inhalt und begann zu lesen. In dem Schreiben stand nichts, was Ruby überraschte. Bis Mitte des nächsten Jahres mussten sie und ihre Nachbarn die Wohnungen räumen und sich etwas anderes suchen. Man wies sie freundlich darauf hin, dass es einige frei stehende Wohnungen im Umfeld gab, die man gerne sofort besichtigen könne und dass eine gewisse Frau Schmidt ihre Ansprechpartnerin für alle Fragen und Sorgen war. Zumindest montags bis freitags zwischen neun und vierzehn Uhr.

Ruby zerknüllte den Brief in ihrer Hand und warf ihn in den Papierkorb. Sie lief in die Küche und blieb unschlüssig am Fenster stehen. Über dem grauen Betonklotz, der ihr Zuhause war, hingen dichte Wolken, Regen prasselte an die Scheibe. Sie wusste nicht, wie man ein Umfeld wie dieses vermissen konnte, aber sie tat es schon jetzt. Ruby spürte, dass ihr eine Träne über die Wange lief, die sie entschlossen wegwischte. Sie hatte lange nicht geweint und würde jetzt nicht wieder damit anfangen. Ein halbes Jahr war lang, und nichts drängte sie dazu, noch heute eine Entscheidung zu treffen. Sie musste an Oma Gesa denken und erinnerte sich an ihr Angebot, etwas früher zu ihrem Geburtstag anzureisen. Einfach wegzulaufen, war vielleicht keine Dauerlösung, aber in Rubys Augen für den Moment die beste Option. Entschlossen griff sie zu ihrem Handy und wählte Gesas Nummer.

»Wer stört so früh?«, rief diese ungehalten in den Hörer.

»Hast du etwa noch geschlafen?«, fragte Ruby überrascht. »Es ist doch schon Viertel vor zehn.«

»Du meinst wohl *erst* Viertel vor zehn.« Gesa lachte. »Also, warum rufst du an, Elisa?«

»Hier ist Ruby«, berichtigte sie ihre Großmutter. Auch wenn die Zwillingsschwestern sich äußerlich nicht sehr glichen, ihre Stimmen aber hatten einen ähnlichen Klang.

»Ruby? Seit wann bist du um diese Uhrzeit schon auf? Ist etwas passiert? Muss ich mir Sorgen machen?«

»Nein, das musst du nicht.«

»Du klingst aber so. Ich höre es dir doch an. Also, was ist passiert?«

»Gar nichts«, schwindelte sie, überrascht darüber, dass Oma Gesa sie so schnell durchschaut hatte. »Ich wollte nur Bescheid sagen, dass Elisa und ich schon am Wochenende kommen. Dann haben wir noch ein paar Tage zusammen, um uns einzuleben und die große Party vorzubereiten.«

»Ihr wisst, dass ihr euch nicht extra bei mir anmelden müsst. Dieses Haus ist auch euer Zuhause, und ihr könnt jederzeit vorbeikommen.«

Ruby trafen diese warmherzigen Worte völlig unerwartet, so war Oma Gesa nur sehr selten, und sie spürte, dass erneut Tränen in ihr aufstiegen. Sie schluckte schwer. »Das weiß ich doch«, sagte sie leise.

»Also Samstag dann?«

»Ja, ich freue mich, euch Mädchen endlich mal wiederzusehen.«

»Wir freuen uns auch. «

***

Elisa war nervös, als sie vor Maltes Haustür stand. Irgendwie schien der gestrige Abend mit einem Mal so unwirklich. Hätte ihr Fuß nach dem Weg von der U-Bahn hierher nicht so wehgetan, wäre Elisa überzeugt gewesen, alles nur geträumt zu haben.

Jetzt, da Malte ihr mit einem strahlenden Lächeln öffnete, entspannte sie sich endlich.

»Ich hatte schon Sorge, dass du vielleicht nicht kommst«, sagte er und ließ sie in seine Wohnung.

»Aber warum denn?« Elisa blickte verunsichert auf ihre Armbanduhr. Sie hatte sich beeilen müssen, war aber noch pünktlich.

»Ich dachte einfach …«, begann er zögerlich. »Ich dachte, deine Schwester hätte etwas dagegen. Nachdem sie dich letzte Nacht suchen musste.«

»Von meiner Schwester lasse ich mir doch nichts sagen.« Elisa grinste.

»Nein, natürlich nicht. Ich würde mir von meinem Bruder auch nichts sagen lassen. Also wenn ich einen hätte. Ich bin Einzelkind.«

Elisa streckte ihre Nase in Richtung Küche und schnupperte. »Riecht es hier nach Waffeln?«, fragte sie.

»Ja, ich hoffe, du magst Waffeln. Falls nicht, ich habe auch noch Brötchen, Schinken und Käse. Und gekochte Eier.«

»Wann bist du denn aufgestanden?«, fragte Elisa beeindruckt.

»So gegen halb acht. Ich war noch schnell einkaufen.«

»Dann hast du ja kaum Schlaf bekommen.« Sie hatte plötzlich ein ganz schlechtes Gewissen. »Wir hätten doch auch in ein Café gehen können.«

»Das habe ich gerne gemacht«, versicherte Malte ihr und ließ Elisa in die Küche vorgehen. Sowohl auf dem kleinen Tisch, an dem gerade zwei Personen Platz fanden, als auch auf der Arbeitsplatte, war ein reichhaltiges Buffet aufgebaut, von dem gut und gerne fünf weitere Gäste satt geworden wären.

»Geht es deinem Fuß besser?«, erkundigte er sich und zog Elisa einen Stuhl heran. »Du humpelst immer noch.«

»Mach dir keine Gedanken. Es geht mir sehr gut, und ich freue mich auf ein gemütliches Frühstück mit dir.«

»Und ich freue mich, dass wir uns besser kennenlernen können.« Malte schenkte ihr Kaffee ein und bot ihr eine Waffel an. Elisa langte gerne zu.

»Ich wollte dir noch einmal sagen, dass ich den gestrigen Abend sehr schön fand.« Malte lächelte.

Elisa wollte soeben etwas erwidern, da klingelte ihr Handy. Sie zog es aus ihrer Hosentasche und erkannte die Nummer sofort, mit der Conor sie schon einmal angerufen hatte. Nach einem kurzen Zögern drückte sie ihn weg. »Es war nicht wichtig«, erklärte sie und legte das Handy neben dem Teller ab.

»Also, wo waren wir gerade?«, fragte Malte.

»Wir haben über den schönen Abend gesprochen«, erinnerte Elisa ihn, als ihr Handy erneut zu klingeln begann.

»Vielleicht ist es doch wichtig«, meinte Malte. »Geh besser ran.«

Sie stand auf und verließ die Küche, ehe sie sich meldete. »Was willst du, Conor?«

»Elisa?« Er klang etwas irritiert. Diesen schroffen Ton kannte er nicht von ihr.

»Ja, ich bin's. Aber du störst gerade.«

»Wobei?«

»Das geht dich nichts an.«

»Ich verstehe ja, dass du böse auf mich bist. Aber ich muss dringend etwas mit dir besprechen.«

»Vielleicht möchte ich aber nichts mit dir besprechen.«

Elisa wusste, dass sie aufgebracht klang. Conor schaffte es immer, sie aus dem Gleichgewicht zu bringen. Er hatte ihre Gefühle verletzt, und das machte sie wütend und traurig. Bei seinem ersten Anruf war es ihr nicht gelungen, ihre Emotionen zu unterdrücken. Doch heute wollte sie stark sein. Da er schwieg, sagte sie nur: »Ich lege jetzt auf, Conor. Ruf bitte nicht mehr an.«

»Aber es ist wichtig, dass du mir zuhörst. Wir werden uns …«

Elisa ließ ihn nicht aussprechen und beendete das Gespräch.

»Geht es dir gut?«, wollte Malte wissen, als sie in die Küche kam.

»Ja, das war nur einer der Künstler, dessen Bilder im Feuer verbrannt sind«, entgegnete sie knapp und setzte sich zurück an den Tisch. »Lass uns einfach weiter frühstücken«, bat sie ihn, obwohl ihr der Appetit nach dem Gespräch mit Conor vergangen war.

Was war bloß los mit ihr? Nicht erst seit dem Feuer schien ihr Leben aus den Fugen geraten zu sein. Schon seit Conor zum ersten Mal in ihrem Laden aufgetaucht war, schien sie nicht mehr sie selbst zu sein. Elisa war immer stolz darauf gewesen, sich nicht, so wie ihre Schwester, von einem strahlenden Lächeln oder funkelnden blauen Augen blenden zu lassen. Sie war jemand, der mehr auf innere Werte achtete. Und Conor hatte mit seinem Verhalten am Tag des Brandes ganz klar gezeigt, was für ein Mensch er war.

Sie versuchte, sich wieder auf Malte zu konzentrieren. Obwohl sie ihn kaum kannte, spürte Elisa, dass er sie in einer Notsituation niemals einfach im Stich lassen würde. Er schien warmherzig und liebevoll zu sein. So wie sie sich einen Mann an ihrer Seite immer vorgestellt hatte. Es wurde Zeit, Conor endgültig zu vergessen. Vermutlich würde sie ihn ohnehin niemals wiedersehen.

***

Ruby hielt Elisa einen enggeschnittenen Rollkragenpullover hin, auf dessen Vorderseite ein pinkfarbenes Herz aus Pailletten prangte. »Der ist doch niedlich!«, rief sie entzückt.

»Also, ich weiß nicht.« Elisa stöhnte innerlich auf. Seit über zwei Stunden liefen sie nun bereits durch das Einkaufszentrum, und so langsam wurde es anstrengend. Ihr Fuß schmerzte, und es war ihr zu warm in den vollen Geschäften. Wäre sie allein losgegangen, hätte sie vermutlich längst alles zusammengehabt. Da sie immer noch auf das Geld der Versicherung warten musste, war es ohnehin wichtig, Ruby in ihrem Kaufrausch rechtzeitig zu stoppen. Zunächst hieß es, sich auf das Nötigste zu beschränken.

»Dann schenke ich ihn eben Oma Gesa zum Geburtstag.«

»Meinst du nicht, sie ist etwas zu alt für so einen Pullover?«

»Sie wird ihn lieben«, entgegnete Ruby entschlossen. »Dabei fällt mir ein, dass ich uns bereits für Samstag bei Oma angekündigt habe.«

»Du meinst diesen Samstag?« Elisa ließ den grauen Schal, den sie gerade betrachtet hatte, zurück auf den Wühltisch fallen und blickte Ruby mit einer Mischung aus Überraschung und Entsetzen an.

»Ja, natürlich. Ich dachte, es wäre nett, etwas Zeit mit ihr zu verbringen.«

»Und das hast du einfach so ohne mich entschieden?«

»Warum denn nicht? Schließlich gibt es im Moment ja ohnehin nichts, das dich in der Stadt hält. Keine Wohnung, keinen Job ...«

»Danke, ich weiß auch ohne deine klaren Worte, wie schlecht meine Situation ist. Aber Malte hat mich für Samstag zum Essen eingeladen, und darauf habe ich mich schon gefreut.«

»Du kannst auch noch in zwei Wochen mit ihm essen gehen. Wenn er dann immer noch Lust auf ein Date hat, weißt du wenigstens, dass er es ernst meint.«

»Malte ist nicht so ein Kerl wie dein Pedro, der mehrere Frauen zur Auswahl hat und eine einfach beliebig austauscht. Das denke ich zumindest.«

Ruby lachte. »Stimmt, er sieht zumindest nicht aus wie ein Draufgänger, und er wird sicherlich gern auf dich warten.«

»Ich habe mich aber wirklich auf Samstag gefreut.« Elisa legte beiläufig ein Zehner-Pack geblümte Slips in ihren Einkaufskorb, den Ruby sofort wieder herausnahm. »Also, die Dinger sind ab jetzt tabu. Vor allem, da du jetzt einen Freund hast.«

»Er ist nicht mein Freund.«

»Aber du wünschtest, es wäre so?«

»Keine Ahnung. Ich weiß es nicht. Wir kennen uns ja kaum.«

»Dann triff dich am Freitag vor der Abreise noch einmal mit ihm, und stell die Dinge klar.« Ruby nahm ein Negligé aus schwarzer Spitze von der Stange und hielt es Elisa grinsend unter die Nase.

»Ruby!«, rief diese entsetzt und blickte verlegen über ihre Schulter. Außer zwei älteren Damen konnte sie zu ihrer Erleichterung niemanden in der Unterwäscheabteilung entdecken. »Was sollen denn die Leute denken, wenn ich so etwas kaufe?«

»Na, dass du endlich kein Single mehr bist«, entgegnete sie kichernd.

»Lass uns jetzt erst einmal einen Kaffee trinken«, bat Elisa, warf vorher aber noch einen unauffälligen Blick auf das Negligé. Ob ihr so etwas stehen würde? Sie wunderte ich selbst über diesen Gedanken. »Ich brauche eine Pause.«

»Na gut.«

Sie verließen das Geschäft und stießen praktisch mit Marie zusammen, die soeben den Laden betreten wollte.

»Das ist ja ein Zufall«, freute diese sich. »Schön, euch zu sehen.«

»Wir kleiden Elisa neu ein.« Ruby zeigte auf die vollen Taschen, die beide in den Händen hielten.

»Das hört sich nach Spaß an. Darf ich mitmachen?«

»Wir wollten erst einmal einen Kaffee trinken«, erklärte Elisa.

»Dann lade ich euch ein. Ich muss euch ohnehin etwas erzählen.«

»So, was denn?«, fragte Ruby neugierig.

»Ihr glaubt nicht, wer mich gestern Abend angerufen hat.« Die Schwestern sahen Marie fragend an, also fuhr diese fort: »Eure Großmutter. Sie möchte, dass ich euch zu ihrer Geburtstagsfeier begleite.«

»Das ist ja eine super Idee«, freute sich Elisa. Sie fühlte sich immer wohler, wenn sie Marie in ihrer Nähe wusste. »Und? Wirst du mitkommen?«

»Ja, ich denke schon. Ich war ewig nicht an der Nordsee, und dort ist es im Herbst ja immer besonders schön.«

»Findest du? Also mir ist es grad eindeutig zu kalt am Meer.«

»Und warum möchtest du dann schon eine Woche früher anreisen?«, fragte Elisa verständnislos.

»Weil ich Oma vermisse.«

»Du vermisst sie doch sonst nie. Erinnerst du dich an letztes Weihnachten? Da hast du mir erzählt, dass du ihr vollgestopftes Haus und die vielen Katzen keine zwei Tage erträgst, und ich musste allein hinfahren und ihr vorschwindeln, dass du die Grippe hast. Das habe ich wirklich nicht gerne getan.«

»Aber jetzt möchte ich sie eben wiedersehen.«

»Ich halte die Idee für großartig«, mischte Marie sich ein. »Und ich werde ebenfalls am Samstag anreisen und nehme mir eine Ferienwohnung. Wir können schließlich nicht alle eurer Großmutter zur Last fallen.«

»Dann ist es abgemacht?«, wollte Ruby wissen.

»Na gut«, gab Elisa nach. »Aber vorher muss ich Malte anrufen. Vielleicht kann ich ihn am Freitag ja noch mal treffen.«

»Er wird schon Zeit für seine Liebste finden«, neckte Ruby sie.

»So, genug von den Männern.« Marie legte rechts und links einen Arm um die Mädchen. »Jetzt kleiden wir Elisa erst einmal weiter ein.«

»Aber was ist denn aus der Kaffeepause geworden?« Elisa klang ehrlich verzweifelt.

»Die kann warten.«

Marie lachte, und Elisa wusste, dass sie keine Chance hatte, gegen sie anzukommen. Dies würde noch ein sehr langer Nachmittag werden.

Kapitel 11

ELISA legte frustriert einige Kleidungsstücke in die Reisetasche. Sie hatte mit dem Packen bis zum letzten Moment gewartet, denn schon morgen würden sie zur Insel aufbrechen. Wenn Elisa sonst verreiste, dann begann sie bereits zwei Wochen vorher, alles genau zu durchdenken und zu planen. Doch dieses Mal verfügte sie nicht einmal über ausreichend Kleidung, um ihre Tasche schon Tage vorher zu packen. Hinzu kam, dass sie recht freudlos an die verfrühte Anreise dachte. Malte hatte ihr für heute abgesagt, weil er arbeiten musste. Sie bekamen also keine Gelegenheit, sich vor ihrem Urlaub noch einmal zu sehen, und das stimmte sie traurig.

Elisa lief in die Küche, um sich ein Glas Wasser zu holen. Ruby war unterwegs, aber ihr gepackter Koffer stand bereits neben der Wohnungstür und versperrte den kleinen Eingangsbereich. Als es klingelte, vermutete Elisa, dass ihre Schwester nur ihren Schlüssel vergessen hatte. Das geschah ihr ständig, seit Elisa bei ihr wohnte, und sie fragte sich, wie Ruby früher ohne sie klargekommen war.

Doch es war nicht Ruby, die kurz darauf vor der Wohnungstür stand. »Malte?«, fragte Elisa überrascht. Er trug die Uniform eines Rettungssanitäters und war etwas aus der Puste. Malte musste die Stufen wohl in einem enormen Tempo erklommen haben.

»Ich habe nur einen kurzen Moment«, japste er und versuchte lächelnd zu Atem zu kommen. »Aber ich wollte mich unbedingt von dir verabschieden und dir eine gute Reise wünschen.«

»Das ist aber lieb von dir.« Elisa spürte, wie glücklich es sie machte, Malte noch einmal zu sehen. »Möchtest du reinkommen?«

»Nein, mein Kollege wartet unten auf mich.« Er zögerte kurz. Dann beugte er sich zu ihr und gab ihr einen zaghaften Kuss auf die Wange. »Wenn du magst, dann ruf mich doch mal an und erzähl mir von deinem Tag.«

»Das werde ich«, versprach Elisa.

»Gut, dann sehen wir uns in zwei Wochen und hören uns vorher mal.«

»Ja, das machen wir.«

Sie sah Malte noch eine Weile gedankenverloren nach, bevor sie die Wohnungstür schloss. Er hatte sie tatsächlich geküsst. Elisas Laune besserte sich schlagartig. Sobald sie von der Nordsee zurück war, würde sie sich wieder mit ihm treffen. Sie konnte es schon jetzt kaum erwarten.

Gutgelaunt wandte sie sich wieder ihren Reiseplanungen zu. An der Garderobe neben der Wohnungstür hing ihre warme Jacke. Das letzte Mal hatte Elisa sie bei der Besichtigung der Brandruine getragen. Sie bildete sich ein, den Geruch des Feuers noch immer wahrzunehmen. Dennoch konnte sie kaum ohne eine wetterfeste Jacke an die Küste reisen. Also beschloss sie, die Jacke einmal durchzuwaschen, alles fortzuspülen, was sie an das Feuer erinnern konnte. Sie nahm sie vom Haken und durchsuchte die Taschen, bevor sie sie einpackte. Das Stück bemalte Leinwand, das sie zwischen Schutt und Asche gefunden und eingesteckt hatte, fiel ihr in die Hände. Sie hatte gar nicht mehr daran gedacht. Eigentlich wusste sie, dass es albern war, daran festzuhalten. Und dennoch erschien es ihr wie ein kleiner Hoffnungsschimmer. Ein Stück Kunst, das die Katastrophe unbeschadet überstanden hatte. So wie ihr Bild, das Ruby kurzerhand im Wohnzimmer aufgehängt hatte, obwohl sie sonst eigentlich keine Vorliebe für maritime Motive hatte. Ruby hatte nie die tiefen Emotionen nachempfinden können, die ihre Schwester beim Anblick des Meeres verspürte.

Elisa nahm nun das Überbleibsel des Kunstwerkes aus der Jackentasche und betrachtete es eingehend. Sie versuchte, sich zu erinnern, zu welchem Bild der Ausschnitt gehörte. Es zeigte den Teil einer roten Blüte vor einem gelben Hintergrund. Ein Feld vielleicht? Sie konnte sich nicht erinnern, je so ein Motiv im Angebot gehabt zu haben. Aber es kam ihr bekannt vor. Irgendjemand sonst hätte mit dem kleinen Ausschnitt vermutlich nichts anfangen können, aber wenn man die Welt mit den Augen eines Künstlers sah, waren es oft kleine Details, die im Gedächtnis haften blieben. Und plötzlich kam ihr ein Gedanke.

»Das kann doch nicht sein«, nuschelte sie und schaltete eilig Rubys Laptop an. Sie rief das Bild auf, das auf den Werbeplakaten der Kunstausstellung zu sehen war, und zoomte es so weit heran, dass ein bestimmter Ausschnitt nun vergrößert auf dem Bildschirm abgebildet wurde. Er war etwas unscharf, dennoch hielt Elisa den bemalten Leinwandfetzen dagegen.

»Wie ein Puzzleteil, das sich perfekt einfügt«, bemerkte sie erstaunt, wohlwissend, dass sie dieses Bild nie in ihrem Besitz gehabt hatte. Ein derart bekannter Künstler würde wohl niemals seine Bilder in einer kleinen Galerie wie ihrer ausstellen. Hinzu kam, dass genau dieses Werk aktuell in der Kunstausstellung hing und nicht zum Verkauf stand. Und dennoch schien das Überbleibsel der verkohlten Leinwand ein Teil genau dieses Bildes zu sein. Elisa hätte gerne mit Malte darüber gesprochen, aber dazu hatte sie nun keine Gelegenheit. Sie nahm sich einen Umschlag und legte den Bildausschnitt sorgsam hinein. Anschließend verstaute sie das Kuvert in ihrer Reisetasche. Vielleicht würde sie in den nächsten Tagen die Zeit für weitere Recherchen finden. Denn eines stand fest: Irgendwas war hier ganz eindeutig merkwürdig.

**

Gesa war den ganzen Tag damit beschäftigt, alles für die Ankunft ihrer Gäste vorzubereiten. Sie würde die Mädchen in Rubys ehemaligem Zimmer unterbringen. Elisas Raum erfüllte mittlerweile schließlich einen anderen Zweck. Sie legte den beiden frische Bettwäsche und Handtücher raus, befreite die Möbel von einer Zentimeter dicken Staubschicht und räumte zwei große Kisten beiseite, dessen Inhalt sie nicht einmal kannte. Im Laufe der Jahre hatte sich einfach zu viel angestaut. Das sah Gesa durchaus ein, aber ihr Haus bot schließlich ausreichend Platz. Zumindest wenn man keine zusätzlichen Gäste beherbergte. Marie würde sie, trotz des zu erwartenden Widerspruchs, in der Ferienwohnung unterbringen. So viel Gastfreundschaft war sie ihr schuldig. Schließlich kümmerte sie sich seit Jahren so aufopfernd um die Mädchen, als wäre sie selbst deren Großmutter. Dann hieß es nur noch, einen Schlafplatz für Oscars Enkel zu finden. Oscar hatte darauf bestanden, dass er frühzeitig anreiste, damit Gesa ihn vor ihrer Abreise instruieren und auf alles vorbereiten konnte. Womöglich konnte sie sich ein Gästebett von Mechthild borgen und dieses auf dem Speicher aufstellen. Dort war es zwar alles andere als wohnlich, aber ihr alter Schlafzimmerschrank lagerte noch dort oben. Wenn sie ein paar Fächer freiräumte und dem Jungen Staubsauger und Wischlappen in die Hand drückte, würde er es sich schon einigermaßen gemütlich machen können.

Gesa seufzte. Natürlich war es schön, endlich mal wieder Leben im Haus zu haben. Aber sie hatte auch noch einige Reisevorbereitungen zu treffen, und für einen kurzen Moment stiegen Zweifel in ihr auf. Mutete sie sich vielleicht zu viel zu?

»Unsinn«, sagte sie schroff in die Stille hinein. »Du bist doch keine alte Schachtel, Gesa.«

Ihr müder Rücken verriet ihr da zwar etwas anderes, aber sie versuchte, das Ziehen zu ignorieren. Für so etwas hatte sie nun einfach keine Zeit. Später musste sie auch noch Mechthild aufsuchen und diese bitten, einen Kuchen für die Feier zu backen. Mechthild war eine ausgezeichnete Bäckerin. Natürlich würde sie nicht drum herumkommen, sie dann auch einzuladen. Nur den Kuchen anzunehmen und sie anschließend vor der Tür stehen zu lassen, kam wohl nicht infrage. Das sah sogar Gesa ein. Ihr sogenannter Ehrentag artete so langsam in Arbeit aus, und sie hoffte, der ganze Trubel würde schnell vorübergehen. Denn dann konnte sie sich nur noch auf die Kreuzfahrt konzentrieren.

Kapitel 12

IMMER, wenn Elisa an Deck der Fähre stand, überkam sie eine gewisse Wehmut. Sie musste an den Tag zurückdenken, an dem sie und Ruby nach dem Unfalltod ihrer Eltern das erste Mal auf die Insel gereist waren. Bis dahin war Oma Gesa kein Teil ihres Lebens gewesen. Sie hatte nie verstanden, warum ihre Eltern keinen Kontakt zu ihr gehabt hatten. Es hatte wohl mal einen schlimmen Streit gegeben, einen dieser Konflikte, die sich im Laufe der Jahre immer mehr festsetzten und irgendwann nicht mehr zu lösen waren. So war die Großmutter aus dem hohen Norden nur ein Name gewesen, der dann und wann hinter vorgehaltener Hand erwähnt wurde, dabei aber stets einen negativen Beiklang hatte. Umso mehr hatte es Ruby und Elisa als junge Mädchen erschreckt, dass ausgerechnet Gesa die Person sein sollte, die von nun an für sie verantwortlich war. Ruby hatte das Ganze, wie immer, heruntergespielt und sich ihre Sorgen nicht anmerken lassen. So wie heute war sie unter Deck verschwunden, um sich dort mit ihrem Handy und einem Getränk die Zeit zu vertreiben. Und Elisa hatte sich mit ihren Ängsten sehr allein gefühlt.

Letztlich dachte sie heute gerne an die Zeit auf der Insel zurück. Sicherlich war Oma Gesa sehr speziell. Man musste lernen, sich auf sie einzulassen, denn dass sie so manche Macke hatte, ließ sich wohl nicht leugnen. Aber wer sie besser kannte, wusste auch, dass sie ein gutes Herz besaß. Elisa hatte einige Wochen gebraucht, um das zu erkennen. Auch das große, vollgestellte Haus hatte sie zunächst geängstigt und ihr den Schlaf geraubt. Obwohl sie damals schon vierzehn Jahre alt war, hatte sie sich oft in der Nacht gefürchtet. Schließlich war alles um sie herum so fremd gewesen. Ruby hatte es gefallen, plötzlich jede Freiheit zu haben. Gesa schimpfte nicht, wenn sie zu spät nach Hause kam oder keine Lust hatte, ihre Hausaufgaben zu machen. Sie mussten sich nicht bei ihr an- oder abmelden und konnten den ganzen Tag über machen, was sie wollten. So sehr Ruby die Freiheit liebte, so sehr machte sie Elisa Angst. Sie hatte schon immer jemanden gebraucht, der sie an die Hand nahm und leitete.

Als sie eines Tages, Wochen nach ihrer Ankunft, weinend am Strand gesessen hatte, war Gesa plötzlich an ihrer Seite aufgetaucht und hatte sie in den Arm genommen. Das war der Moment gewesen, in dem Elisa gespürt hatte, dass sie ihrer Großmutter etwas bedeutete. Und Gesa schien erkannt zu haben, dass Elisa nicht wie Ruby war. Von dem Tag an schenkte sie ihr mehr gemeinsame Zeit. Sie gingen zusammen einkaufen oder machten Spaziergänge am Strand, bei denen sie viel redeten und sich besser kennenlernten. Gesa gab dabei viel von sich preis, und Elisa wurde nach und nach zu ihrer Vertrauten. Vielleicht war sie sogar der einzige Mensch, der wirklich wusste, was in ihrer Großmutter vorging.

»Was machst du hier oben?« Marie war plötzlich zu ihr gekommen und lehnte sich an die Reling. »Ist dir nicht kalt?«

»Ich habe nur einen Moment zum Nachdenken gebraucht.«

»Sicher kommen bei diesem Anblick viele Erinnerungen hoch, nicht wahr?« Sie zeigte auf die Insel, die mittlerweile deutlich am Horizont zu erkennen war.

Elisa nickte stumm, und Marie schien zu verstehen, dass sie lieber allein sein wollte. »Ich gehe wieder runter.«

»Okay, bis gleich«, sagte Elisa, ohne ihren Blick vom Wasser abzuwenden. Sie lächelte. Ans Meer zu reisen, war stets so, als käme sie nach Hause. Vielleicht war Oma Gesas Haus am Strand momentan sogar ihr einziges Zuhause, und Elisa war dankbar, dass sie für ein paar Tage all ihre Sorgen hinter sich lassen durfte.

***

Gesa sah überrascht auf, als es an der Tür läutete. Sie hatte sich gerade auf den Weg zum Hafen machen wollen, um die Mädchen und Marie abzuholen. Hoffentlich handelte es sich bei dem frühen Besuch nicht um Mechthild. Es war ein Fehler gewesen, ihr die Verantwortung für den Geburtstagskuchen zu übertragen. Seit sie davon wusste, kam sie jeden Tag mit neuen Rezeptvorschlägen um die Ecke. Dabei hatte

Gesa gar keine besonderen Vorlieben. Streng genommen gehörte sie eher zu den Leuten, die ein gutes Steak einem Stück Sahnetorte vorzogen. Aber an Geburtstagen erwarteten die Menschen eben eine Torte.

Sie ging an die Tür und öffnete mit dem festen Vorsatz, Mechthild sofort wieder wegzuschicken. Auf keinen Fall wollte sie diese aufdringliche Frau mit zum Hafen nehmen.

Doch statt in Mechthilds Gesicht blickte sie in das eines jungen Mannes. Patrick hatte die gleichen blauen Augen wie sein Großvater und besaß auch ähnliche Gesichtszüge. Er hatte Oscar in den letzten Jahren immer mal wieder auf die Insel begleitet, schließlich waren die beiden nicht nur Opa und Enkel, sondern auch Geschäftspartner, und leider war es eben meistens das Geschäftliche, das die zwei hierher zog. Neben Patrick stand eine prall gefüllte Reisetasche.

»Patrick«, sagte Gesa nur. »Du bist früh.«

»Ja, ich weiß. Eigentlich wollte ich erst zu deinem Geburtstag anreisen, aber mein Großvater meinte, dass du vielleicht etwas Gesellschaft gebrauchen könntest.«

»Dafür ist bereits gesorgt. Meine Enkelinnen reisen heute an.«

»Schon heute?« Patrick wirkte für einen Augenblick irritiert.

»Ja, schon heute. Aber keine Sorge. In diesem großen Haus gibt es genug Platz für alle. Also komm rein und fühl dich wie zu Hause. Ich muss jetzt los. Die Fähre legt in einer halben Stunde an.«

»Oh, sie kommen schon in einer halben Stunde?«

»Ja, warum fragst du?« Gesa klang ungeduldig.

»Nur so«, meinte Patrick ausweichend.

»Nur so also …«, murmelte Gesa und drängte sich an ihm vorbei. »Und jetzt entschuldige mich. Ich habe es eilig.«

»Darf ich vielleicht einen Blick in das Zimmer werfen?«

»Du kannst es wohl gar nicht abwarten«, schnaubte sie. »Gerade angekommen und schon beim Geschäftlichen.« Sie zögerte kurz. »Warte hier. Ich hole dir den Schlüssel. Aber pass gut darauf auf und schließe gründlich ab, wenn du fertig bist.«

»Das werde ich.« Er zwinkerte ihr schmunzelnd zu. Ein Charmeur durch und durch. Genau wie Oscar. Hoffentlich würden sich die

Mädchen von Patricks gutem Aussehen nicht blenden lassen. Es war immer besser, sich nicht auf Männer wie ihn einzulassen. Das hatte das Leben Gesa gelehrt.

***

»Meine Güte, ist das kalt hier«, schimpfte Ruby, während sie von Bord der Fähre gingen.

»Warum ziehst du dich auch immer so dünn an?«, warf Marie ihr vor. »Deine Schwester hat es besser gemacht.«

Während Elisa ihre dicke, wetterfeste Winterjacke, einen Schal und eine bunte Strickmütze trug, hatte Ruby sich für einen dünnen Mantel aus feiner Wolle entschieden, der weder Regen noch Wind abhielt, dafür aber perfekt zu ihrer knöchellangen, hautengen Hose passte.

»Ein stilsicherer Auftritt ist eben alles«, sagte Ruby und tänzelte lachend die Gangway hinunter, so als wäre diese ihr Laufsteg.

»Das sind meine Mädchen! Genauso habe ich euch in Erinnerung.« Oma Gesa kam auf sie zu und breitete ihre Arme aus. Marie bemerkte schmunzelnd, dass auch Gesa dem nassen Wetter trotzte und genau wie Ruby einen Kurzmantel trug, in dem sich der Regen nur so festzusaugen schien. Ihren Schirm hielt sie zusammengefaltet unter dem Arm. Bei den aufkommenden Böen war es auch kaum möglich, ihn aufzuspannen. Marie staunte. Sie wusste aus Elisas Erzählungen, dass Gesa auf ewige Jugend schwor. Viele Senioren versuchten, sich jung zu halten, aber den wenigstens gelang es wohl so gut wie ihr. Sie wirkte frisch und gesund. Ihre Wangen waren rosig und wiesen nur wenige Falten auf. Marie musste sich eingestehen, dass Gesa nicht viel älter als Mitte sechzig aussah. Dann beobachtete sie, dass Elisa ihre Großmutter besonders herzlich umarmte, während Ruby ihr nur kurz auf den Rücken klopfte und dann wieder Abstand nahm.

Schließlich wandte Gesa sich Marie zu. »Ich freue mich so sehr, dass Sie die Mädchen begleiten.«

»Und ich habe mich sehr über die Einladung gefreut. Ruby und Elisa haben mir schon so viel über diese nette Insel erzählt.«

»Leider ist das Wetter momentan sehr ungemütlich.«

»Das macht doch nichts. Ich habe ausreichend warme Kleidung dabei.«

»Und ich bleibe einfach im Haus, wenn es regnet«, entschied Ruby.

»Ja, das hast du früher schon immer so gehandhabt«, entgegnete Gesa. »Und jetzt sollten wir uns auf den Weg machen. Wir können eine Kutsche nehmen, damit ihr euer Gepäck nicht bis zu meinem Haus tragen müsst.«

»Gibt es hier immer noch keine Autos?«, fragte Ruby verständnislos. Elisa sah ihre Schwester zweifelnd an. »War die Frage ernst gemeint?«

Ruby zuckte nur mit den Schultern, bevor sie Marie und Gesa zu einer wartenden Kutsche folgte. Dabei übersah sie auf dem Gehweg die Hinterlassenschaften eines der Pferde.

»Vorsicht!«, rief Elisa noch, aber Ruby war bereits mit ihren hellen Schuhen in dem Haufen versunken.

»Scheiße!«, fluchte sie.

»Ja, ganz genau«, lachte Elisa.

Ruby drehte sich sehnsuchtsvoll zu der Fähre um, die bald zurück zum Festland fahren würde. »Ich will wieder nach Hause«, jammerte sie.

»So schnell lasse ich euch nicht wieder gehen«, sagte Gesa und kletterte schon auf den Planwagen. »Wir werden eine wunderschöne Woche zusammen verbringen. Darauf bestehe ich.«

»Na dann«, meinte Ruby nur und setzte sich neben sie. Bei Gesa war jeder Widerspruch zwecklos.

»Patrick! Wir sind wieder da!«, rief Gesa beim Betreten des Hauses.

»Wer ist Patrick?«, wollte Ruby wissen.

»Ein weiterer Gast. Er ist der Enkel von Oscar.«

»Und wer ist Oscar?«

»Ruby«, sagte Elisa entsetzt. »Oscar war Omas dritter Ehemann.«

»Der vierte«, korrigierte Gesa sie und führte ihre Gäste in die Küche. »Patrick!«, rief sie erneut, erhielt aber keine Antwort. »Wo steckt der Junge nur?«

»Und warum ist der hier?«, wollte Ruby wissen. »Wir kennen ihn doch gar nicht.«

»Dann wird es Zeit, dass ihr euch mal kennenlernt.«

Eine weiße Katze huschte in diesem Moment in die Küche, hüpfte auf die Essbank und ließ sich dort müde nieder. Ruby nahm ebenfalls Platz und betrachtete das Tier kritisch. Sie war noch nie ein besonders großer Freund von Haustieren gewesen und erst recht nicht, wenn sie wie heute eine schwarze Hose trug, auf der man jedes Katzenhaar sofort entdecken würde. »Hast du immer noch so viele Katzen?«, fragte sie missmutig.

»Nein, nur noch zwei. Sie heißen Ruby und Elisa.«

»Du hast sie nach uns benannt?« Elisa wusste nicht, ob sie sich geschmeichelt fühlen oder irritiert sein sollte.

»Ja, warum auch nicht? Ich habe euch Mädchen eben vermisst. Außerdem haben die Katzen mich vom Charakter sehr an euch erinnert. Die Graue ist ein richtiger Wildfang, die mit dem weißen Fell eher ruhig, fast schon sensibel.«

Elisa und Ruby wechselten einen zweifelnden Blick, während Marie damit beschäftigt war, sich umzusehen. In Gesas Haus konnte man ständig etwas neues Interessantes entdecken. Eine Teekanne mit einem weihnachtlichen Aufdruck stand neben einer glitzernden Schneekugel. Ein kleiner Teddy aus Porzellan war liebevoll zwischen zwei Tassen, die ebenfalls mit Teddybären bedruckt waren, platziert worden. Die Mädchen hatten Marie bereits von der Sammelleidenschaft ihrer Großmutter erzählt, aber hinter dem ersten Eindruck, in ein volles, unsortiertes Haus geraten zu sein, verbarg sich die Erkenntnis, dass dies alles liebevoll und mit viel Hingabe zusammengetragen worden war.

»Patrick scheint nicht zu Hause zu sein«, bemerkte Gesa, nachdem sie ein weiteres Mal nach ihm gerufen hatte. »Aber ihr lernt ihn schon noch früh genug kennen. Ich setze uns jetzt erst einmal einen Tee auf. Und im Schrank müsste noch Lebkuchen sein.«

»Das Weihnachtsgebäck kommt aber auch immer früher in die Geschäfte, nicht wahr?«, bemerkte Marie lachend.

»Der ist noch vom letzten Jahr«, klärte Gesa sie auf und stellte die geöffnete Packung auf den Tisch.

»Danke, ich verzichte«, sagte Ruby.

»Ach was. Lebkuchen wird nicht schlecht. Der hält jahrelang.«

»Vielleicht bringe ich erst mal mein Gepäck rauf.« Elisa konnte es kaum erwarten, endlich wieder in ihrem alten Zimmer zu sein, die Aussicht auf den Strand und das Meer zu genießen und sich einfach zu Hause zu fühlen.

»Ich schließe mich an«, entschied Ruby.

»Moment, Mädchen, ihr müsst euch dieses Mal ein Zimmer teilen. Und zwar das von Ruby.«

»Aber doch nicht meinetwegen«, sagte Marie. »Ich kann mir wirklich eine Ferienwohnung mieten.«

»Nein, es ist nicht Ihretwegen. Sie können gerne in meiner Ferienwohnung übernachten. Ich habe dort momentan keine anderen Gäste. Es hat ... andere Gründe.«

»Andere Gründe?« Elisa sah Gesa verständnislos an. »Ich habe mich doch schon so sehr auf mein altes Zimmer gefreut.«

»Es tut mir leid, aber es geht wirklich nicht. Ein Bekannter hat mir geholfen, dein Bett rüber in Rubys Zimmer zu schaffen. Du musst also nicht auf dem Fußboden schlafen.« Gesa lachte angestrengt. Elisas Enttäuschung stimmte sie traurig, doch sie versuchte, es zu überspielen.

»Eine Woche zusammen mit dir auf zehn Quadratmetern«, seufzte Ruby. »Das kann ja lustig werden.« Sie schnappte sich ihre Tasche und stieg die Treppe hinauf.

Elisa hingegen war plötzlich nicht mehr danach, auszupacken und sich einzurichten. Die Tatsache, nicht in ihrem geliebten Zimmer sein zu dürfen, traf sie härter, als sie erwartet hätte. Vielleicht lag es an dem Feuer, das ihr alles genommen hatte, und die damit verbundene Sehnsucht nach einem Ort, der ihr Wärme und Geborgenheit schenkte. »Entschuldigt mich«, bat sie und versuchte, ihre Tränen zurückzuhalten. »Ich brauche frische Luft.«

Und noch ehe sie jemand aufhalten konnte, stürzte sie aus dem Haus.

Es war kalt am Strand. Der Regen hatte zugenommen und mischte sich mit den Tränen, die Elisa nun hemmungslos vergoss. Sie wusste, dass sie viel zu emotional reagierte. In den letzten Tagen hatte sich einfach so viel angestaut und jetzt, da sie allein war, konnte sie die Tränen plötzlich nicht mehr stoppen. Elisa blieb an der Wasserkante stehen und blickte auf das stürmische Meer hinaus. Die Nordsee lag rau und kraftvoll vor ihr und spülte die Wellen in hohen Wogen an den Strand. Sie musste ein Stück zurücktreten, um keine nassen Füße zu bekommen. Elisa fuhr sich über das verweinte Gesicht und versuchte, sich zu beruhigen. Der Anblick des Meeres hatte ihr schon immer Kraft gegeben, beinah so, als würde sich die unbändige Stärke der Natur auf sie übertragen. Schon damals, als junges Mädchen, war sie an den Strand gegangen, wenn irgendetwas drohte, sie aus dem Gleichgewicht zu bringen. Und auch heute wirkte das Rauschen der Wellen heilsam, und Elisa spürte, dass sich ein Lächeln auf ihr Gesicht schlich. Sie verstand, dass es kein vertrautes Zimmer brauchte, um das Gefühl zu haben, endlich heimgekehrt zu sein. Es waren das Meer, der Strand und die Wellen, die ihr genau das vermittelten. Noch immer tief in Gedanken, wollte sie sich abwenden, um zurück zu ihrer Familie zu gehen, da trat plötzlich ein Mann an ihre Seite. Er hatte seine Kapuze tief ins Gesicht gezogen und blickte zunächst auf seine Füße.

»Elisa«, sagte er.

Sie erkannte ihn bereits an seiner Stimme, noch ehe er den Blick hob und sie ansah. »Conor?« Elisa konnte es nicht fassen. Niemals hatte sie damit gerechnet, ihn ausgerechnet hier zu treffen. Sie wollte ihn so viel fragen, ihn anschreien und von sich stoßen. Doch stattdessen blieb sie einfach sprachlos stehen. Sie blickte über Conors Schulter und sah, dass Marie und Gesa ebenfalls den Strand entlang auf sie zukamen.

»Spiel jetzt bitte mit«, bat Conor sie. »Ich erkläre dir später alles.«

»Wir haben uns schon gedacht, dass wir dich hier am Wasser finden«, sagte Gesa an Elisa gewandt, dann fiel ihr Blick auf Conor. »Und Patrick hast du ja auch bereits kennengelernt.«

»Patrick?«, wiederholte Elisa irritiert.

»Ja, Oscars Enkel.«

»Freut mich, Sie kennenzulernen«, sagte Marie und reichte ihm die Hand.

»Vielleicht sollten wir das Bekanntmachen an einen gemütlicheren Ort verlegen«, drängte Gesa. Der Regen hatte noch an Stärke zugenommen. »Kommt alle mit ins Haus. Wir bestellen uns eine Pizza.« Ohne eine Antwort abzuwarten, ging sie voran. »Ich halte nicht viel vom Kochen, müssen Sie wissen«, flüsterte sie Marie zu.

Diese nickte lächelnd. »Pizza hört sich großartig an.«

»So sehe ich das auch. Also los, kommt, bevor wir hier noch festfrieren.«

»Wir kommen ja schon«, entgegnete Conor und ließ Elisa, ohne eine weitere Erklärung, zurück.

Kapitel 13

MARIE kannte die Mädchen so gut, dass sie meistens genau wusste, was in ihnen vorging. Oft reichte ein Blick in ihre Gesichter, um über ihre Gefühlslage Bescheid zu wissen.

So verhielt es sich auch, als sie wenig später gemeinsam am Tisch saßen und Pizza aßen. Rubys Laune hatte sich seit Patricks Ankunft deutlich gebessert. Marie wusste genau, dass diese Tatsache dem blendenden Aussehen des jungen Mannes geschuldet war. Rubys Blicke waren mehr als eindeutig. Immer wieder lächelte sie ihm zu, hing praktisch an seinen Lippen, wenn er etwas erzählte, und biss scheinbar besonders anmutig in ihr Pizzastück. Marie konnte über ihr Verhalten nur den Kopf schütteln.

Bei Elisa verhielt es sich, wie so oft, genau andersherum. Sie schien Patrick förmlich zu ignorieren. Hätte Marie es nicht besser gewusst, würde sie sogar meinen, dass sie ihm geradezu feindselige Blicke zuwarf. Aber da musste sie sich wohl täuschen. Schließlich hatten die zwei sich gerade erst kennengelernt.

»Und ihr seid tatsächlich Zwillingsschwestern?«, fragte Conor und biss genüsslich von seiner Pizza ab.

»Erstaunlich, nicht wahr?«, meinte Marie.

»Ja, sehr erstaunlich. Ihr seid so verschieden, allein schon charakterlich.«

»Und woher willst du das wissen? Du kennst uns doch erst zehn Minuten«, fuhr Elisa ihn an.

»Elisa!«, rief Marie entsetzt. »Was ist denn plötzlich mit dir los?«

»Tut mir leid«, nuschelte sie und legte ihr Pizzastück, das sie kaum angerührt hatte, zurück auf den Teller. »Ich fühle mich nicht besonders. Entschuldigt mich bitte.«

»Ruh dich etwas aus«, riet Gesa ihr. »Vielleicht geht es dir später besser. Dann können wir alle zusammen einen Spaziergang über die Insel machen.«

Elisa nickte nur wortlos, bevor sie die Küche verließ und nach oben eilte.

»Sie hatte es in den letzten Wochen nicht gerade leicht«, hörte sie Marie noch sagen, wohlwissend, dass nun die tragische Geschichte ihrer abgebrannten Galerie folgen würde. Eine Geschichte, die Conor nur allzu gut kannte.

Elisa blieb kurz vor der Tür ihres ehemaligen Zimmers stehen. Dann drückte sie die Türklinke hinunter. Es war abgeschlossen.

»Seltsam«, murmelte sie. In Omas Haus hatte es nie verschlossene Türen gegeben. Rubys Zimmer lag genau gegenüber. Sie ging hinein und stellte ihre Reisetasche zwischen den Betten ab. Der Raum war jetzt noch beengter als früher, und es gab nur wenig Platz, um sich auszubreiten. Elisa warf einen Blick in den zweitürigen Kleiderschrank und dann auf die zwei Koffer, die Ruby mitgebracht hatte. Sie würden kaum beide ihre Kleidung in dem schmalen Schrank verstauen können. Elisa trat ans Fenster und blickte auf den sandigen Weg, der vor dem Haus verlief. Die Bäume bogen sich im Wind und schüttelten die letzten, braunen Blätter ab. Der Himmel war trüb und alles wirkte grau und trostlos. Wie sehr vermisste sie schon jetzt den Ausblick aus ihrem Zimmer. Innerlich hatte Elisa gehofft, dass es ihr in diesem Urlaub endlich gelingen würde, die geliebte Szenerie auf einer Leinwand festzuhalten. Sie musste Oma Gesa in den nächsten Tagen bitten, ihr den Raum wenigstens für ein paar Stunden zur Verfügung zu stellen. Elisa würde zwischen all dem Gerümpel, der sich vermutlich hinter der verschlossenen Tür verbarg, sicherlich einen Platz zum Malen finden.

Ein leises Miauen ließ sie herumfahren. Eine graue Katze schlich zu ihr und schmiegte sich an ihr Bein.

»Na, wer bist du denn?« Elisa beugte sich zu ihr und strich über ihr samtenes Fell. »Bist du zufällig Elisa?« Sie hockte sich lachend auf den Fußboden, um mit dem Tier noch etwas zu schmusen, doch die Katze hatte wohl genug. Sie fauchte kurz und lief davon. »Dann bist du wohl doch eher Ruby«, bemerkte Elisa grinsend.

Ihre Gedanken wanderten zurück zu Conor. Sie musste dringend mit ihm sprechen. Elisa konnte sich die Zusammenhänge einfach nicht erklären. Doch eines hatte sie bereits verstanden. Conor musste schon vor ihrem ersten Treffen von der Verbindung zu Oma Gesa gewusst haben. Es konnte einfach kein Zufall sein, dass er ausgerechnet in ihre Galerie gekommen war, um seine Kunstwerke zum Verkauf anzubieten. Doch warum hatte er ihr verschwiegen, dass er Gesa kannte? Elisa hatte sie ihm gegenüber mehrfach erwähnt und ihm sogar erzählt, dass sie viele Jahre bei ihr an der Nordsee gelebt hatte. Und warum nannte er sich plötzlich Patrick? Außerdem schien ihm viel daran gelegen, dass niemand von ihrer Bekanntschaft erfuhr. Er hatte sie wie eine Fremde behandelt. Elisa fragte sich, warum sie so dumm war, auf dieses Spiel einzugehen. Vielleicht war es am klügsten, einfach nach unten zu stürmen und die Wahrheit ans Licht zu bringen. Mit neuer Entschlossenheit stand sie auf, nur um im nächsten Moment wieder innezuhalten. Wäre es nicht fairer, Conor zunächst die Chance zu geben, ihr alles zu erklären? Andererseits verdiente er ihr Verständnis nicht. Schließlich hatte er sie an dem Tag des Brandes einfach im Stich gelassen.

Elisa war hin- und hergerissen. Das Klingeln ihres Handys durchbrach schließlich ihre Gedanken. Ein Lächeln schlich sich auf ihre Lippen, als sie erkannte, dass es Malte war. Sie ließ sich auf ihrem Bett nieder, bevor sie das Gespräch entgegennahm.

»Hallo, Malte. Oder moin, wie man hier oben sagt.« Sie lachte.

»Moin, Elisa.« Seine Stimme klang fröhlich. »Ich wollte nur hören, ob du gut im hohen Norden angekommen bist.«

»Ja, wir sind seit ein paar Stunden hier.«

»Warst du schon am Strand?«

»Nur ganz kurz. Es regnet leider. Aber ich hab, im Gegensatz zu meiner Schwester, wetterfeste Kleidung dabei.«

»Dann bist du ja gut ausgestattet. Aber bestimmt kommt bald wieder die Sonne raus.«

»Ja, das denke ich auch.« Elisa spürte, dass das Gespräch ins Stocken geriet.

»Schade, dass du nicht hier bist. Dann könnte ich dir die Schönheit der Nordsee näherbringen.«

»Ja, wenn mich davon jemand überzeugen könnte, dann wohl du.«

Elisa lächelte geschmeichelt, auch wenn Malte das natürlich nicht sehen konnte.

»Wenn du magst, melde ich mich bald wieder bei dir«, sagte er.

»Ja, darüber würde ich mich sehr freuen.«

»Dann komm jetzt erst mal in Ruhe an und genieß deine Zeit auf der Insel.«

»Das werde ich«, versicherte sie ihm, wohlwissend, dass dieses Vorhaben mit Conor im Haus nicht so einfach werden würde.

***

»Heute Abend lade ich euch alle in ein schönes Restaurant ein«, erklärte Gesa feierlich, während sie im immer noch anhaltenden Nieselregen einmal quer über die Insel spazierten. Elisa versuchte auszublenden, dass Conor dicht neben ihr herlief. Sie hätte nur ihre Hand ausstrecken müssen, um seine zu nehmen. So wie vor einigen Wochen, als sie von der Imbissbude zurück spaziert waren und Conor kurz darauf im Feuer verschwunden war. Elisa warf ihm einen kurzen Blick zu, doch er war viel zu sehr in ein Gespräch mit Ruby vertieft, um es zu bemerken. Marie und Gesa liefen einige Meter hinter ihnen und unterhielten sich ebenfalls angeregt. Plötzlich wünschte Elisa sich Malte an ihrer Seite. Sie vermisste ihn.

»Wir sind jetzt sozusagen im Inselzentrum«, hörte sie Gesa sagen.

Ruby drehte sich lachend um. »Wenn du die drei Geschäfte, Cafés und Bäckereien als Zentrum bezeichnen möchtest.«

Elisa hatte das Gefühl, ihr Zuhause verteidigen zu müssen. »Es gibt doch alles, was man zum Leben braucht. Ärzte, einen Supermarkt, einen Bäcker …«

»Wenn du nicht mehr brauchst, um glücklich zu sein.« Ruby schüttelte verständnislos den Kopf. »Also ich bewundere Oma dafür, dass sie es hier schon so lange aushält.«

»Ich finde es sehr idyllisch«, meinte Marie und blieb vor dem Schaufenster einer kleinen Modeboutique stehen. Direkt daneben befand sich ein Souvenirladen, der aber über die Wintermonate geschlossen hatte.

»Nur Malereibedarf werde ich hier wohl immer noch nicht bekommen«, bemerkte Elisa. Sie hatte schon früher aufs Festland fahren müssen, um sich mit Farben und Pinseln einzudecken.

»Das wohl kaum«, lachte Ruby.

»Wusstest du, dass Patrick auch Künstler ist?«, fragte Gesa.

»Nein, woher denn? Schließlich sind wir uns niemals zuvor begegnet.« Elisa sah ihn lange und eindringlich an.

»Hier ganz in der Nähe gibt es aber einen Laden, in dem man so ziemlich alles kaufen kann, vielleicht auch Künstlerbedarf«, erinnerte Conor sich.

»Du bist also nicht zum ersten Mal hier?«, schlussfolgerte Elisa aus seinen Worten.

»Nein«, sagte er nur.

»Meinst du das Geschäft von Carla?« Gesa dachte kurz nach. »Es stimmt schon, dass sie über ein großes Sortiment verfügt, aber ich glaube nicht, dass Elisa dort Farben oder gar Leinwände finden wird.«

»Was ist das für ein Laden?«, wollte Elisa wissen. »Als ich im letzten Jahr hier war, gab es den noch nicht, oder?«

»Nein, Carla hat erst im Frühjahr eröffnet. Sie ist wirklich sehr nett.«

»Und wo finde ich ihr Geschäft?«

»Es ist in demselben Haus, in dem auch der Tierarzt ist«, erklärte Gesa. »Der Laden ist direkt unter der Praxis.«

»Soll ich dich begleiten, damit du dich auf der großen Insel nicht verläufst?«, neckte Ruby sie.

»Das schaffe ich schon allein«, betonte Elisa. »Ihr könnt derweil ja euren Spaziergang fortsetzen. Ich komme später nach.«

»Bist du sicher, dass alles in Ordnung ist?« In Maries Blick lag Sorge. Elisa wusste, dass sie sich in den Augen der anderen etwas sonderbar verhielt, insbesondere Conor gegenüber.

»Ganz sicher«, entgegnete sie und machte sich auf den Weg.

Sie war froh, als sie in die nächste Seitenstraße abbiegen konnte und endlich allein war. Conors Gegenwart schien ihr förmlich die Luft zum Atmen zu nehmen. Sie hielt es einfach nicht länger an seiner Seite aus, zumindest nicht, bis er ihr endlich eine Erklärung für sein seltsames Verhalten geliefert hatte.

Elisa hatte das Geschäft bald erreicht. Bereits auf dem Gehweg standen unter einer Markise zahlreiche Körbe, in denen handgestrickte Schals und Mützen angeboten wurden. An einem Ständer hingen verschiedene Handtaschen und Rucksäcke, daneben stand ein kleines Regal mit Kerzen aus Bienenwachs. Neugierig darauf, was sie wohl im Inneren erwartete, wollte Elisa eintreten, da stolperte sie beinah. Es gelang ihr gerade noch so, sich abzufangen. Sie blickte nach unten. Ein großer brauner Hund lag vor der Tür und blinzelte sie träge an. Die Tatsache, dass sie fast über ihn gefallen wäre, schien den Basset Hound mit seinen langen Schlappohren und dem müden Blick kaum zu beeindrucken, also machte sie einen großen Schritt über ihn hinweg und betrat das Geschäft. Dort empfing sie der köstliche Duft von Gewürzen und Tee. In einem deckenhohen Regal standen unzählige Blechdosen, die mit verschiedenen Teespezialitäten gefüllt waren. Wenn man weiterlief, fand man exotische Gewürze, Süßwaren und Gebäck. Alles war liebevoll in kleinen Portionen verpackt. Um die Zellophantütchen hatte jemand kleine Schleifen gebunden, sodass die Plätzchen wie selbst gebacken wirkten. Vielleicht waren sie es sogar. Obwohl die Verkaufsfläche nicht sehr groß war, konnte Elisa immer wieder etwas Neues entdecken. In einem Korb lagen Seifen, die wie Seesterne oder Muscheln geformt waren, in einem anderen Kerzen in jeder Größe. Es gab bereits Weihnachtsdekoration, aber auch maritime Windgläser, Holzspielzeug, bestickte Tischdecken und noch vieles mehr. Die Verkaufsfläche war voll, ohne überladen zu wirken. Alles schien sehr hochwertig, worin sich das Geschäft von den üblichen Souvenirläden deutlich unterschied. Elisa hätte noch stundenlang stöbern können. Man konnte hier so viele schöne Dinge entdecken.

Sie blickte erschrocken auf, als hinter der Verkaufstheke plötzlich eine Tür aufgerissen wurde, durch die eine Frau mit hochroten Wangen gestürmt kam. Elisa vermutete, dass es sich um Carla handelte.

»'Tschuldigung«, sagte diese nun und lächelte fröhlich. Sie hatte ihre langen dunklen Haare zu zwei Zöpfen gebunden, durch die sie sehr jung wirkte. Über ihrer karierten Bluse trug sie einen weißen Arztkittel, der Elisa nicht weniger irritierte als die roten Flecken am

Ärmel, die ein wenig wie Blut aussahen. Aber da musste sie sich wohl täuschen.

Die Frau bemerkte Elisas verunsicherten Blick und sah an sich hinab. »Oh, den hätte ich wohl ausziehen sollen«, sagte sie und deutete auf ihren Kittel. »Es musste vorhin alles so schnell gehen, und dann habe ich glatt vergessen, den Laden abzuschließen. Aber Balu passt ja gut auf.« Sie zeigte auf den schlafenden Türstopper.

»Ich verstehe nicht …«, stammelte Elisa.

»Macht nichts, die meisten Menschen verstehen mich nicht.« Sie schüttelte lachend den Kopf. Ihre fröhliche Art wirkte ansteckend, also lachte Elisa mit. Auch wenn sie nicht wusste, worüber.

»Tut mir leid, wenn das Blut dich erschreckt hat«, fuhr sie fort.

»Ich bin nicht wirklich erschrocken«, entgegnete Elisa. »Eher verwundert …«

Die Frau streifte den Kittel ab und legte ihn hinter sich über einen Stuhl.

»Es ist nur, weil ich doch gerade drei Hundewelpen auf die Welt bringen musste. Sie sind furchtbar niedlich und alle gesund und munter.«

»Oh, ich dachte, du wärst die Besitzerin dieses Ladens.«

»Das bin ich auch«, sagte sie ganz selbstverständlich.

»Und du hilfst nebenbei, Tierbabys auf die Welt zu bringen?«

»Ja, ich bin Tierärztin. Meine Praxis liegt gleich über dem Geschäft. Zugegeben, das ist manchmal etwas stressig, besonders in den Sommermonaten. Aber da habe ich eine Aushilfe für den Laden.«

»Ladenbesitzerin und Tierärztin«, wiederholte Elisa beeindruckt. »Interessant. Was ist aus dem vorherigen Tierarzt geworden?« Sie erinnerte sich noch an den alten, etwas mürrischen Doktor, der sich zuvor um die tierischen Inselbewohner gekümmert hatte.

»Dr. Paulus? Der hat zu Beginn des Jahres seinen wohlverdienten Ruhestand angetreten.« Carla streckte sich müde und gähnte. »Ich bin völlig erledigt.« Sie schien sich erst jetzt zu erinnern, dass sie eine Kundin vor sich hatte. »Was hat dich eigentlich in meinen Laden geführt? Hast du etwas Bestimmtes gesucht?«

»Ja, das habe ich tatsächlich. Aber ich glaube nicht, dass ich bei dir fündig werde.«

»Es gibt kaum etwas, das ich nicht im Sortiment habe.«

»Das glaube ich dir. Aber es ist schon sehr speziell.«

»Jetzt machst du mich neugierig.«

»Ich suche Malereibedarf. Farben, Leinwände, im besten Fall noch eine Staffelei.«

»Du bist Künstlerin?«

»Na ja, ich male zumindest sehr gerne. Momentan bin ich zu Besuch bei meiner Großmutter, und ich würde an meinen freien Tagen gerne etwas kreativ sein. Aber ich konnte unmöglich so viele Dinge mit auf die Insel bringen.«

»Du wirst dich wundern, aber ich habe tatsächlich einige der Sachen, die du brauchst, hinten in meinem Lagerraum. Komm mal mit, dann kannst du dir selbst alles so zusammenstellen, wie du es benötigst.«

Carla zog einen staubigen Vorhang beiseite und ließ Elisa den Vortritt. Der sogenannte Lagerraum war ein etwa fünfzehn Quadratmeter großes Zimmer, in dem sich Kisten über Kisten stapelten. Es gab kaum ein Durchkommen, zumindest wenn einem der nötige Durchblick fehlte. Davon konnte bei Carla allerdings keine Rede sein. Zielstrebig umsteuerte sie die Kartons, räumte ein paar Dinge beiseite und öffnete schließlich eine der Kisten. Darin befand sich eine große Auswahl an Farbtuben. In einer weiteren lagen Leinwände in verschiedenen Größen und hinten an der Wand lehnte eine Staffelei.

»Ich bin beeindruckt«, gestand Elisa. »Das hätte ich nicht erwartet.«

»Ich hatte im Frühjahr so eine Selbstfindungsphase, in der ich alles Mögliche ausprobiert habe. Gitarre spielen, stricken und eben auch malen. Aber das war alles nichts für mich.«

»Ich dachte, die Wollmützen und Schals hättest du gemacht.«

»Ich?« Sie zeigte lachend auf sich selbst. »Niemals! Das war meine Mitbewohnerin Wiebke. Sie ist ein echtes Talent.«

»Ich werde in den nächsten Tagen bestimmt noch etwas von den Stricksachen kaufen. Sie gefallen mir sehr.«

»Da wird sie sich freuen.«

»Aber jetzt muss ich erst einmal überlegen, wie ich das alles nach Hause bekomme. Meine Großmutter wohnt ziemlich weit draußen.«

»Wer ist denn deine Großmutter?«

»Gesa Weiler. Und ich bin Elisa.«

»Die gute, alte Gesa. Ein echtes Inseloriginal«, scherzte Carla. »Sie kommt öfter mit ihren Katzen vorbei. Heißt eine der beiden nicht auch Elisa?«

»Ja, sie hat die Tiere nach meiner Schwester und mir benannt.«

»Wie originell.« Carla lachte, dann blickte sie auf die vielen Dinge, die Elisa ausgesucht hatte.

»Ich kann das Zeug später mit der Kutsche vorbeibringen«, bot sie an. »Sozusagen Lieferung frei Haus. Aber jetzt brauche ich erst einmal einen Tee. Hast du etwas Zeit mitgebracht? Ich würde mich über Gesellschaft freuen.«

»Ja, warum nicht«, entschied Elisa, schon etwas überrascht von der spontanen Einladung. Sie mochte die junge Frau, die anscheinend gerne viel redete und lachte.

»Setz dich schon mal.« Carla deutete auf zwei große Ohrensessel, die im hinteren Teil des Ladens standen. Daneben flackerte das Feuer eines kleinen, elektrischen Kamins. Alles wirkte sehr behaglich.

»Möchtest du Grün-, Früchte- oder lieber Schwarztee?«

»Schwarztee, bitte.«

»Gut, dann trinken wir ihn aber wie die Ostfriesen. Mit Sahne und Kandis.«

Elisa fragte sich, wie viel echte Ostfriesin in Carla wohl steckte. Sie wirkte eher wie eine Südländerin, in deren Stimmlage aber eindeutig das norddeutsche Platt mitschwang.

»Ich bin übrigens Carla«, stellte sie sich nun vor und platzierte zwei geblümte, altmodisch wirkende Teetassen auf dem Tisch. Dazwischen stellte sie eine Kanne auf ein Stövchen und eine Schale mit Gebäck. Beinah fühlte Elisa sich wie in einem gemütlichen Café. Carla ließ sich seufzend nieder und streckte sich. »Ich glaube, das ist das erste Mal heute, dass ich sitze.«

»Oje, dann hast du eine Pause aber dringend nötig.«

»Du siehst aber auch so aus, als hättest du einen stressigen Tag hinter dir.«

»Ja, vielleicht.«

»Dann sollten wir beide versuchen, uns ein wenig zu entspannen.« Carla nahm einen großen Kandisbrocken aus der Schale und legte diesen sorgsam in die Tasse. Anschließend goss sie langsam den Tee darüber. Ein leises Knistern durchbrach die Stille und ließ Elisa lächeln. Zu guter Letzt ließ Carla die Sahne mit einem Löffel am Tassenrand entlanglaufen, sodass sich ein zartes Wölkchen auf dem dunklen Tee bildete. »Dieses kleine Ritual hilft mir, ruhig zu werden und abzuschalten«, sagte Carla leise. »Es vermittelt viel Ruhe in einem oft hektischen Alltag.«

»Ich verstehe, was du meinst.« Elisa nahm einen kleinen Schluck. »Der Tee schmeckt köstlich.«

Die beiden schwiegen für einen Moment. Draußen prasselte nun Regen gegen die Scheiben, und in Elisa machte sich eine Wärme und Gemütlichkeit breit, die sie lange nicht gespürt hatte. Es tat gut, wieder auf der Insel zu sein. Abgeschnitten vom Festland, fühlte sich das Leben stets leichter an. Der Seewind ließ sie befreiter durchatmen, schien ihre Sorgen mit sich zu tragen. Zumindest, wenn sie bereit war, sie loszulassen. Aber daran musste Elisa wohl noch ein wenig arbeiten. Auf jeden Fall genoss sie Carlas Gesellschaft und den süßen Tee, der sie von innen wärmte.

Carla hatte sie mit ihrer fröhlichen Art angesteckt und Elisa hoffte, dass sie Freundinnen werden könnten. Sie brauchte eindeutig mehr Menschen wie Carla um sich. Und wie Malte.

Wer war schon Conor? Einfach nur jemand, der ihr nicht guttat.

Nun musste es ihr nur noch gelingen, sich selbst davon zu überzeugen.

Kapitel 14

ALS Elisa zurückkam, fand sie das Haus leer vor. Sie freute sich schon auf die bevorstehende Lieferung ihres Künstlerbedarfs, auch wenn Ruby gewiss nicht begeistert sein würde, dass dieser einen Teil des kleinen Raumes auch noch für sich einnehmen würde. Aber solange Oma Gesa das Zimmer gegenüber nicht freigab, blieb Elisa kaum etwas anderes übrig. Sie beneidete Marie um die Ferienwohnung. Die vierzig Quadratmeter waren zwar nicht besonders modern oder gar komfortabel, aber zumindest fand man dort etwas Ruhe und Privatsphäre. Elisa war das letzte Mal vor ein paar Jahren in der Ferienunterkunft gewesen, und sie fragte sich, ob sich seitdem wohl etwas verändert hatte. Die Möbel waren schon damals mindestens zwanzig Jahre alt gewesen, die Teppiche verschlissen und das Badezimmer mit seinen braun-geblümten Fliesen, der hohen Duschkabine und dem kleinen Fenster wenig einladend. Dennoch wusste sie, dass Gesa ihre Stammgäste hatte, die jedes Jahr wiederkamen. Damit hatte sie zwar nie große Reichtümer angehäuft, war aber immer gut über die Runden gekommen.

Elisa trat gedankenverloren in den Flur hinaus und drückte erneut die Klinke ihrer früheren Zimmertür hinunter, nur um festzustellen, dass sie immer noch verschlossen war. Als ihr plötzlich jemand von hinten die Hand auf die Schulter legte, konnte sie gerade noch einen erschrockenen Aufschrei unterdrücken. Sie fuhr herum und blickte direkt in Conors Gesicht.

»Gut, dass ich dich endlich allein erwische«, sagte er. »Gesa, Marie und Ruby sind noch auf eine Tasse Kaffee in ein Café gegangen. Ich hab gehofft, dich mal allein anzutreffen.«

»Das ist dir jetzt ja gelungen.« Elisa wusste, dass sie abweisend klang. Aber nur so konnte sie die Mauer, die sie gedanklich zwischen sich und Conor errichtet hatte, aufrechterhalten.

»Wir müssen reden.« Er sah sie eindringlich an. »Und zwar jetzt! Deine Familie wird jeden Augenblick zurück sein. Also komm schon.« Er drängte Elisa sanft zurück in ihr Zimmer und schloss die Tür hinter sich. Dann setzte er sich auf eines der Betten.

»Das ist Rubys«, merkte Elisa an, obwohl es eigentlich keine Rolle spielte.

Sie wollten sich schließlich nur setzen und reden. Conor rutschte vor bis zur Bettkante, doch Elisa blieb stehen, verschränkte die Arme und sah ihn auffordernd an.

»Erklär es mir«, bat sie ihn und spürte, dass zu viele Emotionen in ihrer Stimme mitschwangen. Sie wollte sich nicht anmerken lassen, wie aufgewühlt sie war. Aber Elisa wusste auch, dass sie die Kunst der Schauspielerei alles andere als gut beherrschte.

»Ich wollte dir bereits bei meinem letzten Anruf erzählen, dass Gesa mich eingeladen hat. Aber du hast mich ja nicht zu Wort kommen lassen.«

»Ich war böse auf dich, und das bin ich auch immer noch«, entgegnete Elisa. »Warum bist du einfach weggelaufen? Ich dachte, du wärst in dem Feuer umgekommen.«

»Die Feuerwehr konnte doch sicherlich schnell Entwarnung geben, oder?«

»Ja, nach zwei Stunden … Zwei lange Stunde, in denen ich nicht wusste, ob du lebst oder tot bist.« Elisa spürte, dass ihr Tränen in die Augen schossen, und das ärgerte sie. Conor sollte nicht wissen, wie sehr sie gelitten hatte.

»Setz dich zu mir«, bat er sie sanft.

»Ich stehe lieber.«

»Komm schon«, flüsterte er leise und streckte seine Hand aus. Elisa zögerte kurz, dann nahm sie neben ihm Platz, ignorierte seine Hand aber. Conor strich zaghaft über ihre Wange und zwang sie so, ihn anzusehen.

»Es tut mir leid«, sagte er. »Ich wollte nicht, dass es so kommt. Aber da war plötzlich überall Polizei. Es blieb mir keine andere Wahl, als aus dem Fenster zu klettern und über den Hinterhof zu flüchten.«

»Warum musst du vor der Polizei fliehen?«, fragte Elisa entsetzt und rückte instinktiv ein Stück von Conor ab.

»Das ist nicht so einfach zu erklären.«

»Bist du ein Verbrecher?«

»Keiner von der üblen Sorte, falls es dich beruhigt.«

»Nein, das beruhigt mich überhaupt nicht. Und warum nennst du dich plötzlich Patrick?«

»Das ist mein Name. Ich heiße Patrick Conor O'Leary. Allerdings verwende ich als Künstler nur meinen Zweitnamen.«

»Das hast du mir nie gesagt.«

»Wäre es wichtig gewesen?«

»Keine Ahnung. Vielleicht.«

»Mir wäre es zumindest lieber, wenn du mich in Gegenwart deiner Familie mit Patrick ansprichst. Ich möchte nicht, dass deine Schwester erfährt, dass wir eine gemeinsame Vergangenheit haben, und du hast doch sicherlich schon einmal mit ihr über mich gesprochen.«

»Ja, mehr als einmal. Aber du bist dabei nicht besonders gut weggekommen«, betonte Elisa.

»Schade, ich dachte, wir zwei hätten auch schöne Momente gehabt.«

Er legte eine Hand auf ihr Bein und blickte ihr tief in die Augen. Elisa spürte, dass die Mauer zwischen ihnen zu bröckeln begann, also stand sie energisch auf und stemmte herausfordernd die Arme in die Hüften.

»Erzähl mir jetzt endlich, was du verbrochen hast! Gesa wird bestimmt nicht gerne hören, dass sie einen Kriminellen beherbergt.«

Conor stand auf, stellte sich dicht vor sie und grinste frech.

»Was ist so lustig?«, fragte Elisa verständnislos, als plötzlich jemand die Tür aufriss. Ruby stürmte ins Zimmer, hielt aber, als sie registrierte, wie dicht ihre Schwester und Conor beieinanderstanden, schlagartig inne. »Was ist denn hier los?«

»Es ist nicht, wie du denkst«, stammelte Elisa verlegen.

»Keine Sorge, ich denke mir gar nichts. Nicht bei dir, Elisa.« Sie lachte kurz auf.

»Ich lasse euch jetzt mal allein«, entschied Conor. »Bis später dann.«

»Was soll das heißen ... nicht bei mir?«, fragte Elisa gekränkt, nachdem er das Zimmer verlassen hatte.

»Du bist wohl kaum diejenige von uns beiden, die sich direkt einem Mann an den Hals wirft, den sie gerade erst kennengelernt hat. Auch nicht, wenn er so gut aussieht wie Patrick.« Ruby zuckte die Schultern und wechselte das Thema. »Bist du denn nun fündig geworden? Ich hab schon befürchtet, wenn ich zurück bin, steht hier alles voll mit deinem Malzeug.«

»Das kommt noch, freu dich nicht zu früh. Das Geschäft, das Patrick erwähnt hat, war wirklich eine wahre Fundgrube. Und die Besitzerin ist sehr nett. Wir haben zusammen Tee getrunken, und sie wird meine Einkäufe später hierherbringen.«

»Dann hattest du ja einen unterhaltsamen Nachmittag, während ich mit Marie und Oma Kaffee trinken musste. Und dann kam noch Omas alte Freundin Mechthild dazu. Ich habe mich wie bei einem Seniorennachmittag gefühlt.«

Elisa lachte.

»Auf jeden Fall kann dein Zeug hier nicht auch noch rumstehen«, betonte Ruby nun. »Wir haben ohnehin kaum Platz.«

»Ja, ich weiß. Ich muss Oma fragen, ob sie mir nicht vielleicht doch mein altes Zimmer zur Verfügung stellen kann. Es macht mir nichts, wenn dort ein paar Dinge lagern.«

»Du kannst sie später fragen. Um sieben Uhr gehen wir in das alte Steakhaus am Hafen. Oma scheint mir heute recht spendabel zu sein.«

»Ja, tatsächlich«, wunderte Elisa sich. »Normalerweise lädt sie uns doch bestenfalls in diese kleine Imbissbude ein. Und das auch nur dienstags, wenn es auf jedes Gericht zehn Prozent Rabatt gibt.«

»Wir sollten es genießen und nicht weiter drüber nachdenken.« Ruby ließ sich müde auf ihr Bett fallen. Dann lächelte sie verträumt. »Er ist hübsch, nicht wahr?«

»Wer?«

»Na, Patrick natürlich. Denkst du, ich sollte es mal bei ihm versuchen?«

»Lass lieber die Finger von ihm.«

»Wieso? Bist du etwa selbst interessiert?«

»Nein, natürlich nicht«, entgegnete sie energisch. Vielleicht etwas zu energisch. Ruby zog irritiert die Augenbrauen hoch. »Ich habe doch Malte«, setzte Elisa nach.

»Ja, mit dem du dich zweimal getroffen hast.« Ruby kicherte. »Aber mir soll es recht sein. Wenn du kein Interesse hast, dann werde ich mir Patrick einmal genauer ansehen. Wusstest du, dass sein Großvater Ire ist? Oma hat mir vorhin erzählt, dass Patrick in der Nähe von Dublin lebt. Man hört ihm gar nicht an, dass er nicht aus Deutschland kommt.«

»Seine Mutter ist Deutsche, und er hat viele Jahre in München gelebt.«

»Woher weißt du das denn?« Ruby sah ihre Schwester überrascht an.

»Von Oma«, sagte diese schnell. In Wahrheit hatte Conor ihr das vor einiger Zeit selbst erzählt.

Ruby blickte auf die Uhr.

»Ich werde jetzt für eine Weile im Bad verschwinden. Schließlich möchte ich gut aussehen, wenn wir später ins Restaurant gehen.«

Elisa nickte nur wortlos. Sie war froh, als sie endlich wieder allein war. Es gab schließlich so viel, über das sie nachdenken musste.

***

Das Steakhaus befand sich in einem alten Reetdachhaus direkt am Hafen. Falls die Gäste das Glück hatten, einen Platz am Fenster zu ergattern, so konnten sie während ihres Aufenthaltes nicht nur das köstliche Essen, sondern auch einen fantastischen Ausblick genießen. Im Sommer lagen in dem idyllischen Hafenbecken viele Yachten und Segelschiffe vor Anker. Die meisten befanden sich nun in ihren Winterquartieren. Doch auch die beleuchteten Holzstege, an denen sich an einem stürmischen Tag wie diesem die Wellen brachen, boten einen malerischen Anblick.

Der Kellner begleitete die fünf zu einem Tisch am Fenster. Elisa war erst ein einziges Mal in dem hochpreisigen Restaurant gewesen, und das war schon Jahre her. Doch seitdem hatte sich nichts an dem urigen Ambiente verändert. Wenn man über die Holzdielen lief, knarrten diese leise unter den Füßen. Der Boden war etwas uneben, so wie es in sehr alten Gebäuden oft der Fall ist. Alles war sehr authentisch. Angefangen von den schweren Holzbalken an der niedrigen Decke bis hin zu den Sprossenfenstern. Auf allen Tischen brannten Kerzen, die eine gemütliche Atmosphäre zauberten.

Um diese Jahreszeit kehrten nicht sehr viele Menschen in die Restaurants auf der Insel ein, dennoch waren einige Tische besetzt.

Der Kellner teilte die Speisekarten aus und ließ sie für einen Augenblick allein.

»Es ist wirklich sehr schön hier«, bemerkte Marie.

»Ja, ein nettes Lokal«, schloss Conor sich ihr an. Er hatte gegenüber von Ruby und Elisa Platz genommen, neben ihm saß Marie, während Gesa den Stuhl an der Stirnseite des Tisches gewählt hatte.

»Seit wann lädst du uns eigentlich in ein richtiges Restaurant ein?« Ruby sah ihre Großmutter fragend an.

»Na, hör mal, du tust ja so, als wäre das noch nie vorgekommen«, entrüstete diese sich.

»Soweit ich mich erinnere, ist es das auch nicht. Oder, Elisa?«

»Waren wir nicht zu Omas siebzigsten Geburtstag bei diesem Italiener?«

»Das war kein Italiener, sondern eine Pizzeria. Und wir mussten an einem Stehtisch essen, weil es keinen Platz mehr gab.«

»Stimmt«, erinnerte Elisa sich.

»Genug von alten Zeiten geredet«, sagte Gesa. »Heute war ich eben in der Stimmung, meine Familie zu einem richtig guten Essen einzuladen. Ich habe nämlich etwas zu verkünden, und dazu benötige ich ein angemessenes Ambiente.«

»So, so«, bemerkte Conor. »Jetzt machst du uns aber neugierig.«

»Ihr müsst mit eurer Neugier warten, bis ich Wein für alle bestellt habe.«

»Wieso? Halten wir die Neuigkeiten nur aus, wenn wir etwas getrunken haben?« Ruby lachte.

Gesa schenkte ihr einen gespielt strengen Blick.

»Gegen ein gutes Glas Wein haben wir sicher alle nichts einzuwenden«, bemerkte Marie, als der Kellner zurückkam.

»Darf es schon etwas zu trinken sein?«, erkundigte er sich.

»Bringen Sie Ihre beste Flasche Rotwein«, bestellte Gesa.

»Ja, natürlich. Kommt sofort.«

»Die beste Flasche?«, fragte Elisa überrascht.

»Heute gibt es für uns alle nur das Beste«, meinte Gesa.

»Bist du unerwartet zu Geld gekommen?«, wunderte Ruby sich.

»Besteht darin deine Ankündigung? Hast du vielleicht geerbt?«

»Sei nicht albern. Wie du weißt, besteht die Familie nur aus uns dreien. Wer soll mir also etwas vererbt haben?«

»Vielleicht einer deiner vielen Ex-Männer.«

Der Kellner kam zurück und schenkte ihnen Wein ein. Nachdem sie bestellt hatten, wurde es ruhig am Tisch, und alle Blicke ruhten plötzlich auf Gesa.

»Ich sehe schon. Ihr könnt wohl nicht mehr abwarten.«

»Wir sind wirklich sehr gespannt«, bemerkte Conor.

»Na schön, dann werde ich mal mit der Sprache herausrücken.« Gesa machte eine kurze Pause, um die Spannung zu erhöhen. Sie blickte grinsend in die neugierigen Gesichter ihrer Gäste.

»Ich habe mich entschieden, eine längere Reise anzutreten.«

»Eine längere Reise?«, wiederholte Elisa überrascht.

»Ja, eine Weltreise mit einem Kreuzfahrtschiff. Ich werde gute vier Monate auf See sein.«

»Das ist ja wunderbar.« Marie klatschte begeistert in die Hände. Sie schien aber auch die Einzige am Tisch, die erfreut wirkte. Die Skepsis, die Gesa von allen Seiten entgegenschlug, war nicht zu übersehen.

»Vier Monate?«, wiederholte Ruby. »Bist du dafür nicht ein wenig zu alt?«

»Hältst du das für eine gute Idee?«, mischte Conor sich ein. »Ich meine, du würdest dein Haus schließlich sehr lange unbewacht lassen.«

Elisa war die seltsame Wortwahl nicht entgangen, die Conor gewählt hatte. *Unbewacht?*

»Und was wird aus deiner Pension und den Katzen?«, warf Elisa ein.

»Ich fahre erst in vier Wochen. Es bleibt also genug Zeit, damit ihr euch auf alles vorbereiten könnt.«

»Was haben wir damit zu tun?«, wollte Ruby wissen.

»Du kommst in meinen Plänen erst einmal gar nicht vor«, beruhigte Gesa sie. »Ich hatte da eher an Elisa gedacht. Schließlich hast du im Moment ohnehin keine Bleibe, und bevor du dir ein neues Leben aufbauen kannst, muss ja zunächst das Geld von der Versicherung eintreffen. Und das kann dauern. Immerhin ermittelt ja auch noch die Polizei wegen der Brandstiftung.«

»Danke, ich weiß, wie schlecht meine Situation ist«, entgegnete Elisa.

»Es wäre doch vielleicht eine gute Lösung, wenn du eine Weile in meinem Haus wohnen könntest. Ich weiß doch, dass du immer sehr gerne auf der Insel bist.«

»Sie soll allein auf das Haus aufpassen?«, fragte Conor skeptisch.

»Traust du mir das etwa nicht zu?«, erwiderte Elisa aufgebracht.

»Natürlich traue ich dir das zu«, fuhr Gesa fort. »Dennoch habe ich mit dem Gedanken gespielt, Patrick zu bitten, ebenfalls zu bleiben. Dann hättest du ein wenig Unterstützung und müsstest dich nicht allein um alles kümmern.« Gesa erkannte die Verwunderung in den Augen ihrer Enkelinnen. Sie hätte ihnen gerne die ganze Geschichte erzählt, die Gründe dafür dargelegt, warum auch Conor unbedingt bleiben musste, aber das konnte sie nicht. Vielleicht eines Tages. Das hoffte sie zumindest.

»Patrick und Elisa sollen zusammen auf dein Haus aufpassen?« Ruby wirkte nicht nur überrascht, sondern auch unzufrieden. »Und warum bin ich die Einzige, die in deinem Plan nicht vorgesehen ist?«

»Ich weiß doch, dass du ein Stadtkind bist und nie länger als nötig auf der Insel bleibst.«

»Ich kann mich auch ohne Patrick um alles kümmern«, versicherte Elisa nun. Sie wusste nicht, warum ausgerechnet er mit ihr hierbleiben sollte.

»Aber so ist es doch viel lustiger.« Conor zwinkerte ihr zu.

»Ihr könnt in Ruhe über die Sache nachdenken. Es bleiben schließlich noch ein paar Wochen bis zu meiner Abreise.«

»Eine Weltreise«, sagte Marie nachdenklich. »Daran hätte ich auch Spaß. Ein richtiges Abenteuer, und ich finde es sehr mutig von Ihnen, dass Sie in See stechen wollen.«

»Ist so eine Reise nicht sehr teuer?«, wollte Ruby wissen. »Ich meine, wie kannst du dir das leisten? Allein mit deiner Ferienwohnung doch sicher nicht. Die hat ja nie besonders viel Geld gebracht.«

»Wir reden jetzt nicht über Geld«, ermahnte Gesa sie, als der Kellner das Essen brachte. »Und jetzt lasst es euch schmecken.« Sie erhob erneut ihr Glas. »Auf einen schönen Abend.« Sie zwinkerte Marie zu. »Und wir zwei sollten jetzt wohl endlich zum Du übergehen.«

»Sehr gern, auf einen schönen Abend«, entgegnete Marie gut gelaunt, während die allgemeine Stimmung am Tisch spürbar nachgelassen hatte. Denn sowohl Elisa als auch Ruby und Conor ging dieselbe Frage durch den Kopf: Was hatte sich Oma Gesa nur mit dieser Reise gedacht?

Doch ausschließlich Conor stellte sich noch einer weiteren Überlegung: Warum gerade jetzt, wo es doch ohnehin so viele Probleme gab? Eines wusste er genau: Oscar würde nicht begeistert sein, wenn er von Gesas Plänen erfuhr.

Kapitel 15

»MÖCHTEST du etwa schon schlafen?«, fragte Ruby kichernd.

Elisa hatte sich gleich hingelegt, nachdem sie vom Restaurant zurückgekehrt waren. Sie war müde nach dem langen Tag, und es tat gut, unter die warme Bettdecke zu schlüpfen.

»Es ist schon nach elf«, bemerkte Elisa und gähnte. Sie hatte bereits das Licht ausgeschaltet, während Ruby noch im Bad verschwunden war.

»Aber wir haben doch Urlaub«, meinte Ruby verständnislos und schaltete die helle Deckenlampe wieder ein.

»Was soll das denn?« Elisa zog sich murrend die Bettdecke über den Kopf. Ihre Schwester hatte sich eindeutig ein oder zwei Gläser zu viel von dem teuren Rotwein schmecken lassen und dazu nur einen leichten Salat gegessen. Das erklärte auch ihre ausgelassene Stimmung. Ruby ließ sich schwungvoll auf ihr Bett fallen und lachte. »Ich würde zu gerne wissen, wie es Patrick auf dem dunklen Speicher wohl geht. Weißt du noch, dass wir uns früher oft da oben versteckt haben, um uns Gruselgeschichten zu erzählen?«

»Ja, zumindest bis uns diese Riesenspinne begegnet ist. Seitdem bin ich nicht mehr dort oben gewesen.«

»Armer Patrick … Sicherlich hat er nur ein Feldbett zwischen all den Kisten und dem ganzen Gerümpel aufstellen können. Und es wird kalt und feucht sein.« Ruby dachte kurz nach. »Vielleicht möchte er ja lieber bei uns übernachten. Ich zumindest hätte nichts dagegen, ihn in meiner Nähe zu wissen.«

»Er wird ganz sicher nicht bei uns schlafen«, stellte Elisa klar. »Wir haben doch schon zu zweit kaum Platz.« Sie sah auf die Staffelei und den ganzen anderen Kram, der sich nun auch noch im Zimmer stapelte, nachdem Carla am späten Nachmittag alles vorbeigebracht hatte. Morgen müsste sie als Erstes alles so aufstellen und verstauen, dass sie und Ruby nicht ständig darüber stolpern würden.

»Du bist ja sehr herzlos heute Abend«, warf Ruby ihrer Schwester vor. »Warum magst du Patrick nicht?«

»Wer sagt, dass ich ihn nicht mag? Ich kenne ihn schließlich erst seit ein paar Stunden.«

»Das ist nur so ein Gefühl. Du hast beim Essen kaum mit ihm gesprochen und ihn immer so seltsam angesehen.«

»Können wir jetzt endlich schlafen?« Elisa drehte sich seufzend auf die Seite. Sie hatte heute keine Lust mehr, weiter über Conor zu reden, und auch nicht, über Omas seltsamen Plan nachzudenken, sich mit ihm um das Haus zu kümmern. Diese Idee musste sie ihr unbedingt noch austreiben, denn darauf würde sie sich auf keinen Fall einlassen.

»Weißt du was?« Ruby stand entschlossen von ihrem Bett auf. »Ich mache mir selbst ein Bild davon, wie Patrick dort oben lebt. Sicherlich ist er noch wach.«

»Du willst zu ihm gehen?« Elisa setzte sich auf und sah ihre Schwester entsetzt an. »Und was hast du dann vor?«

»Ich werde ihn zu einem netten Abend überreden. Was sonst?« Sie grinste.

»Ich kann dir nur raten, die Finger von ihm zu lassen.«

»Na, mal sehen …«

»Ruby!«, rief Elisa ihr noch nach, doch sie ließ sich nicht mehr aufhalten. Sie warf die Bettdecke zurück und stand auf, unschlüssig, was sie nun machen sollte. Eines war sicher. Schlafen konnte sie nicht, solange Ruby bei Conor war.

***

Ruby stieg langsam die schmale Holztreppe zum Speicher hinauf, die unter jedem ihrer Schritte knarzte. Bereits auf halbem Weg schlug ihr der vertraut modrige Geruch von feuchtem Holz entgegen, der sich verstärkte, je weiter sie nach oben kam. Auch der schmuddelige Vorhang, der als Türersatz diente, war noch derselbe wie damals. Ruby schlug eine tiefe Dunkelheit entgegen, als sie ihn beiseitezog. Es gab nur eine kleine Dachluke, durch die sogar an einem sonnigen Tag bloß sehr wenig Licht fiel. Sie verharrte einen Augenblick auf der

Stelle und wartete, bis sich ihre Augen an die Dunkelheit gewöhnt hatten. Ruby konnte schemenhaft die Umrisse des sperrigen Eichenschrankes erkennen, der schon in ihrer Jugend auf dem Speicher gestanden hatte und alte Kleidungsstücke enthielt. Sie und Elisa hatten sich früher immer über die Sachen amüsiert, die ihre Großmutter als junge Frau getragen hatte, und sie manches Mal selbst anprobiert. Neben einer Kommode, die längst auf den Sperrmüll gehört hätte, stapelten sich unzählige Kisten. Ruby fragte sich, wie Patrick es sich zwischen all dem Gerümpel gemütlich machen sollte.

»Patrick?«, fragte sie leise. »Ich bin es, Ruby. Schläfst du schon?«

Sie erhielt keine Antwort. Ruby machte einen vorsichtigen Schritt nach vorne und stieß unsanft mit dem Kopf an einen Querbalken. Fluchend fasste sie sich an die schmerzende Stirn und drückte dann entschlossen auf den Lichtschalter. Die alte Glühbirne, die unter der Decke befestigt war, erhellte den Raum mit einem grellen, unangenehmen Licht, das Ruby in den Augen wehtat. Es dauerte einen Moment, bis sie klar sehen konnte. Tatsächlich hatte Oma Gesa dem armen Patrick nur eine alte Matratze zur Verfügung gestellt, die an der hinteren Wand unter dem Fenster lag. Auch wenn diese mit Kissen und einer Decke ausstaffiert war, konnte das Nachtlager kaum als gemütlich gelten. Neben der Matratze stand eine verschlossene Reisetasche. Doch von Patrick fehlte jede Spur.

»Schade«, murmelte Ruby enttäuscht und wandte sich ab. Hier oben war es kalt und zugig. Außerdem tat ihr Kopf weh. Mit einem Mal wollte sie nur noch ins Bett. Ohne einen weiteren Gedanken daran zu verschwenden, wo Patrick sich wohl um diese Uhrzeit herumtrieb, machte sie sich auf den Weg zurück in ihr Zimmer. Dass auch Elisa nicht mehr in ihrem Bett lag, bemerkte sie beim Betreten gar nicht.

***

Elisa war plötzlich gar nicht mehr müde. Sie wusste, dass sie keinen Schlaf finden würde beim Gedanken an Ruby und Conor. Kaum war ihre Schwester gegangen, war sie nach unten geschlichen, um sich eine heiße Milch mit Honig zu machen. Dann hatte sie sich auf die Couch gesetzt, unter eine Wolldecke gekuschelt, und den Fernseher eingeschaltet. Sie war bei einem alten Film hängengeblieben, in der Hoffnung, dass dieser ihr helfen würde, abzuschalten und ein wenig Entspannung zu finden. Dass Ruby oben allein bei Conor war, gefiel ihr gar nicht. Schließlich wusste ihre Schwester nicht, wer dieser Mann wirklich war: ein Krimineller, der ziemlich viele Geheimnisse mit sich herumtrug. Elisa wollte sich nicht eingestehen, dass dies nicht der einzige Grund war, warum sie Ruby nicht in seiner Nähe wissen wollte. Allein die Vorstellung, dass Conor sich auf Rubys Verführungskünste einlassen könnte, versetzte ihr einen Stich ins Herz. Sie war immer jemand gewesen, der sich völlig über seine Gefühle klargewesen war. Dass es plötzlich zwei Männer in ihrem Leben gab, verwirrte sie. Noch dazu zwei, die so völlig unterschiedlich waren. Sie hatte sich zu einer Schwärmerei für Conor hinreißen, sich von seinem guten Aussehen blenden lassen, vielleicht sogar Gefallen an dem Gedanken daran gefunden, mit ihm ein kleines Abenteuer zu erleben. Eine unbeschwerte Zeit, ganz unverbindlich. So wie Ruby es ihr oft geraten hatte. Dann war das Feuer gekommen und mit ihm die Enttäuschung über Conors plötzliches Verschwinden. Dadurch, und auch durch die Begegnung mit Malte, hatte sie sich wieder einmal eingestehen müssen, dass sie ihre Vorstellungen von einer Beziehung nicht einfach ablegen konnte. Sie brauchte jemanden an ihrer Seite, auf den sie sich verlassen konnte. Wie hatte Oma Gesa früher manchmal gesagt? Es gab Männer zum Heiraten und solche, mit denen man eben nur Spaß hatte. Conor gehörte eindeutig zu der letzteren Kategorie. Und doch gab es noch eine kleine Ecke in ihrem Herzen, die ihn nicht völlig ausschließen konnte. Auch wenn sie sich selbst dafür nicht besonders mochte.

Sie trank ihre Milch, legte sich auf die Seite und ließ sich so lange von dem Film berieseln, bis ihr die Augen zufielen. Es war schon spät, als Elisa in einen unruhigen Schlaf fiel, in dem sie lebhaft träumte. Hauptsächlich von Conor. Aber das musste ja niemand erfahren.

***

»Auf uns, und darauf, dass wir uns schon sehr bald unsere Bilder zurückholen.« Conor hob sein Glas und stieß zufrieden mit Oscar an.

Dann gönnte er sich einen großen Schluck des teuren Champagners und lehnte sich entspannt auf der weißen Ledercouch zurück.

Es gab nicht viele hochpreisige Unterkünfte auf der Insel, doch Oscar hatte eines der besten Hotels gewählt und es sich nicht nehmen lassen, auch gleich eine Suite zu buchen. »Man gönnt sich ja sonst nichts«, hatte er gesagt, als Conor am späten Abend zu ihm gekommen war.

Nun stand Oscar am Fenster und sah nach draußen. Am Tag hatte er von hier aus einen wunderbaren Blick über die Dünen bis zum Meer. Doch jetzt lag nur die dunkle Nacht vor ihm. Er wandte sich Conor zu, der sich soeben an dem frischen Obst bediente, das in einer Schale auf dem Tisch stand. »Wenn du möchtest, kann ich uns eine Kleinigkeit zu Essen aufs Zimmer kommen lassen.«

»Nein, danke. Ich war vorhin mit der ganzen Familie im Steakhaus.«

Oscar setzte sich auf den Sessel und regulierte mit einer Fernbedienung das Deckenlicht. »Mir gefallen diese technischen Spielereien«, sagte er. »Und schau dir den an.« Er zeigte auf den großen Flachbildschirm, der an der Wand befestigt war. »Ich muss mir auch dringend so ein Gerät zulegen.«

»Dafür heißt es aber, zunächst diesen Kerl zu schnappen, der die Bilder aus der Galerie gestohlen und das Feuer gelegt hat.«

»Du weißt genau, wen ich im Verdacht habe. Und wenn dieser sich bestätigt, schlagen wir zu und holen uns das zurück, was uns gehört.«

Conor leerte sein Glas und stellte es vor sich ab. »Ich weiß, dass Danny uns übel hintergangen hat, aber ich hätte ihm nicht zugetraut, dass er Elisas Galerie in Brand setzt.«

»Ich kenne ihn besser als du, und er hat sich in den letzten Jahren sehr verändert. Leider«, setzte Oscar bedauernd hinzu.

»Weißt du schon von Gesas neuesten Plänen?«, wechselte Conor das Thema.

»Du meinst die Kreuzfahrt?« Oscar lachte. »Ja, sie hat es mir erzählt.«

»Und du bist einverstanden?«

»Gesa wird mich wohl kaum um Erlaubnis bitten. Aber solange wir zwei in der Nähe ihres Hauses bleiben, mache ich mir keine Sorgen.«

»Sie hat mich gebeten, bei ihr zu wohnen, bis sie zurück ist.«

»Das ist doch großartig«, rief Oscar erfreut.

»Ja, aber es gibt einen Haken. Elisa soll ebenfalls im Haus wohnen.«

»Die sollte uns doch keine Schwierigkeiten machen, oder? Sagtest du nicht, sie wäre etwas naiv?«

»Das habe ich nie gesagt«, widersprach Conor. »Elisa mag schüchtern und zurückhaltend sein, aber wir dürfen sie nicht unterschätzen.«

»Mit deinem Charme wirst du sie schon in den Griff bekommen.«

»Ja, hoffentlich.« Conor sah auf seine Armbanduhr. »Es ist spät. Kann ich mich hier für ein paar Stunden hinlegen? Die Matratze auf dem Dachboden ist nicht wirklich bequem.«

»Dann stell dir aber einen Wecker. Es darf schließlich niemand merken, dass du woanders übernachtet hast.«

»Ein Wecker wird nicht nötig sein. Bevor die anderen aufwachen, werde ich längst zurück sein.«

»Wenn du meinst.« Oscar stand auf und schnappte sich die Schlüsselkarte.

»Gehst du noch weg?«

»Nur auf einen Absacker an die Hotelbar. Ich kann morgen schließlich ausschlafen.«

»Bist du nicht langsam zu alt, um die Nächte durchzumachen?«

»Ich?« Oscar lachte. »Niemals.«

»Na dann, viel Spaß«, sagte Conor noch, bevor er sich müde in eines der beiden Schlafzimmer zurückzog.

***

Elisa schreckte auf. Irgendein Geräusch hatte sie geweckt. Sie brauchte einen Moment, um zu registrieren, dass jemand die Haustür geöffnet hatte. Ein kalter Windzug drang bis ins Wohnzimmer und ließ sie erschaudern. Die Tür schloss sich wieder, dann hörte sie leise Schritte. Es war erst halb sechs. Wer war um diese Uhrzeit denn schon unterwegs? Elisa stand auf und verließ das Wohnzimmer. Ihr Rücken tat weh. Oma Gesas Couch war eindeutig unbequemer als die von

Ruby. Aber es war ihre eigene Schuld, dass sie die Nacht hier unten und nicht in ihrem warmen Bett verbracht hatte.

Sie blickte um die Ecke und sah Conor die Treppe hinaufgehen. Er hatte sie nicht bemerkt, also sagte sie auch nichts. Elisa wartete, bis er oben auf dem Speicher verschwunden war, und ging dann ebenfalls hinauf in ihr Zimmer. Ruby lag tief schlafend in ihrem Bett. Die beiden hatten also nicht die Nacht zusammen verbracht, was Elisas Laune schlagartig besserte. Nur, was hatte Conor wohl die letzten Stunden getrieben? Na ja, sie würde es schon herausfinden.

Im Haus war es noch still. Auch Oma liebte es, auszuschlafen. Das wusste Elisa von früher. Nur sie war jetzt hellwach. Solange alle schliefen, würde sie wenigstens das einzige Bad im Haus für sich beanspruchen können. Elisa beschloss, zunächst ein heißes Bad zu nehmen, um ihren Rücken zu entspannen. Und anschließend würde sie zum Bäcker laufen und ihre Familie mit frischen Brötchen überraschen.

Elisa hatte es schon immer als etwas Besonderes empfunden, früh am Morgen, wenn die Welt noch schlief, über die Insel zu spazieren. Auch wenn so ein Spaziergang im Sommer, bei einem goldenen Sonnenaufgang, natürlich noch deutlich reizvoller war, genoss sie es. Sie hatte sich warm angezogen, sodass ihr der starke Wind und die Kälte nichts anhaben konnten. Ganz im Gegenteil, beides wirkte sogar belebend. Als junges Mädchen war sie oft früh aufgestanden und an den Strand gegangen. Und manchmal hatte sie sich vorgestellt, auf einer einsamen Insel zu sein und nach einem rettenden Schiff Ausschau zu halten, so wie die Helden in den Abenteuerromanen, die sie damals so gerne gelesen hatte. Oft hatte sie sich gewünscht, genauso stark und mutig zu sein wie sie. Elisa hatte niemandem von diesem Spiel erzählt. Immerhin war sie damals schon vierzehn gewesen, und Ruby hätte ihr vorgeworfen, viel zu alt für solche Spielereien zu sein. Doch Elisa erinnerte sich gerne an diese Momente zurück.

Während sie über die schmalen Wege in Richtung Inselzentrum lief, nahm sie die Stille, die sie umgab, besonders intensiv wahr. In der

Stadt war es niemals so ruhig, und beinah hatte Elisa vergessen, wie es sich anfühlte, nur die leisen Geräusche der Natur zu hören.

Als sie zwanzig Minuten später die Bäckerei betrat, fühlte sie sich sehr entspannt.

»Elisa? Na, so eine Überraschung«, sagte die ältere Frau hinter der Theke.

»Moin, Frau Krämer.« Bei jedem ihrer Inselbesuche war Elisa von Neuem überrascht, dass die Bäckersfrau noch immer hinter der Theke stand, während ihr Mann in seiner eigenen Backstube für frisches Brot und Kuchen sorgte. »Ich hätte nicht gedacht, dass Sie und Ihr Mann immer noch …«

»… leben?«, fiel Leni Krämer ihr lachend ins Wort.

»Ich wollte eigentlich sagen, immer noch arbeiten.«

»Das lassen wir uns nicht nehmen.«

»Das freut mich sehr. Ich habe Ihre leckeren Brötchen vermisst«, meinte Elisa und entlockte ihrem Gegenüber damit ein Lächeln.

»Das kann ich mir denken. Vermutlich hast du in der Stadt immer nur Brötchen vom Discounter gegessen, nicht wahr?«

»Ja, und die sind natürlich kein Vergleich.«

»Ist deine Schwester auch auf der Insel? Seid ihr zwei zum Geburtstag eurer Großmutter angereist?«

Elisa nickte.

»Komm, ich mache dir erst einmal einen Kakao. Der geht natürlich aufs Haus«, sagte Frau Krämer. »So wie früher.«

»Euer Kakao hat mir doch immer schon den Tag versüßt«, erinnerte Elisa sich. Sie nahm eine dampfende Tasse entgegen und setzte sich dann an den einzigen Tisch, der in der Ecke neben einem Regal mit Zeitschriften stand. In den vielen Jahren hatte sich hier nichts verändert, und mit dem ersten Schluck Kakao fühlte sie sich direkt in ihre Jugend zurückversetzt.

»Kommen Sie auch zu der Feier?«, wollte Elisa wissen.

»Bisher hat deine Großmutter uns nicht eingeladen.«

»Das war bestimmt keine Absicht. Sicherlich wird sie sich freuen, wenn Sie beide kommen.«

»Meinst du? Da bin ich mir bei Gesa nicht so sicher. Du weißt, dass sie sehr eigen sein kann.«

»Aber sie wird doch achtzig. Das muss man groß feiern. Und wenn Oma das nicht möchte, müssen wir sie eben zu ihrem Glück zwingen.«

»Das hört sich nach einem guten Plan an.« Frau Krämer klatschte erfreut in die Hände. »Dann werden Bernd und ich natürlich kommen. Wir könnten einen Kuchen mitbringen.«

»Darüber würde Gesa sich gewiss freuen«, entgegnete Elisa, als die Tür aufgerissen wurde und ein weiteres bekanntes Gesicht den Laden betrat. Jante Fedderson war mindestens genauso ein Urgestein der Insel wie die Bäckersleute Krämer. Er gehörte zu den wenigen, die ihr Geld noch mit der Fischerei verdienten, und Elisa erinnerte sich gerne daran, dass er sie und Ruby manchmal auf seinem Kahn mitgenommen hatte. Ruby war es meistens schlecht geworden, wenn der Seegang zu stark gewesen war und es zu sehr nach Fisch gerochen hatte. Jantes Sohn Sven, der etwa im gleichen Alter wie sie war, hatte sich dann immer über Ruby lustig gemacht und ihr extra den zappelnden Hering unter die Nase gehalten. Elisa hatte lange nicht mehr an diese alten Geschichten gedacht, doch an diesem Morgen schien sie sich an alle nach und nach zu erinnern.

»Jante, sieh mal, wer da ist.« Frau Krämer zeigte erfreut auf Elisa.

Jante starrte sie einen Moment fragend an.

»Ich bin es, Elisa«, half sie ihm auf die Sprünge. Sie bemerkte erstaunt, dass er immer noch Wathose und Gummistiefel trug, so als wolle er gleich in See stechen. Sein Gesicht war faltig und wettergegerbt, so wie sie es in Erinnerung hatte. In den letzten Jahren schien sich auf der Insel wirklich nichts und niemand verändert zu haben. Vielleicht liefen die Uhren hier einfach langsamer.

»Elisa?« Er lachte. »Ich hätte dich fast nicht erkannt. Du bist ja richtig erwachsen geworden. Es muss ewig her sein, dass wir uns zuletzt gesehen haben.«

»Ich war vergangenes Weihnachten drei Tage auf der Insel.«

»Drei Tage.« Jante lachte. »Na, das war ja ein sehr langer Aufenthalt.«

Elisa nickte schuldbewusst. Ihr wurde erst jetzt richtig bewusst, wie selten sie in den letzten Jahren hier gewesen war. Der Aufbau ihrer Galerie hatte sie sehr in Anspruch genommen. *Aber jetzt habe ich ja wieder ausreichend Zeit*, ging es ihr durch den Kopf. Sie versuchte, die negativen Gedanken sofort abzuschütteln, und schenkte Jante wieder ihre volle Aufmerksamkeit. Sie deutete auf seine Gummistiefel.

»Fährst du immer noch raus zum Fischen?«

»Nicht mehr jeden Tag. Das Geschäft führt jetzt Sven. Aber manchmal begleite ich ihn und sehe ihm über die Schulter. Ich muss mich schließlich vergewissern, ob der Junge auch alles im Griff hat.« Jante lachte rau. Ohne auf seine Bestellung zu warten, drückte Leni Krämer ihm zwei Becher Kaffee in die Hand, und Jante legte routiniert das abgezählte Münzgeld auf den Tresen.

»Elisa hat uns gerade zu Gesas Geburtstag eingeladen. Wirst du auch kommen?«

»Wenn sie mich dabeihaben möchte, gern«, entgegnete er.

»Sie würde sich sicher freuen«, vermutete Elisa. »Je mehr Gäste kommen, umso lustiger wird die Party.«

Jante fuhr sich nachdenklich über die grauen Stoppel seines Drei-Tage-Bartes. »Ich könnte ein paar Fischbrötchen beisteuern.«

»Das ist eine gute Idee.«

»Dann machen wir es so. Soll ich auch Sven und seine Familie mitbringen?«

»Sven ist verheiratet?«, fragte Elisa überrascht.

»Ja, er hat eine Urlauberin geheiratet und sie auch gleich geschwängert. Konnte einfach nicht abwarten, der Junge. Jetzt bin ich Opa von einem zweijährigen Mädchen. Dabei sehe ich doch noch gar nicht aus wie ein Großvater.«

Elisa lachte. Eigentlich sah Jante haargenau so aus, wie man sich einen Großvater vorstellte. Die jahrelange harte Arbeit auf See hatte ihn schnell alt werden lassen.

»Bring ihn ruhig mit.« Elisa klang nun schon etwas zögerlicher. Wenn ihre großzügig ausgesprochenen Einladungen auf der Insel die Runde machten, würde Oma Gesas Haus richtig voll werden. Hoffentlich nicht zu voll für Gesas Geschmack. Am besten war es vermutlich, wenn die Überraschungsgäste auch genau das bleiben würden, eine Überraschung. Und vielleicht würde diese ja eine gelungene sein.

Kapitel 16

»WARUM ist mein Zimmer eigentlich abgeschlossen?«, fragte Elisa, als am späten Vormittag endlich alle ihre Betten verlassen hatten und sie beim Frühstück zusammen saßen.

Oma Gesa antwortete nicht sofort, stattdessen tauschte sie einen kurzen, aber eindringlichen Blick mit Conor. »Ihr Mädchen kommt mich vielleicht einmal im Jahr besuchen, und dann auch nur für ein paar Tage. Da könnt ihr doch nicht erwarten, dass ich gleich zwei Räume für euch freihalte.«

»Aber du weißt, wie wichtig mir das Zimmer ist.«

»Elisa versucht schon seit Jahren den Ausblick aus ihrem Fenster auf eine Leinwand zu bringen«, sprang Marie ihr zur Seite. »Sie hatte sich vermutlich erhofft, die Tage hier nutzen zu können, um diesen Wunsch endlich umzusetzen.«

»Es tut mir leid, aber das Zimmer ist tabu.« Gesas Worte klangen endgültig.

»Ich brauche nur ein wenig Platz, um meine Leinwand aufzustellen und ...«

»Es geht nicht«, fiel sie ihr ins Wort. »Du kannst doch auch am Strand malen.«

»Das ist nicht dasselbe. Außerdem regnet und stürmt es.« Sie sah ihre Großmutter verständnislos an. »Warum kannst du mir diesen kleinen Gefallen nicht tun?«

»Sie hat sicherlich ihre Gründe«, meinte Conor beschwichtigend.

»So wie auch du für alles deine Gründe hast«, entgegnete Elisa aufgebracht.

»Warum gehst du jetzt auf Patrick los?«, wollte Ruby wissen.

»Streitet euch nicht«, bat Marie sie. »Erzählt mir lieber, was man bei diesem Wetter auf der Insel so anstellen kann.«

»Wir haben ein sehr schönes Schwimmbad mit Sauna und Wellnessbereich«, schwärmte Gesa. »Vielleicht können wir Frauen

137

uns dort ein paar schöne Stunden machen. Die haben wir uns doch verdient, nicht wahr?«

»Für Wellness bin ich immer zu haben«, meinte Ruby erfreut.

»Und was ist mir dir, Elisa?«, fragte Gesa. »Begleitest du uns?«

»Ich habe gar keinen Badeanzug eingepackt.«

»Du fährst ohne Badesachen in den Urlaub?«, wunderte Marie sich.

»Du trägst Badeanzüge?« Ruby grinste.

»Genaugenommen habe ich weder einen Badeanzug noch einen Bikini dabei. Meine Sachen sind schließlich, wie ihr vielleicht wisst, in dem Feuer verbrannt. Und bei dem Wetter habe ich nun nicht als Erstes an Badezeug gedacht, als wir shoppen waren.«

»Dann kaufen wir dir einfach hier was. Im Schwimmbad gibt es bestimmt was Passendes«, schlug Marie vor.

»Nein, wirklich nicht. Ich werde lieber etwas spazieren gehen. Außerdem wollte ich noch mal bei Carla vorbeischauen. Sie hatte so wunderschöne Strickmützen und Schals im Angebot.«

»Oh, wenn du bei Carla bist, könntest du vielleicht Ruby mitnehmen«, überlegte Gesa.

»Aber ich wollte doch mit euch ins Schwimmbad gehen.«

»Ich meinte natürlich die Katze. Sie hatte vor einigen Tagen eine Entzündung an der Pfote, und Carla wollte noch einmal einen Blick drauf werfen.«

»Ich kann Ruby doch nicht in ihrer Box über die halbe Insel schleppen.«

»Du darfst dir gerne mein Fahrrad borgen«, bot Gesa ihr an. »Und vielleicht kannst du dann auch gleich noch ein paar Lebensmittel besorgen. Ich leihe dir einen Rucksack. In dem kannst du alles verstauen.«

»Braucht sonst noch jemand etwas aus der Stadt?« Elisa wusste, dass sie übel gelaunt klang. Vielleicht war sie daran auch selbst schuld. Schließlich hätte es ihr auch freigestanden, einen entspannten Tag mit den anderen zu verbringen.

»Wenn mir noch etwas einfällt, sage ich es dir«, schmunzelte Gesa.

»Und was ist mit dir, Patrick?« Ruby schenkte ihm ihr schönstes Lächeln. »Können wir dich zu etwas Wellness überreden?«

»Nein, ich störe euch lieber nicht an eurem Frauentag.«

»Du störst doch nicht«, versicherte sie ihm.

»Ich denke, ich mache mir ein paar ruhige Stunden – gehe etwas spazieren, lese ein Buch ...«

»Dann sind wir ja alle gut beschäftigt.« Gesa stand auf und räumte die Teller zusammen.

»Und heute Abend werde ich euch zu einem guten Essen einladen«, verkündete Marie.

»Zwei Restaurantbesuche in einer Woche«, freute Gesa sich. »Ich werde schon vor der Kreuzfahrt ordentlich zunehmen.«

»Wir können im Schwimmbad ein paar Bahnen ziehen. Dann verbrennen wir vorab schon einige Kalorien.« Marie schlug ihr lachend auf die Schulter. Elisa hatte schon gestern bemerkt, wie gut die zwei sich verstanden. Und das freute sie. Sie sah zu Conor, der soeben seinen Teller in die Spülmaschine räumte. Ruby stand dicht neben ihm. Sie schien einfach immer seine Nähe zu suchen. Elisa konnte über das Verhalten ihrer Schwester nur den Kopf schütteln.

Sie half noch, den Frühstückstisch abzuräumen, und verließ dann die Küche. Sie wollte möglichst schnell los. Vielleicht würde sie später noch die Gelegenheit finden zu malen. Es war an der Zeit, endlich mal wieder kreativ zu werden.

Dass dieser Plan nicht aufging, lag schließlich an Ruby, der Katze. Während sich Gesa, Marie und Ruby zwanzig Minuten später unbekümmert und bei bester Laune auf den Weg ins Schwimmbad machten, versuchte Elisa, das hellgraue Fellknäuel vom Schrank zu locken.

»Das kann Stunden dauern«, hatte Gesa ihr noch fröhlich zugerufen, bevor sie verschwunden war.

»Komm schon, Ruby«, bettelte Elisa verzweifelt und rüttelte mit einer Packung, in der Katzenleckerlis waren.

Doch Ruby rührte sich nicht.

»Probleme?«, fragte Conor lachend.

»Ich brauche deine Hilfe nicht«, stellte Elisa klar und wandte sich wieder der Katze zu. »Jetzt komm schon. Carla ist doch eine nette Ärztin. Du brauchst keine Angst zu haben.«

Ohne Vorwarnung sprang Ruby plötzlich vom Schrank. Elisa fing sie auf, doch das gefiel der Katze gar nicht. Sie befreite sich mit einem weiteren Satz aus Elisas Arm und verpasste ihr dabei einige tiefe Kratzer.

»Aua!«, rief Elisa erschrocken, während Ruby unter dem Sofa verschwand.

»Zeig mal her.« Conor umfasste liebevoll ihren Arm und sah sich die Verletzung an. »Das sollten wir besser desinfizieren, nicht dass es sich entzündet.«

»Es ist nicht so schlimm.« Elisa zog ihren Arm weg. »Hilf mir lieber, die Katze endlich einzufangen, damit ich loskann.«

»Warum bist du so abweisend?«, wollte Conor wissen.

»Weil du nicht ehrlich zu mir bist.«

»Ich habe dich nie angelogen.«

»Aber du hast einiges verschwiegen. Das ist nicht weniger schlimm.« Elisa nahm sich ein Taschentuch und drückte es auf die blutigen Kratzspuren.

»Soll ich dir nicht wenigstens ein Pflaster besorgen?«, fragte er sanft.

»Nein, wirklich nicht. Es geht schon.« Elisa hockte sich vor das Sofa und warf einen Blick darunter. Nur zufällig bemerkte sie, dass unter der Couch etwas mit Klebeband befestigt war. Ein Umschlag … Was konnte so geheim sein, dass Oma Gesa es unter der Couch versteckte? Elisas Neugierde war geweckt, aber sie wollte diesen Fund auf keinen Fall vor Conor genauer untersuchen. Also jagte sie mit einer schnellen Bewegung die Katze unter dem Sofa hervor. Diese flitzte mit einem Satz zu ihrem Katzenbaum und erklomm die obere Ebene.

»Unter der Couch hätten wir sie vielleicht besser einfangen können«, meinte Conor. »Aber du machst es dir ja offenbar gerne unnötig schwer.«

»Was soll das denn jetzt heißen?« Elisa baute sich vor ihm auf und stemmte die Hände in die Hüften.

»Sei doch einfach mal ein wenig entspannter.« Er strich ihr vorsichtig eine Haarsträhne hinter das Ohr. »Ich weiß, dass du es nicht immer leicht hast, aber es wird auch nicht besser, wenn du das Leben zu ernst nimmst. Wir sind auf einer wunderschönen Insel direkt am Meer und verbringen ein paar freie Tage, die wir uns alle verdient haben. Wenn du es nicht einmal jetzt schaffst, dich einfach mal zurückzulehnen und abzuschalten, wann dann?«

»Vielleicht liegt es an deiner Anwesenheit, dass ich immer zu verärgert bin«, warf Elisa ihm vor.

»Man sagt mir eigentlich nach, dass ich sehr beruhigend auf andere wirke.« Conor wandte sich lächelnd ab und sah hinauf zu der Katze. »Komm schon, Ruby«, flüsterte er und streckte seine Arme aus. »Es wird Zeit für einen kleinen Ausflug.«

Elisa konnte nicht fassen, was anschließend geschah. Mit einem leisen Miauen ließ sich die Katze von Conor herunterheben und widerstandslos in ihre Box verfrachten.

»Wie hast du das gemacht?«

»Tiere spüren, wenn du aufgeregt oder ängstlich bist. Mit Ruhe und Gelassenheit kommt man im Leben immer weiter als mit Hektik und Anspannung.«

»Gilt das auch für die kriminellen Geschäfte, denen du nachgehst?« Sie blickte ihn herausfordernd an.

Conor grinste. »Vielleicht …«

»Und wann willst du mir endlich erzählen, was es damit auf sich hat?«

Conor sah zu der Katze, die unruhig an dem Törchen ihrer Box kratzte. »Wir wollen Ruby doch nicht warten lassen. Bring sie jetzt besser zum Tierarzt. Wir reden später.«

»Versprochen?«

»Ja, versprochen.«

»Ich verlasse mich darauf«, sagte sie und wandte sich ab.

»Elisa«, hielt er sie zurück und legte beide Hände auf ihre Schultern. Dann sah er sie ernst an. »Es tut mir wirklich alles sehr leid. Ich wünschte, es wäre anders gekommen.«

»Das wünschte ich auch«, brachte sie leise hervor. Es fiel ihr schwer, sich von Conor loszureißen, aber sie wusste, dass es das Beste sein würde, jetzt zu gehen. »Komm, Ruby«, sagte sie. »Wir sollten endlich los, bevor es wieder anfängt zu regnen.«

»Soll ich euch begleiten?«

»Nein, Conor, lieber nicht.«

»Okay«, entgegnete er nur.

Elisa spürte noch seinen Blick im Rücken, als sie das Haus verließ. Erst draußen gelang es ihr, wieder befreit durchzuatmen.

Balu begrüßte Elisa, indem er müde ein Augenlid anhob und sie anblinzelte. Dass sie eine Katze bei sich hatte, schien den Hund weder zu stören noch auf irgendeine Weise aus der Ruhe zu bringen. Also stieg Elisa vorsichtig über ihn und betrat den Laden. Carla stand gerade über eine Kiste gebeugt und schien darüber nachzudenken, wo sie die neue Ware noch unterbringen konnte.

»Moin«, grüßte Elisa und riss sie so aus ihren Gedanken.

Carla drehte sich lachend zu ihr um. »Hast du mich erschreckt.«

»Vielleicht solltest du dir eine Türglocke anschaffen. Dann hörst du gleich, wenn jemand den Laden betritt.«

»Dafür habe ich doch Balu.«

Elisa warf dem Hund einen kritischen Blick zu und grinste. »Ja, der gibt natürlich zuverlässig Laut, wenn ein Kunde kommt.«

»Wen hast du denn da mitgebracht?« Carla sah in die Box. »Oh, das ist ja meine Lieblingspatientin.«

»Gesa hat mich gebeten, sie zu dir zu bringen. Sie hatte wohl eine entzündete Pfote.«

»Ich sehe sie mir gerne noch einmal an. Komm, wir gehen nach oben in meine Praxis. Ich habe einen Termin in zwanzig Minuten, vorher kann ich mich um Ruby kümmern.«

»Ich frage mich immer noch, warum meine Großmutter ihre Katzen ausgerechnet nach meiner Schwester und mir benennen musste«, murmelte Elisa nachdenklich und folgte Carla hinter den Verkaufstresen.

»Das ist natürlich nicht der offizielle Zugang zur Praxis«, erklärte sie und zog den Vorhang beiseite. Dahinter verbarg sich ein dunkler Treppenaufgang. »Aber für mich ist es der schnellste Weg, um zwischen Laden und Praxis hin- und herzuwechseln.« Sie stiegen die steilen Stufen hinauf. An dessen Ende lag eine Tür, die weit offenstand, sodass etwas Tageslicht in das Treppenhaus fiel. Oben angekommen stand man direkt im Anmeldebereich, der lediglich aus einem schmalen Schreibtisch bestand, auf dem ein altmodischer Computer platziert war.

»Das stammt alles noch von meinem Vorgänger«, erklärte Carla. »Wenn ich irgendwann einmal Zeit finde, muss ich die Praxisräume dringend renovieren und neu ausstatten.«

Sie öffnete eine weitere Tür, von der aus man in das Wartezimmer gelangte, einem kleinen Raum mit drei Stühlen, einer Grünpflanze in der Ecke und einem Tisch, auf dem abgegriffene Zeitschriften lagen. Einer der Stühle war bereits besetzt. Elisa erkannte die Frau, die einen abgedeckten Vogelkäfig vor ihren Füßen stehen hatte, sofort.

»Mechthild«, sagte sie überrascht. Elisa hatte Gesas Freundin lange nicht gesehen, aber sie wusste, dass die zwei sich schon seit Jahren regelmäßig zu Kaffee und Kuchen im Café trafen, um den neuesten Klatsch und Tratsch auszutauschen. Schon vor Jahren hatte Gesa geklagt, dass diese Treffen für sie mehr Last als Freude waren, aber insgeheim glaubte Elisa, dass ihrer Großmutter etwas fehlen würde, wenn sie nicht mehr stattfänden.

»Elisa, schön dich zu sehen«, begrüßte Mechthild sie. »Ich hatte gehofft, dass wir uns über den Weg laufen. Es gibt schließlich so viel zu besprechen.«

Elisa zog überrascht die Augenbrauen hoch. »So, gibt es das?«

Sie konnte sich beim besten Willen nicht vorstellen, was Mechthild mit ihr zu bereden hatte.

»Ja, natürlich. Schließlich muss ich jetzt alles umplanen. Ein Kuchen wird ja nicht reichen. Und dann brauchen wir noch Dekoration und vielleicht jemanden, der sich um die Musik kümmert.«

»Wovon redest du?« Elisa verstand gar nichts mehr.

»Na, von der Überraschungsparty natürlich.«

»Eine Überraschungsparty?«, mischte Carla sich ein.

»Ich habe von Leni erfahren, dass du einige Gäste zu Gesas Geburtstag eingeladen hast und dass du sie mit der Feier überraschen möchtest.«

»Ganz so habe ich das vielleicht nicht gemeint …«, sagte Elisa zögerlich, aber auf derartige Bedenken ließ Mechthild sich nicht ein. »Ich habe noch ein paar Bekannte von Gesa eingeladen«, erzählte sie aufgeregt. »Ein paar ihrer Freundinnen, Lasse aus dem Reisebüro und noch viele mehr. Und Fiete hat angeboten, seinen Wagen in Gesas Vorgarten aufzustellen.«

»Wer ist Fiete?«

»Du kennst doch Fiete«, meinte Mechthild entsetzt. »Den Fischbrötchenverkäufer am Hafen.«

»Ach, von dem Fiete sprechen wir.« Elisa lachte angestrengt. »Bei Heiko bin ich mir allerdings noch unsicher.«

»Und wer ist Heiko?« So langsam wurde Elisa nervös. Die Planung der Feier schien sich irgendwann verselbstständigt zu haben.

»Ach, komm … Heiko, du weißt schon«, sagte Mechthild. Dann dachte sie kurz nach. »Ach nein, den kennst du nicht. Er sorgt für Recht und Ordnung, seit Dietmar im Ruhestand ist.«

»Er ist also Polizist«, schlussfolgerte Elisa.

»Wohl eher ein besserer Dorfsheriff«, scherzte Mechthild.

Elisa musste unwillkürlich an Conor denken. Die Anwesenheit eines Polizisten in Gesas Haus würde ihn gewiss nicht freuen. Elisa hingegen amüsierte der Gedanke. Sie war für einen Moment selbst über ihre plötzliche Schadenfreude überrascht. Eigentlich war sie gar nicht so ein Mensch. Aber vielleicht hatten sie die zurückliegenden Ereignisse ja verändert.

»Ich liebe Partys«, schwärmte Carla.

»Dann komm doch auch und bring gleich deine Mitbewohnerin mit«, schlug Mechthild vor. »Die Kleine, Stille, die immerzu strickt.«

»Wiebke«, half Carla ihr auf die Sprünge.

»Richtig, Wiebke.«

Mechthild begann, in Gedanken etwas an den Fingern durchzuzählen. »Fünf Kuchen müssten ausreichen, oder?«

»Das hoffe ich doch«, entgegnete Elisa entsetzt.

»Na ja, bei den vielen Gästen. Aber schließlich gibt es ja auch noch Fischbrötchen, und Leni kann ihren Bernd sicherlich auch überreden, ein paar Teilchen beizusteuern. Also wird wohl jeder satt werden.«

»So, jetzt kümmere ich mich aber erst mal um meine Patienten«, beschloss Carla und nahm Elisa die Box aus der Hand. »Ihr zwei könnt währenddessen hier warten und weiter über die Feier sprechen.«

Eigentlich wusste Elisa nicht, ob sie das wirklich wollte. Aber es schien wohl, als würde sie aus dieser Sache nicht wieder herauskommen. Sie musste später unbedingt Marie und Ruby einweihen. So ganz allein wollte sie dann doch nicht die Verantwortung für eine Überraschungsparty in diesem Ausmaß tragen. Und mit viel Glück würde dann auch Oma Gesas Groll nicht sie allein treffen.

Kapitel 17

ALS Elisa gegen Mittag zurückkam, hatten tatsächlich einige Sonnenstrahlen ihren Weg durch die dichte Wolkendecke gefunden und hier und da war sogar ein Stück vom blauen Himmel zu entdecken. Auch der Wind hatte sich gelegt und die Temperaturen waren deutlich milder als noch am Morgen. Plötzlich verspürte Elisa den Wunsch, an den Strand zu gehen, um endlich wieder zu malen. Seit dem Feuer hatte sie diese Sehnsucht nicht mehr gefühlt. Es war eher der Gedanke gewesen, mal wieder malen zu *müssen*, als es wirklich zu wollen. Aber heute fühlte sie die Kreativität förmlich in sich aufsteigen. Sie ließ die Katze Ruby schnell zurück ins Haus und eilte dann hinauf in ihr Zimmer, um Staffelei, Leinwand und Farben zu holen. Außer ihr war niemand zu Hause. Für einen kurzen Moment spielte sie mit dem Gedanken, die Gelegenheit zu nutzen, um sich den Umschlag unter der Couch einmal genauer anzusehen, auch wenn Elisa natürlich wusste, dass es nicht richtig war, das ohne Omas Einverständnis zu tun. Schließlich verwarf sie die Idee fürs Erste. Elisa wollte sich ihre momentan gute Laune nicht durch das, was auch immer es war, verderben lassen. Und sie hatte entschieden das Gefühl, dass ihr dieses Geheimnis nicht gefallen würde.

Sie schnappte sich ihre Sachen. Dann fiel ihr Blick auf den kleinen Holzschemel in der Ecke neben Rubys Bett, der voller Farbspritzer war. Elisa wusste nicht, wie viele Stunden sie früher darauf gesessen und gemalt hatte. Sie war gerührt, dass Oma Gesa ihn aufbewahrt hatte. Wenn sie doch nur ihr altes Zimmer zurückbekäme. Aber damit war vorerst ja leider nicht zu rechnen.

Elisa verdrängte die Gedanken an das, was nicht sein konnte, schnappte sich ihre Sachen und lief zum Strand. Das Licht war an diesem frühen Nachmittag einfach perfekt. Die Sonnenstrahlen fielen glitzernd auf das ruhige Wasser und schienen auf den sanften Wellen zu tanzen. Das Blau des Himmels wurde zum Teil von düsteren

Wolken verdeckt, ein schöner Kontrast, der sich auf der Leinwand gut abbilden lassen würde. Elisa war völlig allein hier draußen. Nur eine Möwe ließ sich sanft von der Brandung auf und ab treiben.

Obwohl es bereits Ende Oktober war, hatte sich die Luft so weit erwärmt, dass Elisa die Ärmel ihres Strickpullovers hochschieben konnte, bevor sie mit der Arbeit begann. Zunächst tat sie sich schwer mit den ersten Pinselstrichen, doch dann schienen sich ihre Hände daran zu erinnern, wofür sie schon immer gemacht waren, und führten jedes Detail gekonnt aus. Und doch kam es Elisa so vor, als würde sie entschlossener, vielleicht sogar mutiger an die Sache herangehen. Es war an ihr, einen neuen Anfang zu machen. Ihre alten Werke existierten nicht mehr, und das, so begriff sie nun, konnte auch eine Chance sein. Sie versuchte, sich völlig frei von ihren Vorstellungen zu machen, wie ein Bild auszusehen hatte, das unter ihren Händen entstand. Einmal hatte ein Künstler ihr geraten, immer so zu malen, als würde das Werk niemals jemand anderes zu Gesicht bekommen. Das machte frei und unabhängig von den Erwartungen, die andere in ein Bild setzten. Und Elisa glaubte, dass sie diese Worte heute zum ersten Mal richtig verstand.

Ihr gelang es, völlig in die Szenerie einzutauchen und die Welt um sich herum zu vergessen. Sie blendete ihre Sorgen aus, die vielen Fragen um Conor und sein seltsames Verhalten und einfach alles, was sie belastete. Und erst als die Sonne bereits tief stand und ihre Hände langsam kalt wurden, legte sie den Pinsel beiseite.

»Einfach großartig«, hauchte Conor plötzlich in ihr Ohr.

Elisa drehte sich erschrocken um. »Wie lange stehst du da schon?«

»Seit ein paar Minuten. Aber du warst so in deine Arbeit vertieft, dass ich dich nicht stören wollte.«

»Es gefällt dir also?« Sie wusste nicht, warum sie ihm diese Frage stellte. Eigentlich konnte ihr Conors Meinung wirklich egal sein.

»Es ist dein bestes Werk.« Er lächelte.

Elisa trat einen Schritt zurück und betrachtete ihr Bild. Es wirkte so lebendig, dass sie beinah selbst nicht glauben konnte, dass sie die Künstlerin war.

»Jetzt bin ich bereit«, sagte sie leise.

»Bereit wofür?«

»Ich muss endlich in mein altes Zimmer, um den Blick aus meinem Fenster festzuhalten. Ich weiß, dass es perfekt werden wird. So, wie ich es mir immer gewünscht habe.«

»Wenn du das sagst.«

Elisa nahm das Zögern in Conors Stimme kaum wahr. Sie fühlte sich viel zu beschwingt und glücklich.

Conor blickte zum Himmel. Die Wolken waren wieder dichter geworden. »Komm, wir bringen dein Bild schnell ins Haus, bevor es wieder zu regnen anfängt. Die anderen sind von ihrem Wellnesstag zurück und würden gern ins Restaurant aufbrechen.«

»Ich komme schon«, versprach Elisa. Auch ihr Magen knurrte mittlerweile, und sie freute sich auf ein gemeinsames Essen mit ihrer Familie.

***

Beinah fühlte Elisa sich wie auf Klassenfahrt, als sie und Ruby spät am Abend in ihren Betten lagen und Ruby ununterbrochen über den hübschen Bademeister plapperte, den sie heute im Schwimmbad kennengelernt hatte. »Der war vielleicht durchtrainiert«, schwärmte sie. »Von dem hätte ich mich gerne aus dem Wasser ziehen lassen.«

Elisa bemerkte erleichtert, dass ihre Schwester nicht mehr von Conor sprach und wohl auch nicht den Plan verfolgte, ein weiteres Mal zu ihm auf den Speicher zu gehen. Allerdings schien sie auch so gar nicht müde zu sein. Und das gefiel Elisa nicht. Schließlich wollte sie später noch den versteckten Gegenstand unter der Couch hervorholen. Außerdem ging ihr die Frage nicht aus dem Kopf, wo Conor die letzte Nacht verbracht hatte. Vom Wohnzimmer aus würde es ihr nicht entgehen, wenn er heute Abend erneut das Haus verließ.

»Ich bin natürlich gleich mit ihm ins Gespräch gekommen und habe mir seine Nummer geben lassen.« Ruby grinste. »Allerdings wird es auf dieser Insel wohl schwierig, mit ihm auszugehen. Vor allem jetzt – im Herbst hat ja alles geschlossen.«

»Mach doch einen schönen Strandspaziergang mit ihm und anschließend geht ihr irgendwo essen«, schlug Elisa vor.

Ruby seufzte. »Das wäre wohl eher ein Date nach deinem Geschmack. Aber mal sehen …« Sie öffnete die Schublade ihres Nachttisches und holte grinsend eine Flasche Friesengeist heraus. »Die hab ich aus Omas Vorräten stibitzt. So wie früher, wenn wir mit der Clique am Lagerfeuer am Strand waren und gefeiert haben. Das wäre jetzt genau das Richtige … na ja, wenn es nicht so eklig draußen wäre. Und von der alten Clique ist ja eh keiner mehr hier. Du hättest echt mitkommen sollen damals. Aber du warst ja immer die Brave, die pünktlich im Bett war und jeden Spaß gemieden hat.«

»Ich hatte auch Spaß«, sagte sie verteidigend.

»So, wann denn?«

Elisa suchte in ihrem Gedächtnis verzweifelt nach einem besonderen Ereignis in ihrer Jugend. Da musste es doch irgendetwas geben …

»Vergiss es, dann hast du eben jetzt Spaß«, meinte Ruby, nachdem von Elisa keine Antwort kam. Sie nahm einen großen Schluck aus der Flasche und reichte sie dann an Elisa weiter.

»Ich mag das Zeug nicht. Das weißt du doch.«

»Komm schon, allein feiern macht keinen Spaß.«

»Was feiern wir denn?« Elisa drehte die Flasche unschlüssig in ihren Händen hin und her und roch einmal daran.

»Nichts Spezielles. Aber wir könnten darauf anstoßen, dass du die halbe Insel zu Omas Geburtstag eingeladen hast. Die wird fluchen, wenn sie davon erfährt.«

»Das befürchte ich auch.« Elisa nippte vorsichtig an der Flasche. Die Flüssigkeit lief brennend in ihrer Kehle hinab. »Aber wie hast du davon erfahren?« Bisher war sie noch nicht dazu gekommen, mit Marie und Ruby über die vielen ungeplanten Gäste zu sprechen. Sie waren fast die ganze Zeit über mit Gesa zusammen gewesen.

»Ich war vorhin kurz beim Bäcker. Da hat Leni mich eingeweiht.«

»Ich wollte eigentlich nur ein paar Freunde von Oma einladen, aber irgendwie hat sich das Ganze zu einem Selbstläufer entwickelt.«

»Du meinst wohl zu einem halben Jahrmarkt.« Ruby kicherte. »Mit Fischbrötchenwagen, Kuchenbuffet und einem Karussell für die Kinder.«

»Ein Karussell?«, fragte Elisa entsetzt und nahm sicherheitshalber noch einen Schluck, bevor sie die Flasche zurückgab.

»Das war nur ein Scherz. Aber ich denke, dass am Samstag sehr viele Gäste vor der Tür stehen werden. Also müssen wir uns in den nächsten Tagen um die Dekoration kümmern und dafür sorgen, dass es genügend Teller, Tassen und Gläser für alle gibt. Ich habe auch schon Marie eingeweiht. Die ist völlig aus dem Häuschen. Du weißt, sie liebt Partys.«

»Werden wir auch Oma einweihen? Nicht, dass sie vor Schreck einen Herzinfarkt bekommt.«

»Das Risiko müssen wir wohl eingehen.« Ruby drückte ihrer Schwester wieder den Friesengeist in die Hand, nachdem sie selbst einen weiteren Schluck genommen hatte. Dieses Mal zögerte Elisa nicht. Der Alkohol schien ihre Nerven zu beruhigen.

»Aber keine Sorge. Omas Herz ist stark. Das wird sie aushalten.«

»Na, hoffentlich«, sagte Elisa nur und setzte die Flasche erneut an.

***

Elisa hätte später nicht mehr sagen können, worüber sie und Ruby in den nächsten zwei Stunden geredet und vor allem gelacht hatten, aber es hatte sich gut angefühlt. Irgendwann war sie eingenickt, um kurz darauf wieder hochzuschrecken. Das Geräusch knarzender Stufen hatte sie geweckt. Jemand ging vom Speicher hinunter. Elisa setzte sich auf. Ihr war etwas schwindelig. Wie viel Friesengeist hatte sie eigentlich getrunken? Die Erinnerung daran war etwas verschwommen. Ruby hatte ihr die Flasche ein paar Mal herübergereicht. Aber sie hatte doch immer nur an der hochprozentigen Flüssigkeit genippt und längst nicht so zugelangt wie ihre Schwester, die jetzt leise schnarchend in ihrem Bett lag. Elisa stand vorsichtig auf, brauchte einen Moment, um das Gleichgewicht zu finden, und schlich dann aus dem Zimmer. Unten lief jemand herum. *Conor?* Wollte er sich wieder für einen nächtlichen

Ausflug hinausschleichen? Elisa musste es einfach herausfinden. Sie schnappte sich ihren Pullover, den sie über einen Stuhl gehängt hatte, zog ihn über und lief leise nach unten. Es fiel ihr schwer, dabei möglichst lautlos die Treppe hinabzugehen. Irgendwie schienen ihr die Stufen immer wieder entgegenzukommen.

Reiß dich zusammen, ermahnte sie sich stumm, in dem Moment, als die Haustür ins Schloss fiel. Jetzt musste es schnell gehen. Unten angekommen schlüpfte sie in Omas Gummistiefel, die im Flur standen, zog sich Jacke und Mütze über und eilte nach draußen. Die Kunst bestand nun darin, Conor in der Dunkelheit nicht aus den Augen zu verlieren und gleichzeitig unentdeckt zu bleiben. Elisa sah, dass er den Weg in Richtung Stadt nahm. Sie folgte ihm mit etwas Abstand. Zum Glück waren die Wege gut ausgeleuchtet. Trotzdem kam sie immer wieder ins Straucheln. Ihre Beine wollten einfach nicht so wie sie. Außerdem drang der kalte Seewind durch den dünnen Stoff ihrer Schlafanzughose – ein Modell, auf dem auch noch kleine Teddybären aufgedruckt waren. Elisa hoffte, dass sie hier draußen niemand sah. Aber zu ihrem Glück schien die Insel zu schlafen. Abgesehen von Conor natürlich, der seinen Weg zielstrebig fortsetzte. Irgendwann bog er um die Kurve und überquerte eine Wiese. Vermutlich wollte er eine Abkürzung nehmen, auch wenn Elisa nicht wusste, wohin. Elisa fiel es zunehmend schwerer, mit ihm Schritt zu halten. Ihr war immer noch schwindelig.

Doch dann wusste sie plötzlich, was sein Ziel war. Er lief direkt auf das Hotel *Dünenblick* zu. Das familiengeführte Traditionshaus existierte schon seit über sechzig Jahren und gehörte zu den Topadressen auf der Insel. Wer seinen Urlaub in einem noblen Umfeld verbringen wollte, in dem ihm jeder Wunsch von den Augen abgelesen wurde, war hier genau richtig. Wenn man denn über die nötigen finanziellen Mittel verfügte. Es gab nur dreißig Zimmer, sodass der Gast zusätzlich den Eindruck gewann, in einem beinah familiären Umfeld umsorgt und verwöhnt zu werden.

Aber was wollte Conor hier? Er ging direkt auf den Eingang zu und verschwand schließlich im Inneren. Elisa konnte ihm unmöglich weiter folgen. Angetrunken, in Pyjamahose, kombiniert mit Winterjacke, Strickmütze und Gummistiefeln, erweckte sie nicht gerade den besten

Eindruck. Um das zu erkennen, war sie nüchtern genug. Sie lehnte sich müde gegen einen Baumstamm und hoffte, dass ihre Beine sie noch bis nach Hause tragen würden. Die Sehnsucht nach ihrem Bett wurde überwältigend groß. Vielleicht gelang es ihr ja, doch noch etwas Schlaf zu finden. Sie gab sich einen Ruck, versuchte, Schwindel und Übelkeit zu ignorieren, und machte sich auf den Rückweg. Und wenn ihr Kopf morgen wieder klarer war, musste sie dringend darüber nachdenken, wie sie auf diese erneute Heimlichtuerei von Conor reagieren sollte. Denn mittlerweile gab er ihr mit seinem Verhalten mehr als nur ein Rätsel auf.

Kapitel 18

»SCHLÄFT Elisa etwa noch?«, fragte Marie überrascht.

»Ja, tief und fest.«

Das war Rubys Stimme gewesen. Elisa schaffte es kaum, die Augen zu öffnen. Warum redeten die zwei mitten in der Nacht so laut? Sie blinzelte müde und erkannte, dass bereits etwas Tageslicht durch die zugezogenen Vorhänge fiel.

»Sie ist doch wohl nicht krank, oder?«

»Nein.« Ruby lachte. »Wir haben uns gestern über Omas Friesengeistvorräte hergemacht, und Elisa ist bekanntlich nicht sehr trinkfest.«

»Seit wann trinkt deine Schwester überhaupt Alkohol?« Marie klang ehrlich überrascht.

»Es war das erste und auch das letzte Mal«, beteuerte Elisa stöhnend und fasste sich an den schmerzenden Kopf.

»Oh je, hast du etwa einen Kater? Von dem bisschen Friesengeist?« Ruby amüsierte sich offenbar köstlich.

Marie hingegen zeigte Mitleid. »Ich koche dir einen starken Kaffee und hole dir eine Tablette gegen die Kopfschmerzen. Danach wirst du dich bestimmt besser fühlen.«

»Das glaube ich kaum.«

Während Marie das Zimmer verließ, zog Ruby ruckartig an der Bettdecke. Dabei fiel Elisas Jacke zu Boden. Sie hatte sie in der Nacht notdürftig abgestreift, bevor sie ins Bett gefallen war. »Hoch mit dir! Es ist spät, und wir haben heute viel vor.« Erst jetzt bemerkte Ruby die schmutzigen Gummistiefel auf dem Fußboden. Sie schenkte Elisa einen irritierten Blick. »Die waren gestern aber noch nicht hier. Und deine Jacke hängst du doch sonst auch immer ordentlich auf, wenn du nach Hause kommst. Also, was ist hier los? Warst du gestern Nacht etwa noch unterwegs?«

Elisa setzte sich müde auf. Ihr war immer noch schwindelig.

»Können wir später darüber sprechen? Ich fühle mich nicht gut.«

Die Erinnerung an die nächtliche Verfolgung kam schlagartig zurück. Aber bevor sie selbst nicht wusste, was los war, wollte Elisa das Ganze lieber für sich behalten. Sie stand langsam auf.

»Na schön, aber ich werde darauf zurückkommen«, versprach Ruby.

»Ist Patrick eigentlich schon wach?« Elisa blieb zögernd im Türrahmen stehen. Sie wollte vermeiden, dass er sie in diesem Zustand sah.

»Er ist schon ganz früh aus dem Haus gegangen. Genau wie Oma, die angekündigt hat, heute einige Erledigungen machen zu müssen. Das ist unsere Gelegenheit, die Party in Ruhe zu planen.«

»Ach ja, die Party …«, murmelte Elisa verzweifelt.

Ruby schlug ihr aufmunternd auf die Schulter. »Vielleicht wird Oma sich ja doch freuen, alle ihre Freunde an diesem Tag um sich zu haben. Und wenn nicht, können wir ihr immer noch sagen, dass das alles deine Idee war.«

»Ich glaube, jetzt wird mir wirklich schlecht«, sagte Elisa und eilte ins Bad.

Ruby sah ihr nur kopfschüttelnd hinterher.

***

Gesa saß mit Conor und Oscar an einem reichlich gedeckten Frühstückstisch. Eigentlich handelte es sich wohl eher um einen Brunch. Immerhin war es schon nach elf. Aber das nahm sie nicht so genau. Oscar hatte eine Auswahl der besten Speisen auf sein Zimmer bringen lassen. Es gab Lachs und Kaviar, frische Erdbeeren und Champagner.

»Früher hast du mich nicht so verwöhnt«, klagte Gesa und steckte sich genüsslich eine Erdbeere in den Mund. Sie schmeckte genauso süß und frisch wie die Früchte, die im Sommer in ihrem Garten wuchsen.

»Damals liefen die Geschäfte auch noch nicht so gut.«

»Ja, die Geschäfte ...«, sagte Gesa nachdenklich. »Gut, dass du das Thema ansprichst. Du weißt, dass mein Angebot nur für eine begrenzte Zeit galt. Die ist eigentlich längst überschritten.«

»Wenn du von deiner Kreuzfahrt zurückkehrst, haben wir alles geklärt«, versprach Oscar.

»Ich weiß gar nicht mehr, wie ich so tief in das Ganze hineingeraten konnte.« Gesa nahm einen großen Schluck Champagner. »Erst war es nur ein harmloser Gefallen, und jetzt sitze ich mit euch zwei Ganoven in dieser noblen Suite, schlürfe Champagner und plaudere über eure zwielichtigen Geschäfte, als wäre es das Alltäglichste auf der Welt.«

»Nimm es nicht so schwer«, bat Conor sie schmunzelnd. »Ich verspreche dir, dass in ein paar Wochen alles vorbei ist. Aber heute Mittag musst du unbedingt dafür sorgen, dass wir für ein oder zwei Stunden allein im Haus sein können.«

»Warum musstet ihr eure Kundin unbedingt auf die Insel einladen?«

»Weil es hier am sichersten für alle ist«, betonte Conor.

»Mir gefällt das Ganze nicht. Habe ich das schon einmal erwähnt?«

»Mehr als einmal.« Oscar lachte.

»Vor allem jetzt, wo die Mädchen da sind. Ich möchte nicht, dass sie in irgendetwas mithineingezogen werden.«

Conor und Oscar warfen sich einen stummen Blick zu.

»Das werden sie nicht«, versicherte Conor ihr schließlich.

»Aber unser Angebot, dich finanziell zu beteiligen, steht noch«, erinnerte Oscar sie.

»Ich nehme euer Geld nicht.«

»Du hattest doch aber einige Ausgaben für deine Reise. Es würde doch nicht schaden, ein ordentliches Taschengeld mitnehmen zu können.«

»Nein, Oscar.« Gesa klang energisch. »Ich leiste mir nur das, was ich aus eigener Kraft stemmen kann. Das habe ich schon immer so gehandhabt, und ich werde jetzt nicht damit aufhören. Außerdem habe ich in den letzten Jahren immer wieder Geld zurückgelegt, damit ich mir auch mal etwas gönnen kann.«

»Du hattest schon immer deine festen Grundsätze«, sagte Oscar anerkennend und zwinkerte ihr zu. »Aber sicherlich erlaubst du mir dennoch, dich heute Abend ins Hotelrestaurant auszuführen.«

»Das klingt ja fast, als würdest du mich um ein Date bitten.« Gesa lächelte geschmeichelt.

»Genauso war es auch gemeint.«

»Ich glaube, das ist mein Stichwort.« Conor stand auf. »Ich lasse euch zwei jetzt lieber allein.«

»Erträgst du es nicht, deinen alten Großvater flirten zu sehen?«, fragte Oscar schelmisch.

»Das vielleicht auch, aber ich muss mich jetzt um unseren Termin kümmern. Die Geschäfte warten.«

»Pass auch, dass dich niemand am Hafen sieht«, gab Oscar ihm noch mit auf den Weg. »Die Insel ist klein.«

»Ich werde vorsichtig sein«, versprach Conor, bevor er sich auf den Weg machte.

***

»Wenn wir irgendwo auf dieser Insel die richtige Dekoration finden, dann bei Carla«, sagte Elisa und führte Ruby und Marie in die kleine Seitenstraße, in der das Geschäft lag.

Nachdem Marie ihr ein Katerfrühstück gemacht hatte, fühlte sie sich etwas besser. Es war ein sonniger Tag. Der Herbst schien sich noch einmal von seiner schönsten Seite zeigen zu wollen. Und das spiegelte sich auch in den Gesichtern der Menschen wider, die sich an dem Dauergrau der letzten Tage leidgesehen hatten.

»Moin«, grüßte eine Frau gut gelaunt, die ihnen auf dem Gehweg entgegenkam. Elisa kannte sie, konnte sich aber nicht gleich an ihren Namen erinnern. »Wir sehen uns dann am Samstag auf Gesas Geburtstag«, rief sie ihnen fröhlich zu.

»Ja, ganz bestimmt«, entgegnete Ruby grinsend.

»Das ist gar nicht lustig«, warf Elisa ein.

»Ein bisschen schon«, gestand Marie.

»Na gut, ein bisschen vielleicht.« Auch Elisa musste jetzt lachen. Es würde schon alles gut werden. Schließlich hatte sie zumindest Ruby und Marie auf ihrer Seite.

Bald hatten sie Carlas Laden erreicht. Balu lag an seiner vertrauten Stelle im Eingangsbereich und schlief.

»Was ist das denn für ein Bettvorleger?«, scherzte Ruby beim Anblick des regungslosen Hundes.

»Das ist Carlas Wachhund.«

»Oh ja, vor dir muss man sich gewiss fürchten.« Marie beugte sich zu ihm und streichelte Balu über sein braunes Fell. Dieser quittierte ihr das mit einem müden Blinzeln.

»Moin zusammen.« Carla hatte die drei entdeckt und kam nun hinter dem Verkaufstresen hervor. »Wen hast du denn da mitgebracht?«

»Das ist meine Zwillingsschwester Ruby und unsere gute Freundin Marie. Und bevor du fragst ... Ja, wir sind wirklich Zwillinge.«

»Klar, das sieht man doch.« Carla klang so überzeugend, dass Elisa und Ruby sich zweifelnd ansahen. »Und wie kann ich euch helfen? Sucht ihr etwas Bestimmtes oder wollt ihr euch nur umsehen?«

»Ehrlich gesagt sind wir auf der Suche nach der passenden Partydekoration für Gesas Geburtstag«, erklärte Ruby.

»Da seid ihr bei mir genau richtig. Ich habe Luftballons, Girlanden, Lichterketten und vieles mehr im Angebot. Oh, wartet mal!« Sie trat an ein Regalfach und zog eine Holzkiste heraus. Dieser entnahm sie eine Packung Ballons, auf denen die Zahl Achtzig aufgedruckt war.

»Die nehmen wir schon mal«, entschied Elisa.

»Auf keinen Fall«, stoppte Marie sie.

»Aber die sind doch perfekt.«

»Ja, vielleicht wenn deine Oma hundert wird, aber für diesen Geburtstag sind sie völlig ungeeignet.«

»Warst du gestern auch an Omas Schnapsvorräten?«, wollte Ruby wissen.

Marie ließ sich nicht beirren und nahm Ballons heraus, die mit einer Sechzig bedruckt waren.

»Die nehmen wir.«

»Oma wird aber achtzig«, erinnerte Elisa sie.

»Gesa hat mich ausdrücklich darum gebeten, nichts anzuschleppen, auf dem die Zahl Achtzig steht. Und wir wollen doch wenigstens diesen einen Wunsch respektieren.«

»Was meinst du damit?« Elisa klang verunsichert.

»Sie hat mir gegenüber am Telefon erwähnt, dass sie nur mit der engsten Familie feiern möchte. Wusstet ihr das nicht?«

Elisa schluckte schwer, ging darauf aber nicht weiter ein.

»Ich hätte auch noch passende Servietten.« Carla begann weiter in ihren anscheinend unendlichen Vorräten zu kramen.

»Sie haben wirklich wunderschöne Dinge im Angebot.« Marie nahm eine handbemalte Vase aus dem Regal. »Sicherlich finde ich hier noch ein passendes Geschenk für Gesa.«

»Oh nein, ich habe auch noch kein Geschenk.« Elisa wusste nicht, wie ihr das passieren konnte. Normalerweise war sie schon Monate vorher auf bevorstehende Geburtstage oder Weihnachten vorbereitet. Es musste an den vielen Dingen liegen, die ihr momentan durch den Kopf gingen.

»Also ich habe ja den Pullover mit dem pinken Paillettenherz.« Ruby wirkte sehr zufrieden.

»Ich dachte, das war nur ein Scherz.«

»Nein, ganz und gar nicht.«

»Ich werde diese Vase nehmen und sie mit einem schönen Strauß Blumen bestücken«, entschied Marie, während Elisa sich weiter umsah.

»Vielleicht schenke ich ihr das Bild, das ich gestern gemalt habe«, überlegte sie. Schließlich war Omas Haus voll genug, und es gab kaum etwas, das sie wirklich brauchte.

»Du hast schon ein Bild fertiggestellt?«, fragte Carla überrascht.

»Das hast du uns noch gar nicht gezeigt«, klagte Marie.

»Ich habe es gestern Nachmittag am Strand gemalt. Ihr könnt es später gerne sehen. Con…« Elisa unterbrach sich noch rechtzeitig. »Patrick meinte, es wäre sehr gut gelungen.«

»Con… Patrick?«, wiederholte Ruby. Ihr war der Versprecher natürlich nicht entgangen, und sie blickte ihre Schwester irritiert an.

Zum Glück hielt Carla in diesem Moment zwei bunte Papiergirlanden hoch und lenkte Ruby so von ihrer Nachfrage ab.

»Ich habe leider nur noch die beiden. Eine Prinzessinnengirlande und eine mit Rennautos. Die sind natürlich eher für Kindergeburtstage gedacht«, sagte sie entschuldigend.

»Egal, wir nehmen die mit den Prinzessinnen«, sagte Marie unbekümmert. »Irgendwo bringen wir die schon unter.«

Sie schnappte sich einen der Körbe, die vor der Kasse standen, und füllte diesen innerhalb von Minuten mit Kerzen, einer Dose Tee, einer Strickmütze und vielem mehr, sodass niemand mehr hätte sagen können, was für sie und was für Gesas Geburtstag gedacht war. »Hier gibt's so viele schöne Sachen«, murmelte sie dabei immer wieder.

Sogar Ruby kaufte sich einen roten Wollschal, der perfekt zu ihrem Mantel passte.

Eine halbe Stunde später kamen die drei mit vollen Taschen und zufriedenen Gesichtern aus dem Geschäft.

»Und jetzt habe ich Hunger«, verkündete Marie. »Kommt, wir gehen in ein Café und gönnen uns ein großes Stück Kuchen.«

»Ehrlich gesagt verarbeitet mein Magen immer noch das Katerfrühstück«, sagte Elisa. »Aber geht ruhig ohne mich. Ich werde das schöne Wetter nutzen, um einen Spaziergang zu machen.«

»Na gut, dann treffen wir uns später zu Hause«, verabschiedete Ruby sich. »Komm, wir nehmen dir deine Einkaufstaschen ab.«

»Ja, danke. Bis später dann.« Elisa winkte ihnen noch nach, bevor sie sich auf den Weg in Richtung Hafen machte.

***

Elisas Appetit kam zurück, als sie ein Pärchen mit Fischbrötchen in der Hand vorbeischlendern sah. Sie lief zielstrebig auf Fietes Verkaufswagen zu, der, seit sie denken konnte, seinen festen Platz am Hafen hatte. Der Wagen war genauso alt wie sein Besitzer. Der Aufdruck war so verblasst, dass man ihn nur noch erahnen konnte, und an einigen Stellen durchdrang bereits Rost den ehemals weißen Lack. Wer eine große Auswahl an Fischsorten erwartete, war hier falsch. Auf der Tafel standen seit jeher die gleichen vier Angebote. Matjes, Hering, Nordseekrabben und Fischfrikadellen, wahlweise mit Blattsalat oder Zwiebeln belegt. Nicht mehr und nicht weniger. Und doch konnten ihm die anderen Fischbrötchenverkäufer, die sich vor allem in den Sommermonaten auf der Insel tummelten, keine Konkurrenz machen. Das lag sowohl an der Qualität des Fisches als auch an den frisch gebackenen Brötchen und natürlich am Preis, der sich über die Jahre kaum geändert hatte. Elisa wusste, dass es Fiete nie auf den Gewinn angekommen war. Dieser Wagen war sein Leben. Daher stand er sogar in den Wintermonaten an Ort und Stelle und versorgte Einwohner und die wenigen Menschen, die mit der Fähre anlegten, zuverlässig bei Wind und Wetter. Heute hatte er Glück. Obwohl die Nebensaison bereits angebrochen war, lockte die Sonne einige Gäste nach draußen und somit auch zu ihm an den Stand. Elisa musste sich hinter drei Wartenden einreihen. Sie winkte Fiete lächelnd zu. Er trug wie immer eines seiner verwaschenen Fischerhemden, dazu ein rotes Halstuch. Sein graues Haar war mit den Jahren dünner geworden, doch seinen Schnauzbart trug er geschwungen wie eh und je.

»Elisa«, sagte er erfreut, als sie an der Reihe war. »Ich habe schon gehört, dass ihr auf der Insel seid. Schön, dich mal wiederzusehen.«

»Deine Matjesbrötchen haben mir gefehlt.«

»Von denen kannst du am Samstag ja noch reichlich essen, wenn ich meinen Wagen bei Gesa aufstelle.« Er lachte. »Ich hätte gar nicht gedacht, dass sie so groß feiert. Für gewöhnlich lädt sie an ihrem Geburtstag doch kaum jemanden ein.«

»Es wird auch eher eine Überraschungsparty«, erklärte Elisa und nahm das Matjesbrötchen entgegen.

»Das geht auf mich«, sagte Fiete, als Elisa ihr Portemonnaie herausholte.

»Vielen Dank. Nett von dir.«

»Ach was«, winkte er ab. »Ist doch nur ein Brötchen.«

Hinter Elisa standen bereits zwei weitere hungrige Kunden, also beschloss sie, sich erst einmal zu verabschieden. »Wir sehen uns dann ja am Samstag.«

»Auf jeden Fall«, rief er fröhlich.

Elisa steuerte eine Bank in der Sonne an und setzte sich. Sie war schon immer gerne am Hafen gewesen. Gerade in der Hauptsaison gab es hier viel zu sehen. Urlauber, die gut gelaunt mit der Fähre anlegten, oder solche, die schweren Herzens ihre Heimreise antraten. Menschen, die ihre Yacht oder ihr Segelschiff vor Anker liegen hatten, und natürlich auch die Fischer, die gegen Mittag von einem harten Arbeitstag zurückkamen, um ihren frischen Fang anzubieten. Jetzt, im Herbst, war es eher ruhig. Eine Möwe stolzierte um Elisas Füße herum und sah zu ihr hinauf, wohlwissend, dass es bei ihr etwas zu holen gab.

»Hunger?«, fragte Elisa schmunzelnd und warf ihr ein Stück Brötchen zu, bevor sie sich selbst den letzten Rest in den Mund steckte. Dann lehnte sie sich zufrieden zurück und schloss die Augen. Die letzten wärmenden Sonnenstrahlen in diesem Jahr fühlten sich gut an. Doch gleichzeitig war der Wind kühl und zeigte unmissverständlich, dass der Sommer längst vorüber war.

Elisa zuckte kurz zusammen, als ihr Handy klingelte. Ohne auf das Display zu sehen, meldete sie sich.

»Moin, Elisa, hier ist Malte.«

Sie freute sich, seine Stimme zu hören, hatte aber gleichzeitig ein schlechtes Gewissen, weil er ihr immer zuvorkam. Das nächste Mal musste sie sich zuerst bei ihm melden.

»Schön, dass du anrufst.«

»Ich muss oft an dich denken«, gestand er ihr.

Elisa spürte, wie ihr Herz schneller schlug. »Ich denk auch an dich.«

Gut, dass er sie nicht sehen konnte. Sie merkte, wie ihr die Röte ins Gesicht stieg. Sie war einfach nicht geübt in solchen Dingen. Beiläufig beobachtete Elisa die Menschen, die soeben von der Fähre strömten. Sie saß am anderen Ende des Hafenbeckens und sah die Anreisenden nur von der Seite. Und dennoch glaubte sie plötzlich, ein vertrautes Gesicht entdeckt zu haben. Eigentlich war es nicht einmal wirklich das Gesicht, sondern vielmehr die Kleidung und die Art, wie die Dame sich bewegte. Sie trug einen großen, auffälligen Hut, einen langen Mantel und hochhackige Schuhe, auf denen sie sicher die Gangway hinunterstolzierte. Elisa folgte ihr zunächst nur mit ihrem Blick. Es konnte doch nicht sein, dass sie hier war.

»Elisa?«, fragte Malte. Erst jetzt bemerkte sie, dass sie ihm nicht richtig zugehört hatte.

»Tut mir leid. Was hast du gesagt?«

»Ich habe dich gefragt, ob bei euch auch die Sonne scheint. Du hast immerhin Urlaub und solltest nicht nur im Regen spazieren gehen müssen.«

Schon wieder waren seine letzten Worte nicht richtig bei ihr angekommen. Sie versuchte, die Dame nicht aus den Augen zu verlieren, und stand auf.

»Elisa? Was ist denn los?«, fragte Malte.

»Kann ich dich zurückrufen?«

»Ja, aber erst heute Abend. Ich muss gleich arbeiten.«

»Gut, dann melde ich mich später«, versprach sie und beendete das Gespräch. Hoffentlich war Malte nicht verärgert. Sie wusste, dass sie abweisend geklungen und sich nicht gerade nett verhalten hatte. Dennoch eilte Elisa nun in Richtung Fähranleger, aber sie konnte die Frau nirgends mehr entdecken. Sie sah sich hektisch um. Schließlich bemerkte sie einen Elektrowagen, dessen Gepäckanhänger den Schriftzug des Hotels *Dünenblick* trug. Den Gästen, die in einer derart hochpreisigen Unterkunft logierten, wollte man wohl keine Fahrt mit dem Pferdewagen zumuten. Elisa sah gerade noch, wie die Dame auf dem Beifahrersitz Platz nahm, bevor das Auto startete. Sie hatte sie nicht von vorne gesehen, und doch bezweifelte sie, dass sie sich geirrt hatte. Madame Bonnet war so oft als Kundin in ihrer Galerie gewesen, und sie war so eine außergewöhnliche und extravagante Erscheinung, dass sie die Dame überall und auch aus der Ferne erkennen würde. Aber warum war sie hier? Sicher nicht, um Urlaub zu machen. Wenn doch, war das nun wirklich ein seltsamer Zufall. Vielleicht würde sie Elisa in den nächsten Tagen noch einmal über den Weg laufen. Schließlich war die Insel klein. Aber bis dahin konnte sie nichts weiter machen, als zu spekulieren. Darin war sie schließlich mehr als geübt, seit sie Conor kannte.

Kapitel 19

WÄHREND Oma Gesa die Familie am Abend überredet hatte, sich gemeinsam eine Spielshow im Fernsehen anzusehen, zog Elisa sich für einen Moment in ihr Zimmer zurück, um Malte anzurufen. Sie hatte ein schlechtes Gewissen, weil sie das Gespräch am Mittag so plötzlich beendet hatte. Sie kannten sich noch nicht sehr lang, und er sollte auf keinen Fall den Eindruck gewinnen, dass sie bereits das Interesse an ihm verloren hatte. Mit klopfendem Herzen setzte sie sich auf ihr Bett und wählte seine Nummer, nicht sicher, ob er bereits Feierabend hatte. Als sich seine Mailbox meldete, machte sich Enttäuschung in ihr breit.

»Hallo, Malte«, begann sie unsicher. Elisa hasste es, auf Band zu sprechen. »Schade, dass ich dich nicht erwische. Aber ich wollte dir noch einmal sagen, dass ich mich sehr darauf freue, dich bald wiederzusehen. Ich fahre nächste Woche zurück, und dann können wir ja etwas unternehmen, wenn du Zeit hast.« Sie stockte kurz. »Ich mag dich wirklich sehr und hoffe, wir hören in den nächsten Tagen noch einmal voneinander.«

Elisa legte ihr Handy beiseite und stand auf. Im gleichen Moment klopfte Conor an die ohnehin nur angelehnte Tür.

»Hast du mich etwa belauscht?«, fragte Elisa entsetzt und machte einen Schritt auf ihn zu.

»Nicht absichtlich«, versicherte er ihr. »Gesa bat mich, nach dir zu sehen. Sie möchte doch nicht, dass du das finale Spiel der Show verpasst.« Er schmunzelte. Dann machte Conor einen weiteren Schritt auf sie zu. Er stand ihr nun so nah gegenüber, dass sie seinen Atem auf ihrer Haut spüren konnte.

»Wer ist Malte?«

Conors oft überhebliches Grinsen konnte Elisa in diesem Moment nichts anhaben. Sie nahm sich fest vor, sich wenigstens dieses eine Mal von seiner Nähe und seinen schönen Augen nicht aus der Ruhe bringen zu lassen.

»Das geht dich gar nichts an«, sagte sie. Die Festigkeit in ihrer Stimme überraschte sie selbst.

»Na schön«, sagte er und wich tatsächlich einen Schritt zurück. »Du darfst schließlich auch deine Geheimnisse haben. Aber dennoch solltest du dir darüber im Klaren sein, was du wirklich möchtest.«

»In Bezug auf was?« Elisa verschränkte die Arme und sah ihn fragend an.

»Hätte es an jenem Nachmittag das Feuer nicht gegeben, und wir zwei wären nach dem Imbiss in deine Wohnung gegangen ... Wie wäre es wohl zwischen uns weitergegangen?«

Elisa spürte, dass sie nervös wurde. Auf keinen Fall durfte ihre innere Unruhe jetzt wieder die Oberhand gewinnen. »Wir hätten einen Kaffee getrunken.« Ihre Stimme geriet ein wenig ins Schwanken, aber sicher nicht genug, dass Conor es gemerkt hatte.

Er grinste immer noch, aber vielleicht nicht mehr ganz so selbstsicher. »Hätten wir das?«, fragte er.

»Vielleicht auch einen Tee«, fügte sie hinzu und spürte, dass sie stolz auf ihren selbstsicheren Auftritt war. Vor einigen Wochen wäre sie ihm noch völlig anders entgegengetreten, hätte sich über die Annäherungsversuche eines Mannes, der so blendend aussah wie Conor, gefreut und sich geschmeichelt gefühlt. Anfangs hatte sie jedes nette Wort, jedes Kompliment seinerseits ersehnt, gehofft, dass er sie endlich zu einem Date einladen würde. Mittlerweile spürte sie, dass sich diese Sehnsucht allmählich verlor. Auch wenn es immer noch verlockend war, sich in seinen blauen Augen zu verlieren.

»Ja, vielleicht ...« Er wandte sich ab. »Ich gehe jetzt wieder zu den anderen. Kommst du auch?«

»Ich komme in ein paar Minuten nach«, versprach sie.

Elisa war erleichtert, als er endlich das Zimmer verließ. Sie ließ sich auf ihr Bett fallen. Dann lachte sie befreit auf.

***

Es wurde spät, bis alle in ihren Betten lagen. Elisa musste warten, bis jeder tief und fest schlief. Dabei fielen ihr selbst einige Male die

Augen zu. Conor schien in dieser Nacht nicht das Haus verlassen zu wollen und sich mit seinem Nachtlager auf dem Speicher zufriedenzugeben.

Es war schon halb zwei, als Elisa schließlich leise aufstand und auf Socken in den Flur schlich. Wie bei einem Einbrecher leuchtete ihr nur der Schein einer kleinen Taschenlampe den Weg. Bemüht, keinen Laut zu machen, lief sie die Treppe hinunter. In Oma Gesas Haus standen überall irgendwelche Dinge herum, gegen die man stoßen konnte, und daher musste sie besonders gut aufpassen. Im Wohnzimmer saß Elisa, die Katze, auf der Fensterbank und miaute erschrocken auf, als sie versehentlich durch den Strahl der Taschenlampe getroffen wurde.

»Sei leise«, ermahnte Elisa sie und kniete sich vor die Couch. Der Umschlag war noch an Ort und Stelle. Sie zögerte. In Ordnung war es ja eigentlich nicht, in den Sachen ihrer Oma herumzuschnüffeln, und ihr Gewissen regte sich in diesem Moment. Doch die Neugierde war stärker. Eigentlich war ihre Großmutter gar nicht der Mensch für Geheimnisse. Das hatte Elisa zumindest bisher vermutet. Sie hielt noch einen Augenblick inne, dann zog sie entschlossen den Klebestreifen ab und holte den Umschlag aus seinem Versteck. Sie musste jetzt einfach wissen, was sich hinter der ganzen Sache verbarg. Elisa drehte sich noch einmal zur Tür, um sich zu vergewissern, dass sie wirklich allein war, dann öffnete sie den Umschlag behutsam. Er durfte nicht einreißen. Schließlich musste sie ihn später wieder sorgsam zukleben können. Es galt, keine Spuren zu hinterlassen. Elisa musste über diesen Gedanken den Kopf schütteln. Sie fühlte sich wie eine Einbrecherin, die etwas Verbotenes tat, dabei war dies auch ihr Zuhause. Sie beruhigte sich mit dem Gedanken, dass ihre Oma ihnen nie verboten hatte, irgendwelche Schubladen oder Schränke zu öffnen. Alles in diesem Haus war immer frei zugänglich gewesen für sie und Ruby. Aber ob das auch für Dinge galt, die unter einer Couch versteckt waren? Vermutlich nicht. Doch jetzt war Elisa schon so weit gegangen, dass sie ihr Handeln nicht mehr rückgängig machen konnte oder gar wollte. Sie entnahm dem Umschlag einen kleinen Gegenstand. Es war ein Schlüssel. Instinktiv wusste sie, welche Tür er öffnen würde. Aber was gab es so Wichtiges in ihrem ehemaligen Zimmer, das Oma Gesa zu solchen drastischen Maßnahmen greifen musste? Elisa musste es herausfinden. Und zwar sofort. Eine zweite Chance würde sie vielleicht nicht bekommen.

Mit dem Schlüssel in der einen und der Taschenlampe in der anderen Hand, schlich sie die Treppe hinauf. Dabei lauschte sie immer wieder in die Stille hinein. Hier und da knackte es, so wie es in einem alten Haus schon mal vorkommt. Doch jedes kleine Geräusch ließ Elisa innehalten. Sie glaubte, ihren eigenen Herzschlag zu hören. Eigentlich stand Ruby diese Rolle zu. Sie war diejenige, die stets das Abenteuer suchte und dabei auch gerne mal eine Grenze überschritt. Und Elisa spürte, dass sie genau dies tat, als sie den Schlüssel mit zitternden Händen in das Schlüsselloch steckte und einmal herumdrehte. Sie blickte erneut den dunklen Flur entlang, doch alles war ruhig. Niemand schien bemerkt zu haben, dass sie mitten in der Nacht durch das Haus schlich. Also drückte sie die Klinke hinunter und trat ein. Sie tastete nach dem Lichtschalter, betätigte diesen aber erst, nachdem sie die Tür hinter sich zugezogen hatte. Und dann lag er praktisch vor ihren Füßen; der Grund, warum niemand den Raum betreten sollte. An den Wänden lehnten um die zehn Bilder; Ölgemälde in verschiedenen Größen. Elisa kannte die Motive. Sie waren alle der Hand bekannter Künstler entsprungen, so gut umgesetzt, dass sie zunächst glaubte, Originale vor sich zu haben. Aber das konnte nicht sein. Eine Sammlung dieser Größe wäre von einem Wert gewesen, den Oma Gesa sich niemals hätte leisten können. Es musste sich um Fälschungen handeln. Sehr gute Fälschungen. Sie trat näher und fuhr vorsichtig mit den Fingern über die Farben und die wertvoll aussehenden Rahmen. Für einen Moment sprach nur ihr Künstlerherz, das voller Bewunderung für diese Werke schlug. Doch dann schaltete sich schnell ihr Verstand ein. Warum lagerten die Bilder in Omas Haus, versteckt hinter einer verschlossenen Tür? Die Antwort hatte Conor ihr bereits geliefert, als er von seinen kriminellen Geschäften gesprochen hatte. Er musste für diese Sache verantwortlich sein. Da war sie sich sicher. Aber welche Rolle spielte ihre Großmutter dabei? Elisa setzte sich einen Augenblick auf den alten Sessel neben dem Fenster. Wie oft hatte sie früher von hier aus die wunderbare Aussicht auf das Meer genossen? Jetzt war es draußen dunkel. Doch bei geöffnetem Fenster wäre das vertraute Rauschen der Wellen zu hören gewesen, und das hätte vielleicht dabei geholfen, ihren Herzschlag zu beruhigen und ihre Gedanken zu ordnen.

Elisas Blick glitt immer wieder über die Bilder. Ob Conor der Künstler war? Falls ja, dann hatte sie ihn all die Monate unterschätzt. Sie dachte nach. Ihr blieben nur wenige Möglichkeiten. Sie konnte die Tür wieder verschließen, den Schlüssel an Ort und Stelle zurückbringen und so tun, als wäre sie nie hier gewesen. Das war zumindest die einfachste Option. Aber sicherlich nicht die beste. Sie wollte nicht länger den Kopf einziehen, so wie sie es viel zu oft im Leben getan hatte. Irgendetwas hatte sich seit dem Feuer in ihr verändert. Sie hatte tief in sich eine gewisse Entschlossenheit entdeckt, die vorher nie wirklich aus ihr herausgebrochen war. Und diese Seite gefiel Elisa. Sie half ihr, die richtigen Entscheidungen zu treffen. Und so stand sie nun von ihrem Sessel auf und steuerte zielstrebig Omas Schlafzimmer an. Es wurde Zeit für ein offenes Wort.

Gesa schnarchte leise, als Elisa an ihr Bett trat. Sie zögerte. Hoffentlich würde Oma nicht zu sehr erschrecken, wenn sie mitten in der Nacht aus dem Schlaf gerissen wurde.

»Oma«, sagte Elisa leise, doch Gesa rührte sich nicht.

Sie fasste ihr vorsichtig an die Schulter.

»Oma«, wiederholte sie etwas lauter.

Noch immer blieb das Schnarchen gleichmäßig. Elisa stöhnte innerlich auf. Wenn sie noch lauter werden musste, würde Ruby im Zimmer nebenan ebenfalls aufwachen.

»Oma, wach auf!« Sie rüttelte etwas kräftiger an ihr.

»Was denn?« Gesa fuhr erschrocken hoch. Elisa mit einer Taschenlampe in der Hand an ihrem Bett stehen zu sehen, versetzte sie augenblicklich in Panik. »Was ist denn los? Ist etwas passiert?«

»Nein, es geht allen gut«, versuchte Elisa, sie zu beruhigen.

»Und warum reißt du mich dann aus meinen schönsten Träumen? Möchtest du, dass ich vor meinem Geburtstag noch einen Herzinfarkt bekomme?«

Das wollte Elisa auf keinen Fall. Den würde sie vermutlich ja schon *an* ihrem Geburtstag bekommen. Aber darüber wollte sie jetzt lieber nicht nachdenken. »Ich muss mit dir reden.«

»Um …« Gesa blickte auf ihren Wecker und rieb sich die Augen. »Um zwei Uhr nachts?«

»Es lässt sich leider nicht aufschieben.«

»Wenn das so ist.« Gesa schaltete das Licht ihrer Nachttischlampe ein. »Ist es so ernst, dass wir uns lieber in die Küche setzen und einen heißen Kakao trinken sollten?«

»Ja, vielleicht.«

»Dann gib mir zwei Minuten. Ich ziehe mir schnell was über. Setz schon mal die Milch auf.«

»Okay, mache ich.«

Elisa lief in die Küche, füllte Milch in einen Topf und wartete schließlich auf ihre Großmutter, die kurz darauf zu ihr kam. Gesa nahm zwei Tassen aus dem Schrank und rührte großzügig das Kakaopulver in die Milch. Dann setzte sie sich zu Elisa. »Du weißt gar nicht, wie oft ich mit Ruby nachts an diesem Tisch gesessen und Kakao getrunken habe«, erinnerte Gesa sich.

»Davon habe ich nie etwas mitbekommen.« Elisa nippte vorsichtig an dem heißen Getränk.

»Natürlich nicht. Du hast ja auch immer brav um zehn Uhr im Bett gelegen und geschlafen, während deine Schwester sich ständig mit irgendwelchen Problemen herumgeschlagen hat. Und diese gab es dann ausführlich zu bereden. Gut, dass du mir wenigstens nie Kummer gemacht hast.« Gesa zwinkerte Elisa zu. »Ich kann mich nicht erinnern, dass du in den Jahren, in denen du bei mir gelebt hast, überhaupt jemals etwas angestellt hättest.«

»Dafür habe ich jetzt etwas getan, über das wir reden müssen«, gestand Elisa.

Gesa grinste. »Du hast doch nicht was mit Patrick angefangen, oder?«

»Nein, wie kommst du denn darauf?«

»Ich habe doch bemerkt, wie ihr euch anseht. Eigentlich dachte ich ja, es würde sich eher etwas zwischen ihm und Ruby entwickeln. Schließlich ist er genau der Typ Mann, auf den deine Schwester steht. Aber irgendwie spüre ich, dass da etwas ist zwischen dir und Patrick, das ich noch nicht genau definieren kann.«

»Wir können uns nicht leiden«, betonte Elisa.

»Das dachte ich zunächst auch, aber ich glaube, dass mehr hinter diesen Blicken steckt, die ihr euch immer wieder zuwerft.«

»Es geht nicht um Patrick«, stellte Elisa schnell klar.

»Dann mal raus mit der Sprache! Schließlich wollen wir heute Nacht noch ein wenig Schlaf bekommen, nicht wahr?«

»Ruby hat sich gestern unter dem Sofa versteckt.«

»Deine Schwester versteckt sich unter meinem Sofa? Das klingt allerdings besorgniserregend.«

»Ich meine natürlich die Katze.«

»Seit ihr zwei hier seid, merke ich erst, wie schlecht die Idee war, die Katzen nach euch zu benennen.«

»Darum geht es jetzt nicht«, meinte Elisa ungeduldig. »Es geht vielmehr darum, dass ich unter die Couch gekrochen bin, um Ruby darunter hervorzulocken. Und dann habe ich den Umschlag gesehen.«

»Oh …«, brachte Gesa nur hervor. Sie stand auf und öffnete einen der Küchenschränke. Diesem entnahm sie eine Flasche Rum. »Bevor du weitersprichst, muss ich meinen Kakao zunächst etwas aufpeppen.« Sie fügte dem Getränk einen ordentlichen Schuss hinzu. »Möchtest du auch?«

»Nein, besser nicht.«

»Hast du den Umschlag geöffnet?« Gesa sah sie eindringlich an, und Elisa nickte.

»Ich weiß, dass es nicht richtig war, aber …« Sie stoppte sich mitten im Satz. Auf keinen Fall sollte dieses Gespräch eine falsche Wendung nehmen und von ihrem kleinen Fehltritt handeln, also wählte sie eine andere Formulierung. »Aber es war wohl der richtige Weg, um die Wahrheit herauszufinden.«

»Du warst also in deinem ehemaligen Zimmer?«

»Ja, das war ich.«

»Dann hast du vermutlich auch die Bilder gesehen?«

»Wie hätte ich sie übersehen sollen? Sie stehen dort ja überall herum. Was sind das für Bilder? Sind es Fälschungen? Hat Conor dich gezwungen, sie aufzubewahren?«

»Du nennst ihn Conor?«, fragte Gesa überrascht. »Ich habe diesen Namen doch dir gegenüber nie fallen gelassen. Nur sehr wenige Menschen kennen ihn.«

»Das erkläre ich dir später«, entgegnete Elisa. »Zuerst erzählst du mir, welche Rolle du in dieser Geschichte spielst.«

»Na schön.« Gesa gönnte sich einen großen Schluck, bevor sie weitersprach. »Es begann etwa vor einem Jahr. Damals stand Oscar vor meiner Tür. Er erzählte mir, dass sein Enkel in Schwierigkeiten stecken würde. Er hat früher schon einige Male durchklingen lassen, dass Patrick nicht immer ganz legalen Geschäften nachgeht, und auch von Oscar weiß ich, dass er die Gesetze schon mal gerne zu seinem Vorteil auslegt.« Sie stockte kurz, dann fuhr sie fort: »Patrick ist ein Kunstfälscher. Und er macht seine Sache gut. Darin besteht wohl kein Zweifel. Er und Oscar haben über Jahre mit einem gewissen Danny zusammengearbeitet. Ich kenne ihn und seine Rolle in dem Trio nicht, aber die drei sind wohl in einen Streit geraten. Die genauen Hintergründe sind mir nicht bekannt, aber laut Oscar ist dieser Danny ein übler Bursche, dem wohl alles zuzutrauen ist. Patrick hat ihn eines Nachts dabei erwischt, wie er die Kunstwerke aus einem Lagerraum stehlen wollte, den sie gemeinsam für ihre Zwecke gemietet hatten. Also galt es, schnell ein neues Versteck zu finden.«

»Und da ist den beiden nichts Besseres eingefallen, als zu dir zu kommen?«

»Wer würde die Bilder schon bei einer alten Frau auf einer kleinen Nordseeinsel vermuten?«, meinte Gesa.

»Aber warum hast du dich darauf eingelassen?« Elisa konnte ihr Entsetzen nicht verbergen.

»Oscar kann sehr überzeugend sein, und er hatte mir zugesichert, dass er die Bilder nur für zwei oder drei Wochen bei mir zwischenlagern würde, bis sie einen anderen, sicheren Ort gefunden hätten. Ich konnte ihm diesen Wunsch einfach nicht ausschlagen, auch wenn ich weiß, dass das dumm war.«

»Und aus diesen drei Wochen wurde ein ganzes Jahr?«, fragte Elisa.

»Er kam immer wieder mit neuen Bildern zu mir und nahm andere wieder mit, um sie zu verkaufen. Auf diese Weise hat er mich regelmäßig besucht, und irgendwie habe ich mich im Laufe der Zeit daran gewöhnt, wieder ein Teil seines Lebens zu sein, auch wenn dieser Lebensstil natürlich mehr als fragwürdig ist. Weißt du …« Gesa zögerte, bevor sie weitersprach. »Auch wenn ich es mir selbst nicht eingestehen möchte, bin ich manchmal doch sehr einsam in meinem großen Haus, und plötzlich hatte ich das Gefühl, wieder gebraucht zu werden und ein Teil von etwas zu sein.«

»Aber wir brauchen dich doch.« Elisa nahm Gesas Hand in ihre.

»Ihr Mädchen habt doch euer eigenes Leben.« Gesa lachte verbittert, und Elisa sah ein, dass sie Oma wirklich viel zu selten besuchten.

»Aber jetzt möchte ich wissen, woher du Patrick kennst.«

»Er tauchte vor etwa einem Jahr bei mir in der Galerie auf und bat mich, einige seiner Bilder auszustellen.«

»Was?«, fragte Gesa aufgebracht. »Er hat auch dich in seine kriminellen Geschäfte reingezogen?«

»Ehrlich gesagt verstehe ich die Zusammenhänge noch nicht. Er brachte immer wieder Bilder mit, bei denen es sich kaum um anspruchsvolle Kunst gehandelt hat. Sein Malstil war eher schlicht, und ich habe nie verstanden, warum sich seine Werke verkauft haben.« Elisas Gedanken wanderten zu Conors Stammkundin. »Kennst du eine gewisse Madame Bonnet? Eine exzentrische, ältere Dame, sehr auffallend gekleidet. Sie trägt gerne protzigen Schmuck. Hat an jedem Finger einen Ring und …«

»Ich weiß, von wem du sprichst«, unterbrach Gesa sie. »Auch wenn ich sie nicht unter diesem Namen kenne. Oscar hat sie ein- oder zweimal mit hierhergebracht. Sie war erst gestern hier, als ihr Mädchen in der Stadt wart. Ich hatte gehofft, sie würde die übrigen Bilder kaufen, damit du dein Zimmer zurückbekommst und ich das ganze Thema endlich hinter mir lassen kann. Aber da habe ich mich wohl getäuscht.«

»Sie kam auch regelmäßig in meinen Laden.« Elisa wurde nachdenklich. »Conor verlangte für seine Bilder immer einen Preis, den kein normaler Mensch bezahlen würde. Nur Madame Bonnet war bereit, für seine Werke so viel Geld hinzulegen.«

»Und dafür hatte sie auch ihre Gründe.« Conor stand plötzlich in der Küche.

»Es ist eine schlechte Angewohnheit, andere zu belauschen«, warf Gesa ihm vor.

»Darin ist er gut«, schloss Elisa sich an.

»Und jetzt erklärst du mir sofort, wie meine Enkelin in die ganze Sache verstrickt ist«, forderte Gesa ihn auf.

Conor trat näher und setzte sich. »Kann ich auch einen Kakao haben?« Er lächelte charmant.

»Nein«, sagte Gesa streng.

»Na gut. Ihr wollt also die Wahrheit wissen?«

»Wir warten«, meinte Elisa ungeduldig.

»Dass Madame Bonnet meine Kundin ist, weißt du ja schon.«

»Warum hat sie mir deine miserablen Bilder abgekauft? Die hatten kaum mehr Qualität als die Werke von Schülern im Kunstunterricht.«

»Ach, komm schon.« Er zwinkerte ihr zu. Elisa machte es wütend, dass er immer noch glaubte, sie mit seinem Charme besänftigen zu können. »So schlimm waren sie doch auch nicht.«

»Doch, das waren sie«, sagte Elisa ernst.

»Und das war auch beabsichtigt. Ich durfte schließlich nicht riskieren, dass sie jemand anderes kauft.«

Elisa sah ihn fragend an. »Was war so besonders daran?«

»Die Frage sollte eher lauten, was so besonders *darunter* war.«

Elisa und Gesa warfen sich einen stummen Blick zu. »Du hast die Fälschungen unter deinen Bildern versteckt?«

»Ganz genau. Und Madame Bonnet wusste als Einzige davon. So konnten wir unsere Geschäfte unproblematisch über deine Galerie abwickeln. Zumindest bis zu dem Tag, an dem mein ehemaliger Geschäftspartner Danny davon erfahren hat.«

Elisa durchfuhr ein plötzlicher Schauer. Sie wagte die Erkenntnis, die sie mit einem Mal traf, kaum zuzulassen. Es durfte einfach nicht wahr sein. »Das Feuer …«, stammelte sie und schluckte schwer. »Es war Brandstiftung.«

»Nein!«, rief Gesa aus. »Sag mir nicht, dass dieser Danny Elisas Galerie in Brand gesetzt hat.«

Conor nickte zögerlich. »Es tut mir so leid. Ich dachte, die Bilder wären bei dir sicher. Ich habe immer aufgepasst, dass mich niemand beobachtet, wenn ich zu dir gegangen bin. Aber irgendwie muss er mir auf die Schliche gekommen sein. Er hat meine Bilder aus der Galerie gestohlen und seine Tat anschließend durch das Feuer vertuscht.«

Für einen Moment sagte niemand etwas. Dann sprang Gesa plötzlich auf und schlug auf den Tisch.»Ihr seid zu weit gegangen. Gleich morgen früh schafft ihr die Bilder aus meinem Haus und von der Insel. Und anschließend möchte ich weder dich noch Oscar jemals wiedersehen.«

»Es tut mir wirklich leid.« Conor sah Elisa entschuldigend an, doch sie wich seinem Blick aus.»Ich wollte nicht, dass es so weit kommt.«

Elisa konnte nichts sagen. Sie spürte, dass ihr Tränen in die Augen stiegen. Gesa trat an ihre Seite und legte einen Arm um sie.»Verschwinde aus meinem Haus, Patrick.« Ihre Stimme klang kalt. So hatte Elisa ihre Großmutter nie zuvor so erlebt.»Geh ins Hotel und teile Oscar meinen Entschluss mit. Unsere Geschäftsbeziehungen enden heute Nacht. Und leider auch sonst alles, was uns bisher verbunden hat.« Bei den letzten Worten schwankte ihre Stimme leicht.

Conor nickte wortlos. Elisa erkannte die Schuldgefühle in seinen Augen. Sie konnte ihn nicht weiter ansehen. Conor hatte sie nicht nur ausgenutzt, er war auch daran schuld, dass sie alles verloren hatte. Und das würde sie ihm niemals verzeihen.

Kapitel 20

ELISA ging in den frühen Morgenstunden aus dem Haus, wohlwissend, dass Conor und sein Großvater die Bilder holen würden, bevor alle anderen auf waren. Sie wollte Conor auf keinen Fall noch einmal über den Weg laufen. Die Erkenntnis, dass er sie derart hintergangen hatte, verletzte Elisa. Hinzu kam ihre Hilflosigkeit. Dadurch, dass auch Oma Gesa beteiligt war, konnte sie nicht einmal zur Polizei gehen, um ihn anzuzeigen. Doch dass Conor und Oscar straffrei davonkämen, traf sie lange nicht so sehr wie der Gedanke, dass auch der Mann, der ihre Galerie in Brand gesteckt hatte, nicht zur Verantwortung gezogen werden konnte.

Ohne wirklich über ihr Ziel nachgedacht zu haben, erreichte sie den Strand, der dunkel vor ihr lag. Die Sonne würde erst in zwei Stunden aufgehen. Es war kalt. Dennoch lief Elisa bis an die Wasserkante. Der Vollmond stand hell und leuchtend über dem Meer, um ihn herum funkelten einige Sterne. Es war eine klare Nacht. Der erste Frost kündigte sich an. Elisa vergrub ihre Hände tief in den Taschen ihrer Jacke. Ihr war zum Weinen zumute, aber sie hielt die Tränen zurück. Conor war es nicht wert, dass sie auch nur eine Träne um ihn vergoss. Sie konzentrierte sich auf das laute Rauschen der Brandung, die direkt vor ihren Füßen kraftvoll auf den Strand traf. Beinah gespenstisch rollten die Wellen heran, während die Nordsee in einem tiefen Schwarz vor ihr lag. Elisa war noch nie nachts am Strand gewesen. Doch es hatte etwas Magisches, beinah Unwirkliches. Ungeachtet der Kälte setzte sie sich. Der Sand war eisig und feucht, aber das spürte sie kaum. So wie sie auch nicht hörte, dass Oma Gesa plötzlich an ihre Seite trat.

»Kind, steh auf! Du erkältest dich noch!«

Der vertraut strenge Tonfall ließ Elisa aufblicken. So hatte Oma früher oft mit ihnen geredet. Schon damals hatte sie es aber nie böse gemeint. Und auch jetzt erkannte Elisa im Schein der Taschenlampe, die Gesa bei sich trug, ein schelmisches Funkeln in ihren Augen.

»Es ist gar nicht so ungefährlich für eine alte Frau, nachts quer über den Strand laufen zu müssen, um nach ihrer Enkelin zu suchen.«

»Woher wusstest du, dass ich hier bin?«

»Da du nicht in deinem Bett warst, lag die Vermutung nahe, dich am Strand zu treffen.«

Gesa ließ sich etwas schwerfällig neben Elisa nieder und schlug fröstelnd die Arme um sich.

»Wenn wir beide krank werden, muss Ruby sich eben um uns kümmern«, sagte sie. »Oder Marie … Die war schließlich Krankenschwester, also sind wir bei ihr in den besten Händen.«

»Ja, Marie hat mich immer gut umsorgt.« Elisa klang nachdenklich. Marie war, trotz des Altersunterschieds, immer eine gute Freundin gewesen, die ihr und Ruby mit guten Ratschlägen zur Seite gestanden und stets ein offenes Ohr für die Probleme der Schwestern gehabt hatte. Und so war es auch heute noch.

»Hast du dich auch bei mir hin und wieder gut aufgehoben gefühlt?«

»Natürlich habe ich das.« Elisa legte ihren Kopf an Gesas Schulter. Sie fühlte sich ihrer Großmutter plötzlich sehr nah, fast so wie damals, bei ihren langen, gemeinsamen Spaziergängen am Strand. Jetzt kamen die Tränen doch. »Du weißt doch, dass ich dich sehr lieb habe.«

»Und ich habe euch Mädchen auch sehr lieb. Das habe ich euch vermutlich noch nie gesagt.«

»Aber wir wussten es dennoch«, versicherte Elisa ihr.

»Bestimmt bist du jetzt ziemlich böse auf mich, oder?«

»Nein. Du konntest doch nicht ahnen, dass Conor auch bei mir auftauchte.«

»Ich hätte es vielleicht ahnen können. Schließlich war deine Kunstgalerie der beste Ort für seine Geschäfte. Und jetzt bin ich auch noch daran schuld, dass du nicht zur Polizei gehen kannst.«

»Hättest du Oscar denn angezeigt, wenn du nicht beteiligt gewesen wärst?«, wollte Elisa wissen.

Gesa zögerte, bevor sie antwortete. »Nein, ich denke nicht. Es ist nicht vernünftig, das weiß ich, aber mein Herz hängt immer noch an ihm. Ich könnte den Gedanken nicht ertragen, ihn im Gefängnis zu wissen.« Sie blickte nachdenklich aufs Wasser hinaus. »Und wie ist es mit dir und Patrick? Wärst du bereit gewesen, ihn der Polizei auszuliefern?«

»Natürlich wäre ich das!«, rief Elisa entschlossen, doch dann lachte sie freudlos und fuhr sich müde übers Gesicht. »Vielleicht auch nicht … Auch wenn ich nicht weiß, warum.«

»Vielleicht empfindest du mehr für Patrick … oder Conor, als du dir eingestehen möchtest. Schau, du warst auch bereit, deiner Familie nicht zu erzählen, dass du ihn aus der Stadt kennst, und hast sein Spiel mitgemacht.«

Elisa nickte. »Aber ich suche mir dennoch nicht wie Ruby solche Typen aus.«

»Das Herz geht seine eigenen Wege. Daran kann man gar nichts ändern.«

Elisa sagte nichts. Sie musste sich zunächst selbst über ihre Gefühle klar werden.

Der Strahl einer weiteren Taschenlampe durchbrach die Dunkelheit.

»Das ist Conor.« Elisa stand ruckartig auf, als sie ihn erkannte. Sie reichte Gesa die Hand, half ihr ebenfalls hoch und sah ihn dann fragend an, als er vor ihnen stand.

»Oscar und ich waren im Haus. Wir haben nach euch gesucht. Oscar meinte, ich würde euch vielleicht hier finden. Er kennt dich eben sehr gut, Gesa.«

»Warum bist du hier?«, fragte Elisa aufgebracht. »Was hast du daran nicht verstanden, dass ich dich nicht wiedersehen möchte?«

»Ich wollte nur Bescheid geben, dass Oscar und ich die Bilder jetzt aus dem Haus schaffen werden. Er hat einen Anhänger besorgt, auf dem wir sie bis zum Hafen und dann auf sein Schiff bringen können. Um diese Uhrzeit sollten wir eigentlich niemandem begegnen.«

»Dann erledigt endlich eure Arbeit«, entgegnete Gesa schroff.

»Oscar würde dich vorher gerne noch einmal sprechen. Falls du das möchtest.«

Gesa zögerte. »Ich sagte doch, dass ich ihn nicht mehr wiedersehen will.«

»Gib ihm fünf Minuten«, bat Conor sie. »Er hat dir noch so viel zu sagen.«

»Na schön. Fünf Minuten kann ich ihm wohl zugestehen.« Sie wandte sich flüsternd Elisa zu. »Und die solltest du auch Patrick und dir geben.«

Mit diesen Worten ließ sie die beiden am Strand zurück.

Elisa wandte sich ab und blickte aufs Meer hinaus, doch Conor blieb dicht hinter ihr stehen.

»Was willst du noch? Kannst du nicht einfach gehen und endlich aus meinem Leben verschwinden?« Elisa hoffte, dass er ihre Tränen in der Dunkelheit nicht bemerken würde.

»Sieh mich an«, bat Conor sie sanft. »Bitte«, setzte er noch hinterher, nachdem sie regungslos blieb.

Wortlos drehte sich Elisa dann doch zu ihm um. Sie sah ihm in die Augen und versuchte, seinem Blick standzuhalten.

»Ich möchte dir doch nur sagen, wie leid mir alles tut.«

»Das hast du bereits«, entgegnete Elisa. Sie räusperte sich. »Es gibt nichts mehr zu sagen.«

»Das sehe ich aber anders.«

»Du solltest dich lieber beeilen, bevor die anderen aufwachen und Fragen stellen.«

»Elisa ...«, begann er und sah sie eindringlich an. Er nahm ihre Hände in seine, doch sie riss sich los.

»Lass mich!«

»Elisa«, versuchte er es erneut, dieses Mal ruhiger. Er wischte vorsichtig eine Träne von ihrer Wange. Plötzlich war er ihr sehr nahe. Elisa wollte zurückweichen, doch irgendetwas hielt sie davon ab. Sie verstand plötzlich, dass nun der Moment des Abschieds gekommen war – ein Abschied von Conor und somit auch von allem, was er in ihr ausgelöst hatte. Sie wusste, dass er eine gewisse Stärke in ihr geweckt hatte, aber auch den Willen, sich mehr zu öffnen, sich auf Dinge einzulassen, die ihr nicht vertraut waren, die ihr vielleicht sogar Angst gemacht hatten. Seine plötzliche Nähe ließ sie innehalten, sogar ruhiger werden. Dann hauchte Conor ihr einen zaghaften Kuss auf die Lippen. Erst nachdem sie sich nicht wehrte, wurde dieser drängender, so als wollte Conor noch ein letztes Mal ausdrücken, was er für Elisa empfand. Und sie ließ diesen Moment zu, die Worte von Ruby und Marie im Ohr, die sie so oft gebeten hatten, sich einfach mal dem Augenblick hinzugeben, nicht zu viel nachzudenken. Sie vergaß ihre Wut, schaffte es, sich von all den negativen Gefühlen zu befreien. Schließlich wich Conor zurück und lächelte liebevoll.

»Pass auf dich auf«, flüsterte er ihr ins Ohr, und ehe Elisa begreifen konnte, was geschehen war, wandte er sich ab und lief davon.

***

Auch Gesa war aufgewühlt, als sie Oscar in ihrer Küche gegenüberstand.

»Wenn ich könnte, würde ich mich ein zweites Mal von dir scheiden lassen«, schleuderte sie ihm entgegen. »Du hättest mir sagen müssen, dass Patrick Kontakt zu Elisa aufgenommen hat. Es war nicht richtig, mir diese Tatsache vorzuenthalten.«

»Du hättest es doch nicht zugelassen, dass wir deine Enkelin in unsere Geschäfte miteinbeziehen.«

»Natürlich hätte ich das nicht. Und ich werde dir niemals verzeihen, dass ihr sie in Gefahr gebracht habt.«

»Das verstehe ich«, sagte Oscar. Er wirkte ehrlich betroffen. »Denkst du, wir zwei werden uns jemals wiedersehen?«

»Vermutlich nicht.« Gesa klang nicht so selbstsicher, wie sie sich erhofft hatte.

»Du wirst mir fehlen«, sagte Oscar und küsste sie zum Abschied. »Sehr sogar …«

Gesa sah, dass er feuchte Augen hatte. Die Erkenntnis, dass sie ihm wirklich noch wichtig war, wühlte sie mehr auf, als sie sich eingestehen wollte. »Du wirst mir auch fehlen«, entgegnete sie und zog ihn noch einmal an sich, um ihn, vielleicht ein letztes Mal, zu umarmen.

***

Elisa rührte lustlos in ihrem Kaffee. Neben ihr auf der Küchenbank saß Gesa und blickte gedankenverloren aus dem Fenster. Als Marie gut gelaunt zu ihnen stieß, zuckten beide zusammen. »Moin«, trällerte sie fröhlich. »Haben alle gut geschlafen?« Das Lächeln wich ihr augenblicklich aus dem Gesicht, als sie die seltsame Stimmung wahrnahm, die ihr unübersehbar entgegenschlug. Auch die Tatsache, dass der Frühstückstisch um neun Uhr morgens noch nicht gedeckt war, überraschte sie. »Ist alles in Ordnung mit euch?«, fragte sie besorgt.

»Ja, natürlich.« Gesa klang nicht besonders überzeugend.

»Habt ihr schon gefrühstückt?«

»Nein, noch nicht«, murmelte Elisa teilnahmslos.

»Wenn ihr möchtet, besorge ich uns frische Brötchen vom Bäcker«, bot Marie an.

»Ist das Frühstück etwa noch nicht fertig?« Auch Ruby kam nun zu ihnen in die Küche.

»Die beiden hatten wohl noch keinen Hunger«, erklärte Marie und tauschte einen kritischen Blick mit Ruby. »Du bist doch sonst immer schon um halb sieben unterwegs, um Brötchen zu besorgen, Elisa.«

»Heute muss sich eben mal jemand anderes darum kümmern.«

»Ich habe noch Toast und etwas Müsli.« Gesa erhob sich schwerfällig. »Es müssen ja nicht jeden Morgen Brötchen vom Bäcker sein.«

»Das hört sich großartig an«, entschied Marie, während Gesa begann, den Tisch zu decken. Sie ging ihr zur Hand. »Hattet ihr Streit?«, fragte sie leise. »Elisa wirkt so abwesend und bedrückt, und du scheinst auch nicht gerade bei bester Stimmung zu sein.«

»Das täuscht«, versicherte Gesa und lächelte Elisa aufmunternd zu. »Wir zwei sind nur etwas müde, nicht wahr?«

»Ja, das sind wir.« Auch Elisa versuchte sich an einem Lächeln.

»Ich habe grad gesehen, dass die Tür zu deinem alten Zimmer aufsteht«, sagte Ruby. »Seit wann ist es wieder freigegeben?«

Gesa kam diese Vorlage mehr als gelegen. »Wir haben es heute Nacht ein wenig aufgeräumt, damit Elisa endlich wieder einziehen kann. Deswegen sind wir auch so unausgeschlafen.«

»Ihr habt euch mitten in der Nacht dazu verabredet, das Zimmer aufzuräumen?«, fragte Marie überrascht. »Wir hätten euch doch helfen können.«

»Das war so eine Oma-Enkelin-Aktion, und wir hatten eine Menge Spaß, nicht wahr?« Sie zwinkerte Elisa zu.

»Ja, unglaublich viel Spaß.« Elisa wusste, dass man ihr kein Wort glauben würde. Aber ein Versuch war es zumindest wert. Es blieb ihnen ja kaum eine andere Wahl, als zu schwindeln. Sie hatten sich darauf geeinigt, dass sie die Geschehnisse der letzten Nacht sowie alles andere, was damit zusammenhing, für sich behalten würden. Es machte einfach keinen Sinn, auch noch Marie und Ruby in das Ganze mitreinzuziehen. Mit viel Glück würden Conor und Oscar nie wieder in ihrem Leben auftauchen, und mit der Zeit würde Gras über die Sache wachsen. Jetzt hieß es, sich zusammenzureißen, um Maries und Rubys Misstrauen nicht zu wecken. Doch das war gar nicht so einfach.

»Wo ist Patrick eigentlich?«, wollte Ruby wissen.

Auch in diesem Punkt hatten sie sich auf eine Geschichte geeinigt. »Er musste leider abreisen«, sagte Gesa.

»So plötzlich?« Marie sah sie überrascht an.

»Ja, er hat gleich die erste Fähre genommen. Es geht wohl um eine geschäftliche Angelegenheit, die sich nicht aufschieben lässt.«

»Schade. Er hat sich ja nicht einmal verabschiedet«, bemerkte Ruby bedauernd. »Ich hätte ihn gerne noch etwas besser kennengelernt.«

»Das glaube ich dir sofort«, meinte Elisa und stand auf.

»Du hast ja noch gar nichts gegessen, Kind«, bemerkte Marie besorgt. »Und überhaupt bist du sehr blass heute Morgen. Du wirst doch wohl nicht krank, oder?«

»Nein, ich bin nur müde.«

»Vielleicht sollten wir uns alle etwas Bewegung an der frischen Luft gönnen«, schlug Gesa vor.

Elisa konnte über das schauspielerische Talent ihrer Großmutter nur staunen. Sie wirkte plötzlich so fit und vital wie immer, beinah als hätte es die letzten Stunden nicht gegeben. »Meine Seniorensportgruppe trifft sich heute um halb elf am Strand. Wir machen ein paar lockere Übungen an der frischen Luft, um nicht einzurosten.«

»Das hört sich großartig an«, freute Marie sich.

»Seniorensport?«, wiederholte Ruby zweifelnd. »Und dann auch noch draußen, bei diesen Temperaturen?«

»Komm schon, das wird bestimmt lustig, und die Seeluft wirkt sehr belebend«, versuchte Gesa, sie zu überzeugen.

»Ich mache nur mit, wenn auch Elisa dabei ist. Ich will nicht die Einzige unter sechzig sein.«

»Natürlich ist Elisa dabei, nicht wahr?« Gesa warf ihr einen eindringlichen Blick zu. »Wir wollen an einem sonnigen Tag wie diesem nicht Trübsal blasen. Und anschließend richten wir dir dein Zimmer gemütlich ein. Du kannst dir ja ein paar nette Dekostücke in Carlas Laden aussuchen.«

»Sport ist heute Morgen wirklich nichts für mich. Kann ich nicht vielleicht hierbleiben und ...«

»Ich sagte *alle*, Elisa«, unterbrach Gesa sie streng.

Ruby grinste zufrieden.

»Heute gibt es auch für dich keine Ausnahme.«

»Na gut, wenn es sein muss. Aber vorher würde ich gerne Malte anrufen.«

»Oh, da wollen wir natürlich nicht stören«, kicherte Ruby.

Elisa warf ihr einen genervten Blick zu, bevor sie sich in ihr Zimmer zurückzog.

Die Aussicht aus ihrem Zimmer hatte nichts an Schönheit verloren. Wie lange hatte sich Elisa diesen Moment herbeigesehnt. Der Blick über die Weite der Nordsee bis zum Horizont, an dem sich das wunderschöne Licht der Morgensonne brach, war noch immer atemberaubend. Ein paar harmlose Wolken zeigten sich am Himmel. Wie vom Wind getragen, wogen zarte Schaumkronen auf den Wellen. Alles war perfekt, beinah so, als hätte die Natur ihr eigenes Bild gemalt, eingefasst vom Rahmen des Fensters.

Sie griff zu ihrem Handy und wählte Maltes Nummer. Er meldete sich bereits nach dem ersten Freizeichen. »Moin, Elisa. Es ist schön, deine Stimme zu hören«, begann er. »Tut mir leid, dass ich gestern nicht mehr zurückgerufen habe. Leider musste ich Überstunden machen. Auf der Autobahn hat es eine Massenkarambolage mit einigen Verletzten gegeben, und wir hatten alle Hände voll zu tun.«

»Mach dir keine Gedanken«, sagte sie schnell.

»Ich kann es gar nicht erwarten, dass wir uns endlich wiedersehen. Fährst du am Sonntag zurück?«

»Ja, ich denke schon, aber ich weiß es ehrlich gesagt noch nicht«, entgegnete sie. Denn plötzlich war Elisa sich gar nicht mehr so sicher. Natürlich sah ihr ursprünglicher Plan vor, am Sonntagnachmittag gemeinsam mit Ruby und Marie die Fähre zu nehmen, sodass sie am späten Abend wieder zu Hause sein würden. Einige Tage, bevor Oma dann auf Kreuzfahrt ging, würde sie zurück auf die Insel kommen. Aber bis dahin blieb noch etwas Zeit, um endlich die Angelegenheit mit der Versicherung zu klären. Eine Zeit, in der sie auch Malte besser kennenlernen wollte. Doch nun sehnte Elisa sich danach, einfach hierzubleiben. Schließlich war sie gerade erst richtig angekommen, und außerdem hieß es immer noch, endlich ihr Sehnsuchtsmotiv auf die Leinwand zu bringen. Und wo würde ihr das schon besser gelingen als an diesem Ort.

»Du genießt wohl deine Zeit am Meer«, bemerkte Malte nun. Wie immer klang er fröhlich und gut gelaunt.

»Ja, es ist einfach schön, mal wieder bei meiner Großmutter und auf der Insel zu sein.« Sie sah aus dem Fenster. »Immer das Meer im Blick, die salzige Luft, der Seewind …«

»Wenn ich die Augen schließe, kann ich es vor mir sehen«, meinte Malte.

Elisa hingegen glaubte, Maltes Lächeln vor sich sehen zu können, und plötzlich spürte sie, wie sehr er ihr fehlte und wie sehr sie sich danach sehnte, ihn endlich besser kennenzulernen, ihn in ihr Leben zu lassen. Der Kuss mit Conor war ein Abschied, ein Schlussstrich gewesen, der ihr erlaubte, sich nun wieder völlig zu öffnen. Sie fühlte sich befreiter, seit er die Insel verlassen und somit endgültig aus ihrem Leben verschwunden war. Vielleicht hatte erst alles so kommen müssen, damit sie einen neuen Anfang wagen und eine andere Seite an sich zulassen konnte. »Warte mal«, sagte sie und öffnete das Fenster. Sie lehnte sich ein Stück hinaus. »Kannst du es hören?« Elisa versuchte für Malte die Geräusche der auflaufenden Brandung einzufangen. Heute war ein stürmischer Tag, und das Meer traf tosend auf den Strand.

»Ja«, sagte Malte, nachdem er einige Sekunde den Geräuschen übers Handy gelauscht hatte. Er lachte. »Jetzt bekomme ich wirklich Sehnsucht. Nach dem Meer und auch nach dir.« Er zögerte kurz. »Ich weiß, wir kennen uns noch nicht sehr lange. Aber manchmal braucht es nicht viel, um zu wissen, dass man jemanden sehr mag. Und ich mag dich wirklich, Elisa.«

»Und ich mag dich«, gestand sie ihm. Elisa dachte kurz nach. Die alte, schüchterne Elisa hätte sich jetzt vielleicht einfach verabschiedet, aber ihr neues, wagemutiges Ich überkam ein ganz anderer Gedanke. »Du sagtest doch, dass du in deinem Urlaub spontan ans Meer fahren möchtest. Ich weiß natürlich, dass du da eher an die Ostsee gedacht hast, aber wenn du der Nordsee vielleicht doch noch eine Chance geben möchtest ...«

Malte schien zu verstehen. »Ja, vielleicht sollte ich meine Einstellung zum Wattenmeer noch einmal überdenken.«

»Ich würde mich freuen, dir hier alles zeigen zu können«, versicherte sie ihm.

»Ich denke, ich könnte mich mit der Idee anfreunden. Was hältst du davon, wenn ich mich später noch einmal bei dir melde, und dann besprechen wir alles.«

»Ja, das hört sich nach einem guten Plan an.«

Ruby rief in diesem Moment nach ihr.

»Meine Familie wartet«, erklärte sie. »Sie zwingen mich zum Sport am Strand.«

»Dann lass sie nicht länger warten. Bis später.«

Elisa verabschiedete sich lächelnd und schlüpfte anschließend etwas widerwillig in ihre Sneaker, in denen sie bei diesen Temperaturen bestimmt kalte Füße bekommen würde. Aber vielleicht würde der Seniorensport ihr ja richtig einheizen.

Kapitel 21

ELISA fand sich beim Sport zwischen Mechthild und Marie wieder. Und während sie bereits für die zehnte Kniebeuge in die Hocke ging und dabei merkte, dass sie sich viel zu lange nicht bewegt hatte, nutzte Mechthild die Gelegenheit, den letzten Feinschliff für die Party zu besprechen.

»Ihr müsst dafür sorgen, dass Gesa gegen Mittag für ein paar Stunden das Haus verlässt, damit wir alles vorbereiten können. Vielleicht kann deine Schwester sie zu einem Brunch ausführen, und wir drei«, sie sah zu Elisa und Marie, »übernehmen die Organisation. Fiete muss seinen Fischwagen aufstellen, und dann brauchen wir noch einen langen Tisch für das Kuchenbuffet. Leni und Bernd stiften vier Kuchen, dazu kommen noch zwei Torten von mir. Es wäre wohl auch besser, wenn ihr die Katzen vorher in die Ferienwohnung sperrt. Wir wollen doch nicht, dass sie an das Essen gehen oder gar in die Torte springen. Ruby wäre das zuzutrauen.«

»Redet ihr über mich?«, rief Ruby zu ihnen hinüber. Sie stand ihnen im Kreis gegenüber und beteiligte sich eher halbherzig an den Übungen. Gesa stand direkt neben ihr, und Elisa befürchtete schon, sie hätten zu laut gesprochen, doch ihre Großmutter schien, zumindest augenscheinlich, so sehr mit ihren Kniebeugen beschäftigt, dass sie von dem Gespräch nichts mitbekommen hatte.

»Wir haben nicht über dich, sondern über die Katze gesprochen«, erklärte Elisa.

»Ich beantrage, dass die Katzen umgetauft werden.«

»Das steht nicht zur Diskussion«, mischte Gesa sich nun doch ein.

Auch Jante Fedderson war in der sportlichen Runde vertreten und hatte seinen Platz im Kreis neben Mechthild gefunden. Elisa fand, dass er ohne seine Gummistiefel und die grüne Wathose völlig anders aussah. Der dunkelblaue Trainingsanzug ließ ihn jünger wirken.

»Gesa wird sich aber sehr wundern, wenn sie nur von Ruby an ihrem Ehrentag zum Brunch ausgeführt wird.«

»Darüber habe ich auch schon nachgedacht«, mischte Marie sich ein.

»Ihr werdet schon einen Weg finden, sie aus dem Haus zu locken. Du bist doch Künstlerin, Elisa, also sei kreativ.«

Sie mussten sich nun aufrecht stellen und die Arme kreisen.

»Ich werde darüber nachdenken«, versprach sie, und während sich alle weiter eifrig den Übungen widmeten, glitt ihr Blick auf die Nordsee hinaus, deren Wasser sich grau in den gleichfarbigen Tönen des Himmels spiegelte. Es war kalt und ungemütlich. Wasser und Horizont schienen ineinander zu verschmelzen, und doch empfand Elisa auch diesen Anblick beruhigend und auf seine ganz eigene Weise wunderschön. Und in diesem Augenblick verstand sie mehr denn je, dass es momentan keinen Ort der Welt gab, an dem sie lieber wäre.

***

»Meine Güte, siehst du fertig aus«, bemerkte Carla, als Elisa am Nachmittag ihren Laden betrat. Sie hielt ihr Bild, das sie am Strand gemalt hatte, gut verpackt unter dem Arm. Elisa hatte sich kurzerhand dazu entschlossen, dieses erste nach dem Feuer entstandene Werk ihrer Oma zum Geburtstag zu schenken. Dafür brauchte es aber zumindest einen schönen Rahmen, und Elisa hoffte, einen solchen in Carlas Laden zu finden. Oder zumindest etwas, woraus sich einer basteln ließ.

»Ich habe heute Nacht nicht gut geschlafen«, erklärte sie nun.

»Dann setz dich zu uns. Ich wollte uns gerade einen Tee kochen.«

Erst jetzt bemerkte Elisa, dass noch jemand in der gemütlichen Ecke im hinteren Teil des Ladens saß. Die junge Frau war klein und zierlich. Die Stricknadeln in ihrer Hand verrieten Elisa, dass es sich um Wiebke, Carlas Mitbewohnerin, handeln musste. Wie hatte Mechthild doch gleich gesagt? *Die Kleine, Stille, die immerzu strickt.*

Ja, das war wohl zutreffend. Wiebke sah kurz auf und nickte Elisa wortlos zu. Mit ihrem kurzen Haar und ihrem schlanken Körperbau sah sie ein wenig jungenhaft aus. Überhaupt schien sie das genaue Gegenteil ihrer Mitbewohnerin zu sein. Carla nahm durch ihre positive

Ausstrahlung eine gewisse Präsenz ein und steckte andere mit ihrer Fröhlichkeit sofort an. Wiebke hingegen wirkte so unscheinbar in dem großen Sessel, dass man sie auch leicht übersehen konnte.

»Darf ich mich zu dir setzen?«, fragte Elisa.

»Ja, natürlich.« Sie lächelte zaghaft.

»Und ich bereite den Tee vor. Ihr zwei könnt euch in der Zeit ja miteinander bekannt machen.«

Das würde wohl nicht so einfach werden. Schließlich war Elisa selbst nicht gerade ein Meister im Small Talk. »Ich mag die Sachen, die du strickst«, begann sie.

»Danke«, entgegnete Wiebke.

»Ich habe Carla schon eine Mütze und einen Schal abgekauft. Die Teile sind wirklich sehr schön, warm und kuschelig.«

»Ja, das sind sie.«

Elisa seufzte. Wer sie als ruhig bezeichnete, sollte erst mal Wiebke kennenlernen.

»So, hier kommt der Tee.« Carla kam nach einigen Minuten zurück und stellte ein Tablett mit Tassen, Sahnekännchen und Kandis auf den Tisch. »Habt ihr euch gut unterhalten?«

Elisa fragte sich unwillkürlich, ob Carla sie auf den Arm nehmen wollte.

»Ganz hervorragend«, entgegnete sie schmunzelnd.

»Was hast du denn da mitgebracht?« Carla deutete auf das verschnürte Paket, das Elisa vor sich abgestellt hatte.

»Das ist eines meiner Bilder. Ich möchte es meiner Großmutter zum Geburtstag schenken und hatte gehofft, einen Rahmen bei dir zu finden.«

»Einen Rahmen habe ich vermutlich nicht. Aber sicherlich finde ich etwas Holz, aus dem sich einer basteln lässt. Wiebke ist sehr geschickt, wenn es um solche Dinge geht.«

Wiebke lächelte nur und nickte zustimmend.

»Lass doch mal sehen!«, forderte Carla lachend.

»Was meinst du? Mein Bild?«, fragte Elisa zögernd.

»Ja, was denn sonst? Ich bin neugierig. Außerdem muss ich wissen, mit welchen Farben du gearbeitet hast, damit wir passendes Holz für den Rahmen auswählen können.«

»Na schön …« Elisa begann zögernd, das Packpapier abzuwickeln. Noch immer steckte ein kleiner Teil in ihr, der mit sich haderte, wenn es hieß, anderen ihre Werke zu präsentieren. Das musste sich ändern. Schließlich löste sie das Papier mit einem entschiedenen Ruck und reichte das Bild an Carla weiter. Diese betrachtete es sekundenlang, bevor sich ein Lächeln auf ihr Gesicht schlich. »Das ist einfach traumhaft schön.« Sie hielt es hoch, sodass auch Wiebke einen Blick darauf werfen konnte.

»Ja, sie hat recht«, meinte diese knapp, aber Elisa erkannte in ihren Augen, dass die Szenerie auch bei ihr Emotionen auslöste.

»So ein Talent darfst du nicht länger verstecken«, meinte Carla. »Hast du schon einmal daran gedacht, deine Bilder auszustellen?«

Elisa nickte. Bevor sie weitersprach, nippte sie an dem süßen Tee und versuchte, sich zu sammeln. »Ich hatte eine eigene Galerie. Aber vor einigen Wochen hat es ein Feuer gegeben, alles ist niedergebrannt.«

»Oh nein!«, rief Carla bedauernd. »Deine Bilder sind verbrannt?«

»Nicht nur meine. Auch die der anderen Künstler, die bei mir ausgestellt haben.«

»Und, was hast du jetzt vor?«

Elisa zuckte mit den Schultern. »Neu anfangen, irgendwie weitermachen. Ich habe noch keinen konkreten Plan.«

Carla dachte kurz nach. »Solch maritime Bilder würden sich gewiss gut auf der Insel verkaufen. Gerade unter den Touristen. Wenn du also noch mehr davon malen könntest, würde ich in meinem Geschäft sicherlich etwas Platz schaffen können, um sie auszustellen.«

»Wirklich?« Elisa wusste noch nicht genau, was sie von dem Angebot halten sollte. Bisher hatte sie stets nur sehr ausgewählte Werke von sich ausgestellt. Aber vielleicht war es jetzt wirklich an der Zeit, auch in dieser Hinsicht mutiger zu werden. Wenn man immer nur ängstlich durchs Leben lief, verbaute man sich viele Chancen. Sie betrachtete nachdenklich das zarte Sahnewölkchen, das sich auf ihrem

Tee ausbreitete: weiß auf schwarz. Schwarz und weiß, so war auch ihre Welt lange gewesen. Doch es gab nicht immer nur diese beiden gegensätzlichen Seiten. Die Welt konnte genauso farbenfroh sein wie auf ihrer Leinwand. Sie musste es nur zulassen.

»Na gut«, sagte sie schließlich lächelnd. »Ich finde, das hört sich nach einer wunderbaren Idee an.«

»Dann sind wir uns ja einig«, entgegnete Carla erfreut. »Soll ich dir also gleich auch noch ein paar Leinwände verkaufen?« Sie lachte.

»Ja, die werde ich in den nächsten Tagen wohl brauchen«, sagte Elisa zuversichtlich und trank genüsslich ihren Tee.

Als Elisa zurückkam, sah sie Marie und Ruby im Vorgarten stehen und miteinander tuscheln.

»Wir überlegen, wo Fiete seinen Wagen aufstellen kann«, erklärte Marie, als Elisa bei ihnen war.

»Auf keinen Fall direkt in meinem Vorgarten.« Die drei zuckten zusammen, als Gesa plötzlich aus der Haustür kam.

»Verflixt«, fluchte Ruby. »Ich dachte, du wärst unterwegs.«

»Wieso Vorgarten?«, stammelte Marie. Es war ein letzter verzweifelter Versuch, dem Ganzen noch eine Wendung zu geben.

Gesa lachte, und zwar aus vollem Herzen. Sie lehnte sich gegen den Türrahmen und schüttelte sich förmlich, bis ihr die Tränen kamen. Elisa wechselte einen kritischen Blick mit Marie und Ruby. Hoffentlich waren die jüngsten Ereignisse nicht doch zu viel für ihre Großmutter gewesen.

»Bekommst du grad einen Nervenzusammenbruch, Oma?«, fragte Ruby irritiert.

»Nein, keine Sorge.« Gesa wischte sich über die Augen und holte tief Luft. »Ich finde die Vorstellung nur so amüsant, wie ihr alle tuschelt und redet und das sogar, wenn ich anwesend bin, wie gerade beim Sport. Ein Fischwagen und ein Kuchenbuffet? Ist das euer Ernst?« Sie kicherte immer noch.

»Du hast uns gehört?«, fragte Marie. »Wir haben doch nur geflüstert.«

»Meine Ohren funktionieren noch ausgezeichnet. Und sie haben in den letzten Tagen einiges aufgeschnappt. Auf der Insel wird viel geredet. Das solltet ihr zwei doch noch wissen.« Sie sah Ruby und Elisa an. »Um hier ein Geheimnis wahren zu können, bedarf es schon sehr viel Können und vor allem Ausdauer.«

»Und jetzt?« Ruby klang enttäuscht. Irgendwie hatte sie sich auf die Überraschungsparty gefreut.

»Jetzt überlegen wir gemeinsam, wie alles vonstattengehen soll«, teilte Gesa ihnen mit.

»Du lässt dich also auf die Party ein?« Elisa war ehrlich erstaunt.

»Was bleibt mir denn anderes übrig? Außerdem kann es nicht schaden, sich noch einmal von einigen Leuten zu verabschieden, bevor ich auf Weltreise gehe.« Sie grinste schelmisch. »Mal davon abgesehen, dass ich eine hervorragende Schauspielerin bin.« Das hatte Elisa ja bereits am Vormittag feststellen können. »Ich werde am Tag der Feier so überrascht aussehen wie nur eben möglich. Vielleicht schaffe ich es sogar, blass auf einen Stuhl zu sinken und nach einem Schnaps zu verlangen, der meinen Kreislauf wieder in Schwung bringt.«

Marie lachte. »Das traue ich dir durchaus zu.«

»So, jetzt wenden wir uns aber dem Fischwagenproblem zu.« Gesa schritt über den Rasen. »Fiete sollte besser auf dem Weg parken. Momentan kommt ja ohnehin kaum jemand hierher. Außerdem scheint ja die halbe Insel auf meiner Feier zu sein. Wen sollte er also stören?«

Elisa spürte, dass ihr zumindest diesbezüglich ein Stein vom Herzen fiel. Oma Gesa war gar nicht wütend oder aufgebracht, so wie sie es befürchtet hatte. Sie schien sich sogar, auf ihre spezielle Art, zu freuen. Vielleicht war es nach der Enttäuschung, die sie mit Oscar erlebt hatte, genau das, was sie nun brauchte. Ein Signal, dass es viele Menschen gab, die sie sehr mochten.

Kapitel 22

.

AM Abend lag Elisa in ihrem Bett und starrte an die dunkle Decke. Sie hatte sich maritime Dekoration in Carlas Laden gekauft – ein paar Windlichter, Muscheln und einen Leuchtturm. So hatte sie gehofft, dass der Raum wieder etwas wohnlicher werden würde. Doch letztlich musste sie feststellen, dass es sich nicht mehr wie ihr altes Zimmer anfühlte. Wenn sie die Augen schloss, sah Elisa immer noch die Bilder vor sich, die an den Wänden gelehnt und darauf gewartet hatten, einen Käufer zu finden. Sie glaubte sogar, Madame Bonnets aufdringliches Parfüm zu riechen, sah sie in Gedanken durch den Raum schlendern, um die Werke zu betrachten, elegant und stilvoll, so als befände sie sich in einer Galerie und nicht in einem Versteck für gefälschte Kunstwerke. Für welches sie sich wohl entschieden hatte? Elisa musste an den kleinen Überrest des verbrannten Kornfeldbildes denken, den sie in der Galerie gefunden hatte. Conor hatte also auch dieses bekannte Werk gefälscht.

Was Elisa aber so richtig ärgerte, war die stille Bewunderung für sein Können. Bisher war er für sie immer nur der unterdurchschnittliche Künstler mit nur einer Kundin gewesen, die bereit war, für seine Werke Geld zu bezahlen. Jetzt sah sie ihn in einem anderen Licht. Er hatte großes Talent, und sie fragte sich, warum er es nicht für ehrliche Arbeit nutzte. Wer so malte, konnte viel erreichen. Das stand außer Frage. Conor brachte die Voraussetzung mit, zu den ganz Großen zu gehören …

Und wieder kreisten ihre Gedanken um ihn. Sie musste aufhören, an ihn zu denken. Wenn sie nicht bald zur Ruhe kam, würde sie auch heute keinen Schlaf finden.

Sie wurde aufmerksam, als sie jemandem im Flur über die knarrenden Dielen tapsen hörte, dann wurde die Türklinke zu ihrem Zimmer leise heruntergedrückt.

»Schläfst du schon?«, flüsterte Ruby.

»Nein, ich kann nicht einschlafen.«

»Das trifft sich gut. Ich nämlich auch nicht.« Sie drückte auf den Lichtschalter und kam ins Zimmer.

»Wir werden bei dem Flutlicht wohl kaum müder werden.« Elisa hielt sich die Hand vor die Augen, während Ruby grinsend an ihr Bett trat und ihr eine Flasche Friesengeist unter die Nase hielt. »Omas Vorräte scheinen unbegrenzt zu sein«, kicherte sie.

»Wir können uns jetzt doch nicht jede Nacht betrinken.«

»Betrunken warst nur du. Und verkatert auch. Ich war am nächsten Morgen topfit.«

»Und das müssen wir auch sein. Immerhin ist morgen Omas Geburtstag. Wir sollten jetzt wirklich lieber schlafen.«

»Ich muss aber mit dir reden.« Ruby wirkte mit einem Mal sehr ernst. »Darf ich mich kurz zu dir legen?«

Elisa war überrascht. Nach dem Tod ihrer Eltern war Ruby dann und wann zu ihr ins Bett gekrochen oder sie zu Ruby. Es war eine kurze Phase in ihrem Leben als Zwillingsschwestern gewesen, in denen sie die Nähe der anderen wirklich gebraucht hatten. Auch heute gab es noch solche Momente, doch sie waren sehr selten geworden.

Elisa hob die Bettdecke an und rückte etwas zur Seite. Ruby kroch zu ihr und lehnte sich an das Kopfteil. Dann öffnete sie die Flasche und nahm einen Schluck. Elisa schob sich ihr Kissen zurecht und setzte sich ebenfalls. An Schlaf war vorerst wohl nicht zu denken.

»Möchtest du wirklich nicht?« Ruby hielt ihr die Flasche hin.

»Du hast keinen guten Einfluss auf mich«, tadelte Elisa sie und nahm einen kleinen Schluck, bevor sie sagte: »Nun erzähl schon.«

»Ich muss aus meiner Wohnung raus.«

»Was? Wieso das denn?«

»Erinnerst du dich an den Brief der Wohnungsgenossenschaft?«

Elisa nickte.

»Sie wollen das komplette Gebäude kernsanieren. Alle Mieter müssen raus. Ich habe noch knapp ein halbes Jahr, um mir etwas anderes zu suchen.«

»Aber das wird doch reichen. Ich meine, du bist doch nicht besonders anspruchsvoll, was deine Wohnsituation angeht.«

»Das bin ich sehr wohl«, entgegnete Ruby verteidigend.

»Aber du wohnst in diesem abrissreifen Haus in einer winzigen Wohnung, in der die Wände feucht sind.«

»Aber diese Wohnung war mein erstes eigenes Zuhause.« Ruby nahm noch einen Schluck. »Ich weiß, dass das kaum nachvollziehbar ist, aber ich habe mich dort immer sehr wohlgefühlt, und es fällt mir schwer, Abschied zu nehmen. Beinah ist es so, als würde ich mit dem Auszug einen Lebensabschnitt beenden.«

»Du meinst den der unbesorgten Party-Ruby?« Elisa grinste, aber Ruby blieb ungewöhnlich ernst. Sie nickte.

»Ja genau. Ich habe noch nichts im Leben erreicht. Ich jobbe als Kellnerin, studiere, ohne wirklich an einen Abschluss zu denken, schlafe bis mittags, um am Abend fit für die nächste Party zu sein …« Sie stockte, dann gab sie zu: »Du weißt gar nicht, wie oft ich dich um deine Disziplin beneidet habe. Du hast dir so viel aufgebaut und das alles, weil du Ziele hattest. Du wusstest immer, wo das Leben dich hinführen soll.«

Elisa lachte auf. »Ich glaube, das beginne ich erst allmählich zu begreifen.«

»Aber du hattest dir doch schon so viel aufgebaut.«

»Hatte … ist wohl das richtige Wort. Jetzt muss ich wieder von vorne anfangen. So wie du.«

Die Schwestern wechselten einen nachdenklichen Blick.

»Weißt du, was die beste Lösung für uns beide wäre?«, fragte Ruby schließlich.

»Einfach hierzubleiben.« Elisa hatte die Worte beinah zeitgleich mit Ruby ausgesprochen. Sie sahen sich irritiert an, dann mussten beide lachen.

»Zumindest, bis Oma von ihrer Weltreise zurück ist«, stellte Ruby klar. »Danach kann ich immer noch meine paar Sachen zusammensuchen und die Wohnung räumen. Und wenn ich nichts finde, dann bleibe ich eben auf der Insel.« Ruby stellte gähnend die Flasche neben dem Bett ab. »Lass uns jetzt schlafen.«

»Das Licht ist noch an.«

»Dann steh auf und mach es aus.«

»Warum ich?«

»Weil ich auf einmal viel zu müde dazu bin.«

Elisa stieg kopfschüttelnd über Ruby hinweg. Als sie zurück ins Bett kroch, hatte diese sich bereits ihr Kissen geschnappt.

»Komm schon, mach Platz«, drängte Elisa sie und kroch ebenfalls unter die Decke.

»Was Oma wohl sagt, wenn sie erfährt, dass wir beide vorerst hierbleiben?«, murmelte Ruby schläfrig.

»Das werden wir dann ja sehen«, entgegnete Elisa leise. Auch sie war plötzlich sehr müde und schlief schon, bevor Ruby leise zu schnarchen begann.

Kapitel 23

»UND dass ihr mir hier nicht alles umräumt«, lautete Oma Gesas letzte Anweisung, bevor sie und Marie zu einem Spaziergang aufbrachen. Anschließend wollten die zwei sich in ein Café setzen, um gemeinsam einen Tee zu trinken.

Nachdem Gesa nun von der Überraschungsparty wusste, war es zumindest nicht mehr schwer gewesen, sie rechtzeitig aus dem Haus zu bekommen. Dafür erteilte sie Elisa und Ruby seit dem Frühstück unentwegt Anweisungen.

»Für das Kuchenbuffet könnt ihr den Tapeziertisch aus dem Keller holen«, sagte sie, während sie in ihre Jacke schlüpfte.

»Die zwei machen das schon«, versuchte Marie sie zu beruhigen.

»Und wenn wir nicht endlich anfangen können, werden wir wohl niemals fertig«, drängte Ruby ihre Großmutter. »Außerdem kommt Mechthild in zehn Minuten, und ich möchte nicht, dass ihr euch begegnet.«

»Da wird man an seinem Geburtstag aus dem eigenen Haus geworfen«, murmelte Gesa, ohne es wirklich böse zu meinen.

»Dafür gibt es später jede Menge Geschenke«, tröstete Ruby sie.

»Na, da bin ich ja mal gespannt.« Sie zwinkerte ihren Enkelinnen lächelnd zu, bevor sie sich mit Marie endlich auf den Weg machte.

»Jetzt aber schnell«, meinte Elisa. »Womit fangen wir an?«

»Ich würde vorschlagen, du gehst in den Keller und holst den Tapeziertisch, während ich mich um die Dekoration kümmere.«

»Warum muss ich in den Keller gehen?«

»Sag mir nicht, dass du immer noch Angst hast, dort hinunterzugehen?« Ruby lachte. Es war kein Geheimnis, dass Elisa den Keller früher immer gemieden hatte.

»Natürlich nicht«, entgegnete sie, obwohl Ruby sie längst durchschaut hatte. Schon früher hatte Elisa ihre Schwester vorgeschickt, wenn Oma sie gebeten hatte, etwas von unten zu holen.

Aber jetzt war sie erwachsen und in ihrer Erinnerung war es dort unten bestimmt viel düsterer, als es tatsächlich der Wahrheit entsprach.

Während Ruby die Tüten mit der Deko aus einer Ecke holte und begann, Ballons aufzublasen, ging Elisa nach draußen. Den Keller konnte man nur durch eine schmale Außentreppe hinter dem Haus erreichen. Um das Untergeschoss vor eventuellen Sturmfluten zu schützen, gab es eine schwere, eiserne Tür, gegen die sie sich mit voller Kraft stemmen musste, um sie zu öffnen. Nachdem es ihr gelungen war, stand Elisa in einem dunklen, feuchten Gang, von dem zwei Türen abgingen. Alles hier unten war beengt und düster, und sie legte einen Keil unter die Tür, damit sie nicht zufiel. Sie sah zur Decke, an der unzählige Spinnengewebe hingen. Auch die dazu passenden Tierchen ließen nicht lange auf sich warten. Elisa hatte sich getäuscht. Dieser Keller war noch genauso unheimlich und ungemütlich, wie sie ihn in Erinnerung hatte. Sie betrat einen der zwei kleinen Räume, bahnte sich ihren Weg durch unzählige Kisten und Kartons und entdeckte schließlich den Tapeziertisch zusammengeklappt in einer Ecke. Elisa beeilte sich, ihn hier raus und nach oben zu schaffen.

Im Vorgarten traf sie dann auf Mechthild.

»Habt ihr eure Großmutter aus dem Haus geschafft?«, wollte sie wissen. Ihre Wangen waren vor lauter Aufregung und Vorfreude ganz rot.

»Ja, sie ist vor zehn Minuten aufgebrochen.«

»Sehr schön. Dann können wir ja loslegen.«

Sie pfiff auf ihren Fingern. Das war wohl das Startsignal. Plötzlich kamen von überallher die ersehnten Helfer. Leni und Bernd schafften ihre Kuchen und Backwaren ins Haus, Jan Fedderson und sein Sohn Sven halfen Fiete, den Fischwagen zu platzieren, und Carla und Wiebke kümmerten sich um das Geschirr. Ehe Elisa sich versah, fand sie sich plötzlich in einer ihr bis dahin unbekannten Rolle wieder. Sie übernahm die Organisation und gab hier und da Anweisungen, und das gelang ihr erstaunlich gut. Ihre eigenen Dinge zu regeln, hatte ihr schon immer gelegen, aber dass sie plötzlich sogar Spaß daran fand, anderen zu sagen, was sie zu tun hatten, war neu für sie. Und so merkte sie kaum, wie schnell die nächsten zwei Stunden vergingen. Es trafen immer wieder neue Helfer und Gäste ein, sodass sich das Haus nach und nach füllte. Zum Glück spielte auch das Wetter mit. Es war kühl, aber sonnig genug, dass die Feier zum Teil nach draußen verlegt werden konnte. Fiete hatte vor seinem Verkaufswagen einige Stehtische aufgebaut, an dem sich bereits jetzt ein paar ältere Herren versammelten und mit Bierflaschen in der Hand lachend anstießen.

Während Elisa eine letzte Runde drehte, um sich zu vergewissern, dass so kurz vor Omas Rückkehr auch wirklich alles vorbereitet war, sprach sie plötzlich ein Mann von hinten an. »Hier muss wohl jemand für Recht und Ordnung sorgen«, scherzte er.

Elisa drehte sich um und stand plötzlich einem uniformierten Polizisten gegenüber. Sie kannte ihn nicht. Er war etwa Mitte vierzig, ein Durchschnittstyp, mittelgroß, schlank und mit einem freundlichen Lächeln. Unter seiner Dienstmütze lugten ein paar dunkle Strähnen hervor. Obwohl er alles andere als bedrohlich auf sie wirkte, brach Elisa augenblicklich der Schweiß aus.

Sie musste ihn wohl ziemlich verdutzt angesehen haben, denn auch sein Lächeln wich für einen kurzen Augenblick. »Ich bin Heiko Dachmann, der neue Inselpolizist«, stellte er sich schließlich vor. »Wir kennen uns noch nicht, aber ich vermute einfach mal, dass Sie Gesas Enkelin sind.«

»Ja, Elisa Weiler«, entgegnete sie und wischte sich ihre feuchte Handfläche an der Jeans ab, bevor sie ihm die Hand schüttelte. Elisa musste sich selbst ermahnen. Sie konnte jetzt unmöglich jedes Mal derart nervös werden, wenn sie einem Polizisten begegnete. Schließlich hatte sie nichts verbrochen. Sie deckte lediglich einen Kriminellen. Was aber wohl schon schlimm genug war.

»Freut mich, Sie kennenzulernen«, sagte Heiko.

Elisa spürte seinen Blick auf sich ruhen. Warum starrte er sie so an? »Geht es Ihnen nicht gut? Sie sehen blass aus.«

»Ich bin gerade nur etwas im Stress«, erklärte sie.

»Dann möchte ich Sie nicht länger aufhalten. Wir können uns sicherlich später noch in Ruhe unterhalten.«

Sie nickte nur und wandte sich ab. Warum wollte er sich mit ihr unterhalten? Vermutlich nur, weil er ein höflicher, freundlicher Mann war, beruhigte sie sich selbst. Sie durfte jetzt nicht auch noch paranoid werden. Niemand verdächtigte sie wegen irgendetwas. Das musste sie sich einige Male sagen, bevor sie tief durchatmete und sich wieder ihren Aufgaben zuwandte.

»Sie kommt!«, rief Mechthild plötzlich und löste mit ihren Worten ein aufgeregtes Treiben aus. Alle ließen von dem ab, womit sie gerade beschäftigt waren, und eilten ins Wohnzimmer. Es wurde gelacht und geflüstert, während sie hinter der Couch eng zusammenrückten. Dann war es mit einem Mal still. Der eine oder andere kicherte in freudiger Erwartung der bevorstehenden Überraschung, während endlich die Haustür aufgeschlossen wurde und Gesa Sekunden später all ihren Freunden und Bekannten gegenüberstand.

Gesa blickte in viele vertraute Gesichter. Manche kannte sie bereits seit ihrer Kindheit, andere waren jahrelange Wegbegleiter; gute Freunde oder einfach nur Menschen, die zu ihrem Alltag gehörten, ohne dass sie sich jemals Gedanken darüber gemacht hätte, wie ihr Leben ohne sie verlaufen wäre. Und während sie wie aus einem Munde »Überraschung!« riefen, spürte Gesa eine Träne der Rührung und Freude ihre Wange hinablaufen. Sie wusste gar nicht, woher das so plötzlich kam. Sie war darauf vorbereitet gewesen und doch mit einem Mal überwältigt von ihren Gefühlen. Elisa ging als Erste zu ihr und schloss ihre Großmutter in die Arme, dann folgte Ruby, bevor Mechthild dazukam. Es dauerte eine Weile, bis alle ihre Glückwünsche ausgesprochen hatten. Dann konnte endlich gefeiert werden.

»Wer hatte bloß die großartige Idee mit den Ballons?«, freute Gesa sich.

»Ich wusste ja gar nicht, dass du erst sechzig wirst«, schmunzelte Mechthild.

»Wieso? Willst du etwa sagen, dass ich auch nur einen Tag älter aussehe?« Gesa biss herzhaft in ihr Matjesbrötchen und stieß dann mit einer Flasche Bier mit ihrer Freundin an. Elisa stand daneben und bemerkte zufrieden, wie glücklich ihre Großmutter aussah. Falls auch diese heute noch oft an Oscar denken musste, ließ sie es sich zumindest nicht anmerken.

Elisa beschloss, kurz ins Haus zu gehen, um sich noch ein Stück Kuchen vom Buffet zu nehmen. Dabei stieß sie beinah mit einem jungen Mann zusammen. Er war nicht das erste unbekannte Gesicht, das ihr heute begegnet war, und so machte sie sich zunächst keine Gedanken.

»Entschuldigung«, sagte er und fuhr sich mit der Hand durch sein kurzes dunkles Haar. In seiner ganzen Erscheinung war er der Typ, auf den Ruby sofort anspringen würde. Groß, sportlich, markante Gesichtszüge und ein arrogantes Lächeln. »Ich wollte Sie nicht umrennen.«

Er hatte einen Akzent, den Elisa nicht sofort zuordnen konnte, doch irgendetwas an ihm weckte augenblicklich ihr Misstrauen. Aber darauf durfte sie wohl nicht viel geben. Irgendwie stand sie momentan wohl allem und jedem argwöhnisch gegenüber.

Sie wollte schon weitergehen, da hielt er sie zurück. »Ich bin auf der Suche nach einem Freund und dachte, ich würde ihn hier vielleicht finden.«

»Falls er auf der Insel ist, haben Sie gute Chancen. Heute sind ja fast alle hier, um zu feiern.« Elisa versuchte, unbeschwert zu klingen, doch im Inneren spürte sie eine ständige Unruhe, die sich immer mehr verstärkte.

»Soviel ich weiß, verbringt er seinen Urlaub auf der Insel, aber ich weiß nicht, wo genau er untergekommen ist.«

»Wie heißt Ihr Freund denn?«

»Conor O'Leary.«

Elisa schluckte schwer. Mit einem Mal war da ein Rauschen in ihren Ohren, und sie glaubte, ihren rasenden Herzschlag zu hören. Es kostete sie alles an Disziplin, ihrem Gegenüber fest in die Augen zu blicken und sich nichts anmerken zu lassen. »Tut mir leid. In diesem Haus gibt es keinen Gast, der so heißt.«

Sie wollte sich schnell abwenden, aber er legte seine Hand fest auf ihre Schulter und hielt sie zurück. Ein Anflug von Panik überfiel sie. Für einen Fremden kam er ihr entschieden zu nah. Das Reden und Lachen der übrigen Gäste schien plötzlich sehr weit weg zu sein. Sie fühlte sich allein in dieser brenzligen Situation. Erneut brach ihr der Schweiß aus, und sie hatte das Gefühl, sich dringend setzen zu müssen.

Aber der Unbekannte dachte gar nicht daran, zur Seite zu treten und ihr den Weg freizumachen.

»Sind Sie sicher, dass Sie Conor nicht kennen?«

Es war ein irischer Akzent. Das erkannte sie nun. Für Elisa gab es kaum noch einen Zweifel. Der Mann, der nur wenige Zentimeter vor ihr stand, war derselbe, der auch ihre Galerie in Brand gesteckt hatte. Seine bloße Anwesenheit schien ihr die Luft zum Atmen zu rauben. Ihr wurde schwindelig. »Ich sagte doch bereits, dass ich diesen Namen noch nie gehört habe.« Elisa wunderte sich über die Festigkeit in ihrer Stimme.

»Ist hier alles in Ordnung?« Heiko stand plötzlich neben ihr. Er musterte den Unbekannten kritisch.

Dieser ließ nun von Elisa ab und nickte dem Polizisten freundlich zu. »Aber natürlich. Wir haben uns nur unterhalten.«

Auch nachdem er seinen Griff gelockert hatte, glaubte Elisa, immer noch seine Hand auf ihrer Schulter zu spüren. »Entschuldigen Sie mich.« Sie wollte sich nur noch für einen Moment zurückziehen, um sich wieder zu sammeln. Aber ausgerechnet in diesem Augenblick stürzten Ruby und Marie lachend auf sie zu. Die beiden waren offenbar bester Laune, und Elisa beneidete sie um ihre Unbeschwertheit.

»Komm, Elisa, gleich bekommt Oma ihre Geschenke.« Ruby riss sie fröhlich mit sich. Elisa sah noch, wie der Unbekannte das Haus verließ und durch den Vorgarten schritt. Sie hoffte, dass er niemals wiederkommen würde …

Gesa war währenddessen in ihr Wohnzimmer geführt worden. Dort lag ein ganzer Haufen Geschenke für sie bereit. Sie nahm sich als Erstes Rubys, wickelte das Papier neugierig ab und hielt ihren Gästen anschließend den Paillettenpullover entgegen. »Der ist wunderschön«, rief sie begeistert aus. »Ich werde ihn auf jeden Fall mit auf meine Kreuzfahrt nehmen. Damit werde ich den Männern den Kopf verdrehen.« Sie umarmte Ruby lachend. Dann nahm sie sich Elisas Päckchen vor. Wie geplant hatte sie ihrer Großmutter das Bild geschenkt. Ihr erstes Bild nach dem Feuer. Wiebke hatte dazu einen schlichten Rahmen gebastelt aus dem Material, das sie bei Carla im Laden finden konnte, und er passte ausgezeichnet. Elisa erkannte in

Omas Augen, wie sehr sich diese freute. Lag vielleicht sogar ein Hauch Bewunderung in ihrem Blick?

»Elisa …« Gesas Stimme klang brüchig. »Es ist einfach … perfekt. Vielleicht eines deiner schönsten Werke.« Sie zeigte es hoch, sodass auch die anderen es bestaunen konnten. Von allen Seiten hörte sie anerkennende Worte.

»Danke«, murmelte Elisa. Sie war noch ganz aufgewühlt, während Oma sie fest umarmte. Es war nicht nur die Begegnung mit diesem seltsamen Mann, auch die ehrliche Bewunderung, die ihr plötzlich von allen Seiten entgegenschlug, brachte sie etwas durcheinander. Elisa hatte beim Malen gespürt, dass sie etwas ganz Außergewöhnliches geschaffen hatte. Aber nun erhielt sie dafür auch noch die Bestätigung.

»Du bist etwas ganz Besonderes«, flüsterte Gesa ihr ins Ohr.

»Danke«, entgegnete Elisa leise.

Während Gesa sich den anderen Geschenken zuwandte, die hauptsächlich aus Blumen und Pralinen bestanden, nutzte Elisa die Gelegenheit, nach draußen zu gehen. Sie brauchte dringend frische Luft. Während sie sich mit einem schnellen Blick vergewisserte, dass sie den Mann, bei dem es sich sicher um Danny, Conors ehemaligen Partner, handelte, nirgendwo entdecken konnte, ging sie zum Strand hinunter. Heute hatte Elisa keinen Blick für die Schönheit des Meeres, das ruhig unter einem blauen Himmel vor ihr lag. Sie hatte sich sehr zusammenreißen müssen, um sich bei der Geschenkeübergabe nichts anmerken zu lassen. Dies war Omas großer Tag, und sie wollte ihr durch nichts die Freude verderben. Aber jetzt war sie allein. Angesichts der Bedrohung, die sie vorhin gespürt hatte, schien sie die Einsamkeit hier draußen mit einem Mal zu überwältigen. Sie lief unruhig auf und ab, bevor sie zu ihrem Handy griff und Conors Nummer wählte. Es überraschte sie kein bisschen, dass er sich nicht meldete. Auch nach dem Feuer hatte er seine Nummer gewechselt. Vermutlich war das sein Weg, um vollständig abzutauchen. Conor war weg, aber seine Probleme verfolgten Elisa weiter. Sie beschloss, eine kurze Nachricht auf seiner Mailbox zu hinterlassen, auch wenn sie keine große Hoffnung hatte, dass er diese abhörte.

»Conor«, sagte sie eindringlich. »Ich glaube, er ist hier auf der Insel. Dieser Danny, von dem du uns erzählt hast. Er hat nach dir gefragt, und ehrlich gesagt hat er mir eine ziemliche Angst eingejagt.« Sie hielt kurz inne. Dann wechselte ihr Tonfall.»Ich bin echt wütend auf dich. Ich habe keine Lust, durch dich immer wieder in Schwierigkeiten zu geraten. Also sieh zu, dass du dich um dieses Problem kümmerst.« Elisa legte auf und blickte zum Haus hinauf. Jemand hatte die Musik aufgedreht. Sicherlich hatte Oma schon einen Tanzpartner gefunden. Sie hatte heute so unbeschwert und glücklich gewirkt. Elisa entschied, nichts von dem ungebetenen Gast zu erzählen. Mit etwas Glück verschwand er einfach wieder von der Insel. Schließlich würde er schnell feststellen, dass Conor abgereist war.

Dieser Gedanke beruhigte Elisa etwas. Sie atmete noch einmal tief die frische Seeluft ein und war dann bereit, wieder zur Feier zu gehen. Es würde schon alles gut werden. Das hatte sie sich in den letzten Tagen so häufig gesagt, dass sie sicher bald wirklich daran glaubte.

***

»Das war ein wunderschöner Tag.« Gesa sah müde, aber glücklich aus, nachdem alle Gäste das Haus verlassen hatten.»Und ich danke euch dafür.«

»Das haben wir doch gerne gemacht«, meinte Ruby und ließ sich erschöpft auf die Couch neben Elisa und Marie fallen.

Gesa nahm im Sessel Platz.»Es ist so schade, dass ihr morgen wieder abreist.«

Elisa und Ruby warfen sich einen fragenden Blick zu, dann nickte Ruby und erklärte:»Also, das mit der Abreise … Elisa und ich haben darüber nachgedacht, noch eine Weile zu bleiben. Schließlich trittst du ohnehin bald deine Reise an, und wir müssten dann wieder unsere Koffer packen und uns auf den Weg zu dir machen. Vielleicht könnten wir einfach gleich hierbleiben.«

Elisa versuchte, in dem Gesicht ihrer Großmutter zu lesen. Zunächst sah sie ein wenig überrumpelt aus, doch dann lächelte sie.»Ihr wisst doch, dass ihr bleiben könnt, solange ihr wollt. Ihr seid mir immer willkommen. Und das gilt auch für dich, Marie.«

»Das ist sehr nett von dir, aber ich werde morgen wohl die Fähre zurücknehmen.«

Gesa sah zu Ruby. »Dass deine Schwester bleiben möchte, kann ich durchaus nachvollziehen. Aber seit wann bist du so gerne am Meer? Für gewöhnlich vermisst du die Stadt doch schon nach wenigen Stunden, und außerdem wartet dein Studium auf dich.«

»Das kann auch noch ein paar Wochen länger warten.«

Elisa bemerkte, dass Ruby wohl nicht über ihre Wohnsituation sprechen wollte, also schwieg sie ebenfalls.

»Vielleicht lasse ich es in Zukunft auch ganz mit dem Studieren. Bisher hat es für mich ja zu nichts geführt. Womöglich sollte ich mir endlich eine richtige Arbeit suchen und nicht immer nur von diesen Nebenjobs leben.«

»Darüber kannst du in den nächsten Wochen ja ganz in Ruhe nachdenken«, sagte Gesa und gähnte. »Aber jetzt sollten wir alle schlafen gehen.« Sie stand auf und streckte sich, dann zwinkerte sie den Schwestern zu. »Ich freue mich, dass ihr noch ein wenig bleibt.«

»Und wir freuen uns«, versicherte Elisa ihr.

Elisas Handy klingelte in diesem Augenblick. Es war Malte.

»Entschuldigt mich bitte«, sagte sie lächelnd und verließ das Zimmer, bevor sie den Anruf entgegennahm.

»Ist die große Party schon vorbei?«, wollte er wissen.

»Ja, es war ein wunderschöner Tag«, antwortete Elisa. Sie versuchte, die unangenehme Begegnung mit Danny auszublenden.

»Das freut mich. Vielleicht kannst du mir ja ein Stück Kuchen aufheben. Ich habe nach der Anreise bestimmt großen Hunger.«

»Heißt das, du kommst auf die Insel?«, fragte Elisa aufgeregt.

»Ja, ich werde der Nordsee wohl noch eine Chance geben.«

»Und sie wird dich bestimmt nicht enttäuschen«, versprach Elisa lachend.

Kapitel 24

Es war kalt am Hafen. Der Wind hatte aufgefrischt und fegte unerbittlich über das Hafenbecken. Maries Fähre fuhr in vierzig Minuten, doch vorher würde Maltes Schiff anlegen. Elisas spontane Ankündigung, dass er sie besuchen würde, hatte alle sowohl überrascht als auch erfreut.

Elisa war voller Vorfreude, doch gleichzeitig umgab sie eine innere Unruhe. Sie konnte den Gedanken daran, dass dieser Danny vielleicht immer noch auf der Insel war, nicht völlig verdrängen.

»Es war eine gute Idee, ihn einzuladen.« Marie klopfte ihr nun lächelnd auf die Schulter. »So habt ihr einige Tage Zeit, um euch richtig kennenzulernen.«

»Er weiß hoffentlich, dass er in meiner Ferienwohnung schlafen kann«, betonte Gesa.

»Ich glaube, er hat schon eine andere Unterkunft gebucht«, erklärte Elisa.

»Dann muss er sie eben wieder stornieren«, sagte Gesa entschlossen. »Ich kenne ja jeden auf der Insel und werde dafür sorgen, dass er deswegen keine Probleme bekommt. Ich kann es doch nicht zulassen, dass der Freund meiner Enkelin für seinen Aufenthalt bezahlen muss.«

»Aber er ist doch noch gar nicht richtig mein Freund …« Elisa blickte verlegen auf ihre Schuhe.

»Wirst du etwa rot?«, neckte Ruby sie, als die Fähre endlich in Sichtweite kam. Elisa spürte, dass sie nervös wurde. Kurz darauf legte das Schiff an. Malte war unter den ersten Passagieren, die von Bord gingen. Mit der einen Hand zog er einen Rollkoffer, mit der anderen winkte er fröhlich, als er Elisa und ihre Familie entdeckte.

»Geh schon«, forderte Gesa ihre Enkelin auf und gab ihr einen kleinen Stoß, damit diese sich endlich in Bewegung setzte.

Lächelnd lief Elisa auf Malte zu. Sie spürte, dass er sich ebenso freute, sie wiederzusehen, als er sie kurz umarmte. Sie genoss diesen

Moment der Nähe. Seit ihrer ersten Begegnung war es Malte immer gelungen, seine positive Energie augenblicklich auf sie zu übertragen.

»Schön, dass du hier bist«, hauchte sie ihm ins Ohr.

»Ich freue mich auch«, entgegnete er, bevor er sich aus der Umarmung löste. Dann gingen sie gemeinsam zu den anderen.

»Ich bin Elisas und Rubys Großmutter Gesa.« Sie reichte ihm die Hand.

»Schön, Sie kennenzulernen.«

»Junger Mann, hier auf der Insel duzt man sich«, erklärte sie lachend.

»Erste Lektion gelernt«, entgegnete er schmunzelnd.

»Ruby und Marie kennst du ja bereits«, meinte Elisa.

»Ja, ich erinnere mich sehr gut.« Malte zwinkerte ihr zu.

»Leider müssen wir uns schon wieder verabschieden«, erklärte Marie. »Ich reise gleich ab.«

»Das ist aber schade.«

»Dafür kannst du ihre Ferienwohnung haben«, erklärte Ruby. »Und zwar völlig umsonst, weil sie meiner Großmutter gehört.«

»Aber ich habe doch schon etwas anderes gebucht.«

»Lass das mal meine Sorge sein«, meinte Gesa. »Ich lasse doch nicht zu, dass Elisas Freund bei irgendwelchen anderen Leuten unterkommt.«

»Oma«, zischte Elisa leise. Dass sie so selbstverständlich das Wort Freund in den Mund nahm, war ihr unangenehm. Schließlich gab es in dieser Hinsicht noch einiges zwischen ihr und Malte zu klären.

»Elisa, hilfst du mir mal kurz beim Gepäckaufgeben«, bat Marie sie nun und zog sie etwas zur Seite.

»Du musst deinen Koffer dort vorne abgeben und …«

»Das weiß ich doch«, meinte Marie. »Eigentlich wollte ich dir nur einen Ratschlag geben, bevor ich die Insel verlasse.«

Elisa sah sie fragend an.

»Malte scheint ein sehr netter Mann zu sein. Das habe ich bereits bei unserer ersten Begegnung gespürt, und ich kenne dich lange genug, um zu wissen, dass du ihn sehr magst. Sonst hättest du ihn wohl kaum hierher eingeladen.«

»Ja, ich mag ihn wirklich.«

»Dann öffne dich ihm auch. Lass es einfach zu, dass die Dinge sich entwickeln. Oder kurz gesagt: Genieße ein paar unbeschwerte Tage mit ihm und denk nicht immer so viel über alles nach. Steh dir und deinem Glück nicht selbst im Weg. Versprichst du mir das?«

Elisa nickte.

»Gut, dann kann ich ja beruhigt abreisen«, lachte Marie und umarmte sie zum Abschied.

***

»Ich werde dir jeden Winkel der Insel zeigen«, sagte Elisa gut gelaunt, als sie am Nachmittag in Richtung Zentrum spazierten. »Du kannst bei Carla Souvenirs shoppen, und wir könnten in der Bäckerei vorbeischauen, um einen Kakao zu trinken.«

»Einen Kakao?«, fragte Malte lachend.

Elisa lächelte ihn an und beide erinnerten sich an ihren ersten Abend, an dem Kakao ja auch eine gewisse Rolle gespielt hatte. Dann erklärte Elisa: »Lenis Kakao musst du einfach probieren, sonst verpasst du was. Und dazu ein Stück von ihrem Apfelkuchen.«

»Das hört sich so an, als würde ich in dieser Woche ein paar Kilo zulegen.«

»So gehört es sich ja auch im Urlaub«, meinte Elisa.

Als sie eine besonders starke Böe von der Seite traf, fasste er ihre Hand und hielt sie fest. Elisa warf ihm einen lächelnden Blick zu. Es fühlte sich erstaunlich vertraut an, mit ihm Hand in Hand zu laufen, so als würden sie schon lange zusammengehören. Dabei waren sie ja gerade erst dabei, sich besser kennenzulernen.

»Ich hoffe, das Wetter bessert sich wieder.« Malte blickte kritisch zum Himmel hinauf, an dem tiefe, dunkle Wolken vorbeizogen.

»Das kann sich hier schnell ändern«, sagte Elisa. »Vielleicht kommt gleich die Sonne wieder raus.«

»Das glaube ich kaum«, meinte Malte, als ihn ein erster Regentropfen traf. Sekunden später ging ein handfester Schauer auf sie nieder.

»Komm, wir sollten uns beeilen. Es ist nicht mehr weit bis zum Bäcker.« Elisa zog ihn lachend hinter sich her. Doch als sie Lenis Bäckerei betraten, waren sie bereits völlig durchnässt.

»Ach herrje«, sagte Leni. »Wie seht ihr denn aus?«

»Der Regen hat uns voll erwischt«, meinte Elisa.

»Wen hast du denn da mitgebracht?« Leni musterte den Mann an Elisas Seite neugierig. Dann fasste sie sich an die Stirn. »Ach, Sie müssen dieser Patrick sein. Gesa hat mir erzählt, dass Sie auf der Insel sind. Obwohl ich Sie gestern auf der Feier gar nicht gesehen habe.«

»Das ist nicht Patrick«, sagte Elisa schnell.

»Ich bin Malte«, stellte er sich vor. Dann wandte er sich an Elisa. »Wer ist Patrick?«

»Er ist der Enkel des vierten Ehemannes meiner Großmutter«, erklärte sie und zog sich einen Stuhl zurück, um sich an den kleinen Tisch zu setzen.

»Der vierte Ehemann?«, wiederholte Malte und zog überrascht die Augenbrauen hoch.

»Ja, aber sie sind längst wieder geschieden. Und hin und wieder sehen sie sich noch«, erklärte Elisa, bevor sie sich wieder Leni zuwandte: »Könnten wir Kakao und Kuchen bekommen?«

»Aber sehr gern.«

»Ich habe mir wirklich kein gutes Urlaubswetter ausgesucht.« Malte streifte seine nasse Jacke ab und hängte sie über die Stuhllehne.

»Und es soll nicht besser werden. Sie haben gerade angefangen, den Hafen für eine eventuelle Sturmflut abzusichern. Vermutlich wird auch der Fährverkehr am Nachmittag eingestellt. Angeblich kommt da ein richtiger Sturm auf uns zu.«

Malte nahm die dampfenden Tassen entgegen, die Leni ihm über die Verkaufstheke reichte. »Da hatte ich ja Glück, dass ich mich für eine frühe Fähre entschieden habe.«

»Ja, wirklich. So eine Sturmflut ist kein Vergnügen.« Lenis Stimme nahm einen mahnenden Ton an, und Elisa befürchtete, sie würde nun mit ihren alten Geschichten anfangen, denen im Laufe der Jahre immer wieder etwas hinzugedichtet worden war. Schon früher mussten sie und Ruby sich diese Schauermärchen von dunklen Nächten anhören, in denen die meterhohen Wellen drohten, die Insel auf ewig mit sich in die kalten Fluten der Nordsee zu reißen. Noch heute jagten ihr diese Geschichten eine Gänsehaut ein, aber Elisa hatte sie geliebt.

»Mach dir keine Sorgen. Omas Haus liegt zwar nah am Wasser, aber es ist etwas höher gebaut worden. Wir sind da auch bei Sturm sicher.«

»Na dann …« Malte schmunzelte. »Der Kakao schmeckt übrigens hervorragend«, lobte er Leni anschließend. »Elisa hat nicht zu viel versprochen.«

In diesem Moment wurde die Tür aufgestoßen. Zusammen mit Heiko wirbelten einige Blätter ins Innere der Bäckerei. Der Polizist schüttelte sich wie ein nasser Hund. »Das wird noch richtig schlimm heute«, bemerkte er.

»Ja, dieser Sturm hat das Potenzial von der Flut 1965«, bemerkte Leni besorgt und senkte die Stimme. »Das habe ich bereits gespürt, als ich heute Morgen mein Haus verlassen habe. Und mein Bernd sieht das genauso.«

»1965?«, hakte Malte nach.

»Frag besser nicht«, riet Elisa ihm.

»Könnte ich wohl einen Tee bekommen?«, bat Heiko und trat an Elisas Seite, während Leni ihn zubereitete. »Moin zusammen. Ich wollte noch einmal nachfragen, ob gestern wirklich alles in Ordnung war. Der Mann, mit dem Sie gesprochen haben, schien nicht gerade freundlich.«

»Wir haben uns nur unterhalten«, schwindelte sie. Es gefiel ihr gar nicht, dass Malte direkt nach seiner Ankunft mit so vielen unnötigen Fakten konfrontiert wurde. Erst musste Leni unbedingt nach Conor fragen, und jetzt fing Heiko auch noch mit diesem unschönen Zusammentreffen an. Er setzte sein ernstes Polizistengesicht auf und sah Elisa besorgt an. »Falls er Sie doch einmal belästigen sollte, wissen Sie ja, wo Sie mich finden.« Er nahm seinen Tee entgegen und verabschiedete sich schließlich.

»Was war das denn für ein Mann?«, wollte Malte wissen.

»Ach, das war gar nichts. Da war nur so ein komischer Typ auf Omas Party, der hat mich angesprochen. Heiko hat die Situation etwas überbewertet.«

Malte verstand wohl, dass er sich mit dieser Antwort vorerst zufriedengeben musste. Er blickte besorgt aus dem Fenster. Der Sturm rappelte an den Scheiben, aber zumindest hatte der Regen für den Moment nachgelassen.

»Wenn du magst, stelle ich dir noch Carla vor, bevor wir zurück nach Hause laufen.«

»Ja, sehr gerne.«

»Passt auf euch auf da draußen«, riet Leni ihnen. »Und seht zu, dass ihr nach Hause kommt, bevor der Sturm richtig an Fahrt aufnimmt.«

»Hat er das nicht bereits?« Malte musste sich schwer gegen die Tür stemmen, um sie zu öffnen.

»Das ist doch gar nichts«, lachte Leni. »Landratten …« Sie schüttelte verständnislos den Kopf. »Seht zu, dass ihr nicht umgeweht werdet.«

»Das machen wir«, versprach Elisa und zog sich ihre Kapuze über, bevor sie sich auf den kurzen Weg zu Carla machten.

Sie hatten Glück, denn diese wollte soeben ihren Laden schließen. Während sie Balu von der Tür wegschob, wurde sie auf Elisa und Malte aufmerksam. »Eigentlich dachte ich, heute würde niemand mehr vorbeikommen.« Sie hielt den beiden die Tür auf.

»Ich möchte Malte die Insel zeigen. Er ist heute erst angereist.«

»Da hast du dir aber einen guten Tag für deinen Urlaubsbeginn ausgesucht«, scherzte Carla.

»So eine Sturmflut kann doch auch interessant sein. Zumindest, wenn man sie aus sicherem Abstand beobachtet«, entgegnete er.

»Bist du ein Freund von Elisa?«

Er nickte und sah Elisa für einen Moment unsicher an. Diese spürte, dass er vermutlich gerne auch als *ihr* Freund und nicht als *ein* Freund bezeichnet worden wäre. Aber das war doch ein wenig verfrüht. Dennoch hoffte Elisa, dass die nächsten Tage diesbezüglich vielleicht etwas Klarheit bringen würden.

»Möchtet ihr einen Tee mit mir trinken?«

»Wir hatten gerade erst einen Kakao bei Leni.«

Malte sah sich um. »Du hast ja eine riesige Auswahl in deinem Geschäft.«

»Bei Carla habe ich sogar Malereibedarf gefunden«, erklärte Elisa.

»Und gut genutzt«, lobte Carla sie. »Hast du Malte schon dein neuestes Werk gezeigt?«

»Nein, noch nicht.«

»Dann musst du das schnell nachholen.«

»Das werde ich.«

»Du hast die letzten Tage zum Malen genutzt?«, fragte Malte interessiert.

»Ja, es wurde Zeit, weiterzumachen – oder vielmehr einen neuen Anfang zu wagen.«

»Und der ist dir gelungen«, meinte Carla anerkennend.

»Ich kann es kaum erwarten, endlich einmal eines deiner Werke zu sehen.« Malte strich ihr sanft über den Arm. Es war nur eine kleine Geste, aber Elisa spürte seine Zuneigung in diesem Augenblick umso deutlicher.

»Du hast noch nie eines von Elisas Bildern gesehen?«

»Wir haben uns erst nach dem Feuer kennengelernt«, klärte Malte sie auf.

»Du wirst überrascht sein, wie wunderbar sie malen kann.«

Elisa spürte, dass sie verlegen wurde.

»Das glaube ich sofort«, sagte Malte und blickte ihr dabei tief in die Augen.

Sie lächelte schüchtern. »Möchtest du noch ein paar Souvenirs shoppen?«, wechselte sie das Thema.

»Ein anderes Mal vielleicht. Jetzt würde ich gerne mit dir an den Strand gehen. Zumindest, wenn es das Wetter noch zulässt.«

»Wir können es zumindest versuchen«, sagte Elisa. Denn auch sie liebte es, bei Sturm am Wasser zu sein.

»Seht zu, dass ihr rechtzeitig nach Hause kommt, bevor euch die Flut holt.« Carla setzte ein gespielt schauderhaftes Lachen auf.

»Ach, hast du dir auch schon Lenis Geschichten von der Flut 1965 anhören müssen?«, fragte Elisa.

»Ja, heute Morgen beim Brötchenholen.« Carla lachte. »Und ich fand sie echt gut.«

»Schade, jetzt würde ich sie ja auch gerne mal hören«, meinte Malte.

»Das wird Leni sicherlich nachholen. Aber jetzt gehen wir erst einmal an den Strand.«

Malte lächelte und folgte Elisa nach draußen.

Kapitel 25

DIE Wellen türmten sich bedrohlich auf, bevor sie krachend an Land brachen. Der Sturm hatte in der letzten Stunde noch zugelegt, sodass es Elisa zunehmend schwerfiel, sich gegen die aufbrausenden Böen zu stemmen. Auf dem Weg zur Wasserkante musste sie den Kopf senken und zeitweise die Augen schließen, um sich vor dem aufwirbelnden Sand zu schützen. Doch Malte hielt sie fest an der Hand, und so fühlte Elisa sich sicher. Auf keinen Fall wollte sie sich dieses Schauspiel entgehen lassen. Schon immer war sie fasziniert von den gewaltigen Kräften, die so ein Orkan mit sich brachte. Sie dachte daran, wie friedvoll die Nordsee gestern noch vor ihr gelegen hatte, beinah wie ein großer See – idyllisch und still. Davon war nun nichts mehr zu sehen. Das Wasser war grau und aufgewühlt, die Brandung so stark, dass sie einen großen Teil des Strandes bereits überschwemmte.

Elisa spürte, dass Malte sich dicht hinter sie stellte und beide Arme um sie legte, so als wolle er sie davor bewahren, einfach mitgerissen zu werden. Elisa genoss seine Nähe, die ihr Sicherheit und Geborgenheit vermittelte.

»Beeindruckend, nicht wahr?«, hauchte er in ihr Ohr.

»Wie gerne würde ich die Szene malen«, gestand Elisa.

Der Regen hatte wieder eingesetzt, und so langsam wurde es hier draußen so richtig ungemütlich.

»Du musst das Bild vor deinem inneren Auge festhalten«, riet Malte ihr. »Betrachte es so lange, bis du dir ganz sicher bist, dass es nicht verloren geht. Und dann male.«

Elisa lächelte. Sie versuchte, alles in sich aufzusaugen. Nicht nur das, was offensichtlich vor ihr lag. Auch das, was man nicht mit den Augen sah. Den Geruch nach Salz und Seetang, das Rauschen des Sturmes und den Klang der Wellen, die die Kraft hatten, alles mit sich zu reißen. Dann drehte sie sich zu ihm. Malte blickte sie so liebevoll an, dass Elisa gar nicht anders konnte, als ihm spontan einen Kuss zu geben. So wie es in ihrer Art lag, eher schüchtern und zurückhaltend, doch voller Gefühl.

»Daran könnte ich mich gewöhnen.« Er lächelte.

»Wir sollten jetzt aber wirklich ins Haus gehen«, schlug Elisa vor, denn auch der Regen hatte noch weiter an Intensität gewonnen. Malte legte einen Arm um sie, bevor sie sich gemeinsam auf den Rückweg machten. Bevor sie endgültig den Strand verließen, blickte Elisa noch einmal zurück.

Einfach nur beeindruckend... ging es ihr durch den Kopf, bevor sie sich für heute endgültig vom Strand verabschiedete.

***

Es war gemütlich, zusammen in Omas Wohnzimmer zu sitzen, während der Sturm an den dünnen Fenstern rappelte, der Regen an die Scheiben prasselte und man das Gefühl genießen konnte, nur ein Zuschauer des Spektakels zu sein, ohne sich fürchten zu müssen. Elisa saß gemeinsam mit Ruby, Gesa und Malte am Tisch. Sie spielten Poker. Dieses Spiel hatte Oma ihnen bereits vor vielen Jahren beigebracht und ihnen dabei manches Mal ihren Einsatz abgenommen, der meistens aus banalen Dingen wie Bonbons oder anderen Kleinigkeiten bestanden hatte. Andere hätte es vielleicht kritisch betrachtet, Jugendliche in die Kunst des Pokerspielens einzuführen, aber Oma hatte immer geschafft, das Ganze vor einen erzieherischen Hintergrund zu stellen. »Man muss eben lernen, nicht alles auf eine Karte zu setzen«, war nur einer ihrer beliebten Sprüche gewesen. Oder auch: »Wer auch im Leben ein Pokerface aufsetzen kann, gewinnt.«

Im Nachhinein dachte Elisa gerne an diese gemeinsamen Spielrunden, und an diesem Abend fühlte sie sich beinah in diese Zeit zurückversetzt. Nur, dass es damals noch keinen Malte gegeben hatte. Ihm zuliebe verzichtete Gesa auf einen echten Einsatz und griff stattdessen auf die bunten Pokerchips zurück. Doch ansonsten fühlte es sich so an, als gehöre Malte bereits dazu, und Elisa spürte, dass Oma Gesa ihn längst in ihr Herz geschlossen hatte. Vor allem, da auch ihre Katzen ihn zu mögen schienen und Ruby bereits seit geraumer Zeit auf seinem Schoß saß.

»Lustig, dass gerade Ruby, die Katze, so auf dich abfährt und nicht Elisa«, scherzte Ruby und fand das Spiel mit den Katzennamen zum ersten Mal wirklich witzig.

»Was soll daran so lustig sein?«, fragte Elisa, musste dann aber auch grinsen.

»Ich bin ohnehin der Meinung, dass du deine Katzen endlich umbenennen solltest«, meinte Ruby.

»Warum denn? Die armen Tierchen würden doch ganz durcheinanderkommen, wenn sie plötzlich andere Namen hätten.« Gesa wollte in die Schüssel mit Knabbereien fassen, die zwischen ihnen auf dem Tisch stand, doch diese war leer.

»Ich fülle sie schnell auf«, bot Elisa an und eilte in die Küche, um an Omas Vorräte zu gehen. In diesem Moment klingelte ihr Handy. Elisa stockte kurz, als sie die Nummer erkannte. Es war Conor. Sie hörte Malte nebenan über irgendetwas lachen. Auf keinen Fall sollte er mitbekommen, dass sie mit Conor sprach. Also lehnte sie zunächst die Küchentür an, bevor sie sich meldete.

»Elisa, gut, dass ich … erreiche.« Die Verbindung war sehr schlecht. Ein Rauschen und Rascheln durchbrach jedes zweite Wort. »Ich bin …« Wieder war das Gespräch unterbrochen. Stand Conor draußen im Sturm? Zumindest hörte es sich haargenau so an.

»Conor, ich verstehe ich dich kaum.«

»Elisa?«, fragte er. Offensichtlich hatten ihn auch ihre Worte nicht erreicht. Dennoch sprach er weiter. »Du musst aufpa… Er weiß es.«

»Er weiß es?«, wiederholte sie. »Wer weiß was?«

»Danny … Die Bilder …«

»Conor?«, rief sie aufgeregt. Hatte er sie warnen wollen? Vor Danny? Warum war die Verbindung bloß so schlecht. »Conor?«, versuchte Elisa es erneut, aber leider ohne Erfolg. Das Gespräch war nun endgültig unterbrochen worden. Sie wollte noch einmal seine Nummer wählen, aber Gesa kam in diesem Moment zu ihr.

»Wo bleibst du denn? Findest du die Knabbereien etwa nicht?«

»Ich weiß doch, wo du deine Vorräte lagerst.« Elisa hielt ihr eine Chipstüte entgegen und versuchte sich an einem Lächeln.

»Dann komm endlich, wir wollen weiterspielen.«

Sie folgte Oma Gesa zurück ins Wohnzimmer. Doch die Frage, was Conor ihr hatte sagen wollen, ließ Elisa den ganzen Abend nicht mehr los.

***

Nachdem Gesa und Ruby sich irgendwann zurückgezogen hatten, blieb Elisa unschlüssig neben Malte auf der Couch sitzen. Es war spät geworden. Der Sturm fegte immer noch unerbittlich über die Insel. Vermutlich würden seine Ausläufer auch morgen noch zu spüren sein.

»Heute Nacht wirst du das Rauschen der Wellen bis in dein Schlafzimmer hören können«, vermutete Elisa.

»Schade, dass es schon dunkel ist. Du hast mir so von dem Ausblick aus deinem Zimmer vorgeschwärmt, dass ich gerne mal einen Blick aus dem Fenster geworfen hätte. Bestimmt ist es großartig, von dort oben auf das stürmische Meer zu blicken.«

»Ja, das ist es.«

Nachdem Malte einen Arm um sie gelegt hatte, rückte sie etwas näher. Er blickte ihr tief in die Augen, lächelte liebevoll und küsste sie schließlich. Elisa spürte einmal mehr, wie sehr sie seine Nähe genoss. Er weckte Gefühle in ihr, die sie so niemals zuvor gespürt, vielleicht einfach auch nicht zugelassen hatte. Wie hatte Marie gesagt? Sie stand ihrem Glück einfach viel zu oft selbst im Weg. Aber das würde sich von nun an ändern.

Vielleicht war es auch die Gewissheit, dass Malte sie so akzeptieren würde, wie sie war, dass sie sich in seiner Gegenwart niemals verstellen musste. Er würde ihre ruhige, schüchterne Seite gleichermaßen annehmen wie die wagemutige, die nur so selten aus ihr herausbrach. Und während sie nun so eng umschlungen zusammensaßen und sich küssten, fragte sich Elisa, welche Seite heute Abend wohl gewinnen würde. Sie sehnte sich mehr nach ihm, als sie sich in den letzten Tagen eingestanden hatte.

Ein plötzliches Poltern vor dem Haus ließ sie aufschrecken.

»Was war das?«, fragte Malte erschrocken und eilte zum Fenster.

»Vielleicht hat der Wind irgendetwas umgeworfen«, überlegte Elisa.

»Ich glaube, der kleine Apfelbaum im Vorgarten ist umgestürzt.« Malte erkannte in der Dunkelheit nur schemenhaft, dass etwas auf der Wiese lag.

»Ich glaube, du solltest heute nicht mehr rüber in die Ferienwohnung gehen«, entschied Elisa. »Das ist viel zu gefährlich.«

»Meinst du, deine Oma hat was dagegen, wenn ich auf der Couch schlafe?«, fragte Malte.

»Sicher nicht, aber das musst du auch gar nicht.« Sie streckte ihm ihre Hand entgegen.

»Du meinst …«

Elisa erkannte an seinen geröteten Wangen, dass auch Malte unsicher war. »Du kannst bei mir schlafen.«

Malte folgte ihr die Treppe hinauf. Elisa bemerkte erleichtert, dass Ruby ihre Zimmertür bereits geschlossen hatte. Dafür kam Oma Gesa genau in dem Moment aus dem Bad, als sie und Malte sich in ihr Zimmer zurückziehen wollten.

»Du schickst Malte heute also nicht mehr in die Ferienwohnung zurück«, bemerkte sie und konnte sich ein Grinsen nicht verkneifen.

»Da draußen ist es viel zu gefährlich«, rechtfertigte Elisa sich schnell.

»Ein Baum im Vorgarten ist umgestürzt«, fügte Malte hinzu.

»Verstehe …«, sagte Gesa nur. »Dann schlaft mal gut.« Sie zwinkerte Elisa zu.

Diese ging nun mit Malte in ihr Zimmer und schloss zögernd die Tür. Dann setzte sie sich auf die Bettkante. Unter ihrer Decke lugte ein Zipfel ihres Flanellpyjamas hervor.

»Ich habe meinen Schlafanzug drüben in meinem Koffer«, erinnerte Malte sich.

»Ich habe so ein übergroßes Sweatshirt. Das kannst du gerne haben.« Elisa stand auf und holte es hervor.

»Da sind Häschen drauf«, bemerkte Malte. Er sah sie dermaßen entsetzt an, dass Elisa lachen musste, und damit steckte sie ihn so sehr an, dass auch Malte kurz darauf lachend auf ihr Bett fiel und sich die Augen rieb.

»Wir sind schon zwei«, meinte er, nachdem sie sich wieder beruhigt hatten. Er drehte sich zu ihr und wurde plötzlich ernst. »Du weißt, dass ich nichts von dir erwarte? Wir kennen uns erst so kurz, auch wenn es sich für mich anfühlt, als wärst du schon sehr lange ein Teil meines Lebens.«

»Ich weiß, was du meinst«, entgegnete Elisa. »Ich fühle mich sehr sicher bei dir, aber ich hatte bisher noch keine ernsten Beziehungen.«

»Ich möchte, dass das mit uns etwas ganz Besonderes wird. Und deswegen sollten wir nichts überstürzen. Was hältst du davon, wenn ich mich heute Nacht einfach zu dir lege? Dann können wir gemeinsam dem Sturm lauschen.«

»Das würde ich sehr gerne«, sagte sie und hauchte ihm einen zarten Kuss auf die Lippen.

»Und dabei trage ich dein Häschenshirt«, sagte er lachend.

Kapitel 26

EIN Poltern ließ Elisa hochschrecken. Malte lag dicht neben ihr und schlief. Sie lauschte in die Stille hinein und war plötzlich hellwach. Irgendetwas sagte ihr, dass das Geräusch nicht vom Wind verursacht worden war, dass es nicht einmal von draußen gekommen war. Sein Ursprung musste im Haus liegen. Sie stand leise auf und schlich in den Flur. Im gleichen Augenblick kam Gesa aus ihrem Schlafzimmer. Sie zuckte lautlos zusammen, als sie Elisa sah. »Hast du auch dieses Poltern gehört?«, flüsterte diese.

»Ja, ich habe seit der Sache mit den Bildern einen leichten Schlaf.«

Beide blieben für ein paar Sekunden stehen und lauschten.

»Da!«, rief Elisa leise aus. Sie glaubte, Schritte aus dem Erdgeschoss zu hören.

»Und wenn es nur Ruby ist?«, überlegte Gesa. Sie blickte zu ihrer Zimmertür, doch diese war geschlossen.

»Sollen wir nachsehen?« Elisa zögerte.

»Das müssen wir wohl.« Gesa nahm eine Vase von dem kleinen Tischchen im Flur.

»Was hast du denn damit vor?«

»Im Zweifelsfall zuschlagen, falls es sich um einen Einbrecher handelt.«

Sie liefen zur Treppe. Oma Gesa ging voraus. Unten angekommen bemerkten beide sofort, dass die Haustür offen stand. Knarrend bewegte sie sich im Wind. Der Boden im Eingangsbereich war bereits vom immer noch anhaltenden Regen durchnässt. Einige Blätter wirbelten umher. Gesa und Elisa tauschten einen alarmierenden Blick. Dann sah Elisa einen Lichtstrahl, der unter der Wohnzimmertür hindurchschien. Kurz darauf folgten erneut leise Schritte. Als jemand die Klinke hinunterdrückte, wichen Elisa und Gesa einen Schritt zurück und versteckten sich hinter der Wand. Wer auch immer im Haus war, er hatte sie noch nicht bemerkt. Ein Mann trat nun in den

Flur. In dem Moment, in dem er an den beiden vorbeilief, holte Gesa mit der Vase aus und schlug zu. Der Eindringling duckte sich blitzschnell, sodass die Vase nur seine Schulter traf. Dennoch ging er stöhnend in die Knie. Elisa drückte eilig auf den Lichtschalter und erkannte, wer vor ihnen lag. Es war Danny. Sein nasses Haar und die triefende Kleidung sprachen dafür, dass er eine Weile durch den Sturm gelaufen war. Danny erholte sich schnell von dem Schlag und kam zurück auf die Füße, noch bevor Gesa sich ein zweites Mal zur Wehr setzen konnte. Dann fasste er unter seine Jacke und zog eine Waffe.

»Keiner bewegt sich!«, rief er aufgebracht.

»Was ist denn hier los?« Ruby erschien oben an der Treppe, dicht gefolgt von Malte.

»Oh mein Gott«, sagte dieser angesichts der Waffe.

»Wer sind Sie?« Gesas Stimme klang fest. Sie ließ sich ihre Angst kaum anmerken.

»Möchtest du ihr vielleicht sagen, wer ich bin?«, wandte Danny sich grinsend an Elisa.

»Woher sollte ich das wissen?« Sie schluckte schwer.

»Ach, komm schon. Ich weiß doch, dass Conor dich angerufen hat, um dich vor mir zu warnen.«

»Du bist Danny, Conors ehemaliger Partner«, sagte Elisa schließlich.

»Conor?« Ruby klang verwirrt.

»Was wollen Sie von uns?«, fragte Gesa. »Conor hat die Insel längst verlassen.«

»An ihm bin ich auch nicht interessiert, sondern an den Bildern, die er und Oscar zurückgelassen haben.«

»Die Bilder sind nicht mehr hier«, erklärte Elisa und umschlang mit ihrer Hand fest das Treppengeländer. Sie hatte Angst.

»Und du denkst, das glaube ich dir?« Danny lachte kurz auf.

»Das können Sie ruhig. Meine Schwester lügt nämlich nie«, warf Ruby ein.

»Kommt alle mit ins Wohnzimmer«, forderte Danny sie auf. »Dort reden wir weiter.«

Malte und Ruby liefen die Treppe hinab.

»Setzt euch dorthin!« Danny zeigte mit seiner Waffe auf die Couch. »Ich will euch im Blick haben.«

Sie quetschten sich zu viert nebeneinander. Elisa spürte Maltes Blick auf sich ruhen. Er saß dicht neben ihr. Sie bemerkte seine Anspannung. Was mochte er jetzt wohl von ihr denken? Und wie würde sie ihm all das erklären, falls sie unbeschadet aus dieser Situation herauskämen? Neben ihrer Angst stieg eine unbändige Wut in ihr auf. Insbesondere auf Conor, durch den sie immer wieder in Schwierigkeiten geriet. Sie tauschte einen hilfesuchenden Blick mit Gesa, aber auch ihre Großmutter schien keinen Ausweg zu kennen. Das entmutigte Elisa. Oma Gesa war immer eine Lösung eingefallen, wenn sie und Ruby einmal nicht weitergewusst hatten.

Danny lief unruhig vor ihnen auf und ab. »Also, wo sind die Bilder?«

»Meine Enkelin sagte Ihnen doch bereits, dass sie nicht mehr hier im Haus sind.«

»Das hat Conor auch behauptet, bevor ich ihn am Strand zurückgelassen habe.«

»Er ist draußen am Strand?« Elisa konnte nicht leugnen, dass sie sich trotz allem Sorgen machte. Hatte Danny ihm womöglich etwas angetan? Jemanden bei so einem Sturm hilflos in Wassernähe zurückzulassen, konnte tödlich enden.

»Von welchen Bildern spricht dieser Kerl überhaupt?«, wollte Ruby wissen.

»Ich sehe, es sind wohl nicht alle an den Familiengeschäften beteiligt«, bemerkte Danny.

»Familiengeschäfte?« Malte sah Elisa fragend an.

»Es tut mir so leid«, flüsterte sie leise.

»Ich kann in zehn Minuten von hier verschwunden sein«, sagte Danny. »Aber ich gehe nicht ohne die Bilder.«

»Wie oft sollen wir das noch sagen? Die Bilder …«

»Ich glaube euch kein Wort!«, schrie Danny aufgebracht. Elisa erkannte in seinen Augen, dass er es ernst meinte. »Wenn ihr es mir nicht freiwillig sagen wollt, stelle ich das Haus so lange auf den Kopf, bis ich sie gefunden habe. Und ich werde dabei keine Rücksicht auf Großmutters wertvolle Erinnerungsstücke nehmen.« Er grinste.

»Mistkerl!«, fluchte Gesa.

Elisa spürte Maltes Hand auf ihrer. Er strich sanft mit dem Daumen über ihre Handfläche. Diese kleine Geste bedeutete unendlich viel für sie, denn sie verstand, dass Malte sogar jetzt zu ihr hielt. Ohne die Zusammenhänge zu kennen oder zu wissen, in was er da hineingeraten war, stand er an ihrer Seite, und das zeigte Elisa, dass sie sich wirklich immer auf ihn verlassen konnte. Aber jetzt war es erst einmal an ihr, Stärke zu zeigen. Sie musste handeln, bevor noch jemand verletzt wurde oder dieser Danny mit seiner Drohung ernst machte und das ganze Haus auseinandernahm. Wenn es einmal im Leben wirklich darauf angekommen war, dass sie aus sich herauskam und zeigte, dass mehr in ihr steckte, dann war jetzt wohl der richtige Moment. Entschlossen stand Elisa auf. »Ich zeige dir, wo die Bilder sind.«

»Aber …«, setzte Gesa an, doch Elisas entschlossener Blick brachte sie zum Schweigen.

»Wir müssen in den Keller«, erklärte Elisa schnell.

»Dann los.« Danny drückte ihr die Waffe in den Rücken.

»Ich komme mit«, sagte Malte verzweifelt und sprang ebenfalls vom Sofa auf. Angst lag in seinem Blick.

»Nein, nur sie kommt mit mir«, sagte Danny.

»Mach dir keine Sorgen.« Elisa wunderte sich, wie ruhig sie plötzlich klang. Irgendetwas sagte ihr, dass alles gut werden würde.

»Ihr wartet hier. Und kommt nicht auf die Idee, euren Inselpolizisten zu verständigen. Vergesst nicht, dass ihr in der Sache genauso mit drinhängt wie ich.«

»Wie sollten wir das vergessen?«, schnaubte Gesa.

»Wir kommen nur von außen in den Keller«, sagte Elisa. »Wir müssen hinters Haus.«

»Worauf wartest du?«, meinte Danny. »Geh vor!«

Elisa nahm den Kellerschlüssel vom Schlüsselbord neben der Haustür und trat nach draußen.

Ihr schlug ein eisiger Wind entgegen, der erbarmungslos durch den dünnen Stoff ihrer Schlafanzughose drang. Der umgestürzte

Apfelbaum lag quer über der Wiese, und sie mussten vorsichtig über den Stamm steigen. Der Regen fiel so dicht, dass man kaum etwas erkennen konnte. In der Ferne rauschte die Brandung. Das tosende Geräusch ließ Elisa an Conor denken. Ob es ihm gut ging?

Schnell führte sie Danny zu der Treppe, die wie ein dunkles Loch vor ihr lag. Jetzt nur nicht stürzen. Jetzt bloß die Ruhe bewahren.

Elisa trat an die Tür und drehte den Schlüssel herum. Hätte sie sich ein wenig mehr angestrengt, wäre es ihr vielleicht gelungen, die schwere Eisentür zu öffnen. Aber diese Art von Stärke sah ihr Plan nicht vor.

»Es geht nicht«, sagte sie. »Der Wind drückt zu sehr dagegen.«

»Lass mich mal.« Danny steckte die Waffe in den Bund seiner Hose, während Elisa einen halben Schritt zurücktrat. Er zog kräftig an der Klinke, bis sich die Tür schließlich öffnete. Dann machte er einen Schritt in den dunklen Gang. Elisa zögerte nicht lange. Mit einem Ruck stieß sie die schwere Tür hinter ihm zu. Und noch ehe Danny reagieren konnte, drehte sie den Schlüssel im Schloss herum. Sie hörte nur gedämpft, wie Danny wütend gegen die Tür hämmerte, doch es gab kein Entkommen. Der Keller hatte keine Fenster und keinen anderen Ausgang.

Sie rannte eilig zurück ins Haus. Dort drangen die unruhigen Stimmen ihrer Familie aus dem Wohnzimmer.

»Elisa!« Malte hatte sie zuerst entdeckt. Er stürzte auf sie zu und drückte sie, ungeachtet ihrer nassen Kleidung, fest an sich. »Wir wollten euch gerade nachgehen.«

»Wo ist dieser Typ?«, wollte Ruby wissen.

»Eingesperrt im Keller.« Elisa lächelte stolz.

»Wie ist dir das gelungen?«, fragte Oma Gesa beeindruckt.

»Das erzähle ich euch später. Wir müssen Conor finden. Wer weiß, was Danny ihm angetan hat.«

»Du hast recht«, stimmte Gesa ihr zu. »Wenn er irgendwo draußen am Strand liegt, dürfen wir keine Zeit verlieren.«

Sie hatten sich in zwei Gruppen aufgeteilt. Während Gesa zusammen mit Ruby nach Conor suchte, zog Elisa mit Malte los.

Es fühlte sich beinah gespenstisch an, bei Sturm und Regen durch die Nacht zu laufen. Der dichte Regen raubte ihnen jegliche Sicht. Hinzu kam die durchdringende Dunkelheit. Sie hatten eine Taschenlampe dabei, aber deren Schein erhellte immer nur ein paar wenige Meter vor ihnen. Mit gesenktem Kopf kämpften sie sich Stück für Stück voran. Elisa wusste, dass Malte viele Fragen haben würde. Umso mehr bewunderte sie ihn dafür, dass er in dieser Nacht, nach allem, was sie schon erlebt hatten, mit ihr loszog, um nach einem Mann zu suchen, den er nicht kannte. Und damit begab auch er sich in Gefahr. Am Strand war es momentan alles andere als sicher.

Malte leuchtete in Richtung Wasser. Das tosende und donnernde Geräusch der anrollenden Wellen kündigte die bedrohliche Lage schon an, bevor sie selbst einen Blick auf die Nordsee werfen konnten. Mehr als zwei Drittel des breiten Strandes waren bereits überspült. Und dem Sturm schien die Puste lange noch nicht auszugehen. Elisa hatte Angst um Conor. Das konnte sie nicht leugnen. Den Gedanken, dass sie ihn vielleicht nicht mehr retten konnten, wollte sie einfach nicht zulassen.

Sie nahm Malte die Taschenlampe aus der Hand und leuchtete hektisch den Strand entlang. Doch dieser lag verlassen vor ihnen.

»Wir müssen weiter«, drängte Elisa ihn.

Das Gehen im Sand fiel ihnen schwer, und sie kamen nur langsam voran. Es war anstrengend, gegen den Wind anzukämpfen, der einem förmlich die Luft zum Atmen raubte. Doch sie durften nicht aufgeben. Vermutlich waren sie Conors einzige Chance.

»Elisa«, sagte Malte plötzlich. Er zeigte aufgeregt auf eine Stelle ein paar Meter vor ihnen. »Da hinten liegt jemand.«

Sie folgte hektisch seinem Blick. Ein regloser Körper lag unmittelbar an der Wasserkante. Es würde nur noch eine Frage von Minuten sein, bis ihn die Wellen überspülten.

»Conor!«, rief Elisa erschrocken und rannte zu ihm, dicht gefolgt von Malte. Conor lag auf der Seite. Er war völlig durchnässt. Sein sandiges Haar fiel ihm ins Gesicht. An der Stirn hatte er eine blutende Wunde. Seine Augen waren geschlossen.

»Lebt er noch?«

Malte kniete sich neben Elisa. Er fühlte seinen Puls, dann nickte er Elisa mit einem knappen Lächeln zu. »Er ist nur bewusstlos, aber vermutlich völlig unterkühlt.«

In diesem Moment spülte eine besonders starke Böe die nächste hohe Welle bis zu ihnen heran. Malte packte beherzt zu und zog Conor im letzten Moment zur Seite. Dieser begann plötzlich zu husten.

»Er kommt zu sich«, bemerkte Elisa.

Tatsächlich öffnete er in diesem Moment die Augen. »Elisa?«, fragte er schwach.

»Wir müssen dich schnell ins Warme bringen«, erklärte sie und strich ihm erleichtert übers Haar.

»Danny ist auf der Insel. Er hat mich niedergeschlagen, weil ich ihn nicht zu den Bildern führen wollte. Ihr müsst Gesa und Ruby warnen. Er ist auf dem Weg zu euch.«

»Keine Sorge, um den habe ich mich schon gekümmert«, sagte Elisa. Conor blinzelte sie irritiert an.

»Und jetzt müssen wir uns erst einmal um dich kümmern«, meinte Malte. »Kannst du aufstehen?«

»Es wird schon gehen.« Er nahm Maltes Hand und ließ sich von ihm hochhelfen. Dann stützte er sich schwach auf ihn. Dabei fiel sein Blick zurück auf das tosende Meer. Elisa wusste, was in Conor vorging. Auch er verstand in diesem Augenblick, wie knapp die Sache für ihn ausgegangen war. Er schenkte ihr ein kurzes Lächeln und nickte ihr dankbar zu. Dann machten sie sich auf den Weg zurück ins Haus.

Kapitel 27

»GUT, dass Malte Rettungssanitäter ist«, bemerkte Gesa, während Conor unter zwei Wolldecken auf der Couch lag und Malte seine Wunde versorgte.

»Vielleicht sollte ihm jemand eine heiße Brühe kochen.«

»Die können wir wohl alle gebrauchen.« Elisa wischte sich eine nasse Haarsträhne aus der Stirn.

Ruby räusperte sich. »Eine heiße Brühe und zum Hauptgang eine Menge Erklärungen.«

»Die bekommst du, wenn wir uns alle ein wenig erholt haben«, versprach Gesa und ging in die Küche.

»Was wird denn jetzt aus Danny?«, überlegte Elisa. »Wir können ihn ja nicht ewig im Keller lassen.«

»Und wenn doch, finden unsere Nachfahren eines Tages nur noch seine Knochen«, sagte Ruby. »So wie in dem Film neulich. Erinnerst du dich?«

»So weit wollen wir es lieber nicht kommen lassen.« Conor richtete sich langsam auf.

»Du solltest noch etwas liegen bleiben«, riet Malte ihm. »Vielleicht hast du eine Gehirnerschütterung.«

»Es geht mir gut«, versicherte er ihm. »Aber danke für deine Hilfe.«

Gesa servierte nun die heiße Brühe. Sie reichte jedem eine dampfende Tasse. »Danach sollten wir uns alle etwas besser fühlen.«

»Ich fühle mich erst besser, wenn dieser Kriminelle nicht mehr im Haus ist«, stellte Ruby klar.

»Wen meinst du? Conor oder Danny?«, wollte Gesa wissen.

»Beide«, betonte sie streng.

»Was hast du jetzt vor?« Elisa sah Conor besorgt an. »Du kannst dich doch nicht allein um Danny kümmern. Er ist bewaffnet, und du bist noch ganz schwach auf den Beinen.«

»Wäre jetzt nicht der Zeitpunkt, an dem wir die Polizei anrufen sollten?«, warf Malte ein.

»Das wollte ich auch gerade vorschlagen«, schloss Ruby sich an.

Gesa und Elisa tauschten einen stummen Blick. »Wir können die Polizei nicht rufen«, entschied Gesa.

»Aber warum denn nicht?«, fragte Ruby verständnislos.

»Das werden wir dir später erklären.«

»Auf die Erklärung bin ich echt mal gespannt«, schnaubte sie.

»Ich werde Oscar holen«, entschied Conor. »Zusammen werden wir Danny schon in den Griff bekommen.«

»Oscar?« Gesa sah ihn überrascht an. »Der ist doch gar nicht mehr auf der Insel.«

»Doch, ist er. Er hatte sein schickes Hotelzimmer immerhin schon für eine Woche im Voraus bezahlt.« Er grinste.

»Er ist nicht abgereist, obwohl ich ihn dazu unmissverständlich aufgefordert habe?«, fragte Gesa erbost.

»Sieht wohl so aus«, meinte Conor schulterzuckend.

»Ich habe die Männer einfach nicht mehr im Griff«, bemerkte Gesa missmutig.

»Aber auch, wenn ihr zu zweit seid, hat Danny noch seine Waffe«, erinnerte Elisa ihn besorgt.

»Wir regeln das schon«, versprach Conor. »Ich verspreche euch, dass Danny morgen früh verschwunden ist und er euch nie wieder belästigen wird. Mehr müsst ihr nicht wissen.«

»Gilt das auch für dich und Oscar?« Gesa sah ihn streng an. »Werdet ihr auch verschwunden sein und uns zukünftig in Ruhe lassen?«

»Wenn ihr das wirklich wollt …« Während Conor das sagte, sah er ausschließlich Elisa an. Diese nickte nur schweigend. Es hatte schon einen Abschied zwischen ihnen gegeben, und sie war nicht bereit, diesen zu wiederholen. Zur Untermalung ihres Standpunktes stellte sie sich an Maltes Seite und ergriff seine Hand. Und Conor schien zu verstehen. Er lächelte traurig.

»Danke noch mal … für alles«, sagte er schließlich. Dann wandte er sich ab.

Immer noch vor Kälte zitternd, lag Elisa unter ihrer Decke, dicht neben Malte. Er hatte einen Arm um sie gelegt. Seit sie sich auf ihr Zimmer zurückgezogen hatten, war er sehr schweigsam.

»Du wartest sicherlich auf eine Erklärung, oder?« Elisa drehte sich zu ihm.

»Ja, natürlich möchte ich wissen, was da heute Nacht geschehen ist. Schließlich hat man uns mit einer Waffe bedroht, wir haben diesen Conor verletzt am Strand aufgesammelt und weder du noch Gesa wolltet die Polizei hinzuziehen.«

Er sprach ganz ruhig. Das bewunderte Elisa angesichts dieser Situation.

»Und du hast es auch verdient, die Wahrheit zu erfahren. Immerhin habe ich dich da mithineingezogen.«

»Aber?«, fragte Malte.

»Ich müsste vielleicht ein paar kleine Details auslassen. Nicht, um mich zu schützen, sondern einen anderen Menschen, der mir sehr nahesteht.«

»Conor?«

»Nein, natürlich nicht«, widersprach sie energisch.

»Ich dachte nur … Er hat dich auf so eine spezielle Weise angesehen.«

»Ich möchte gar nicht leugnen, dass es da mal Gefühle zwischen uns gab, und es wäre gelogen, zu behaupten, dass er mir völlig gleichgültig ist«, sagte Elisa ehrlich, denn Aufrichtigkeit war das Mindeste, das sie Malte schuldig war. »Aber das hat nichts mit uns beiden zu tun, und ich möchte nicht, dass es zwischen uns steht. Das mit uns ist etwas ganz Anderes, etwas Besonderes. Das habe ich heute Nacht gespürt. Du bist mir bedingungslos durch den Sturm gefolgt, hast meine Hand gehalten, als Danny uns bedroht hat, und warst die ganze Zeit über an meiner Seite.«

»Das ist doch selbstverständlich.«

»Nein, Malte. Das ist es eben nicht. Du bist ganz besonders, und ich möchte nichts lieber, als mit dir zusammen zu sein.« Elisa war sich in diesem Punkt völlig sicher.

»Und werde ich irgendwann die ganze Wahrheit hinter dieser verrückten Geschichte erfahren?« Er strich ihr liebevoll übers Haar.

»Ja, eines Tages wirst du das. Das verspreche ich dir.«

Sie küsste ihn zärtlich. Elisa wollte Malte in dieser Nacht ganz nah sein. Das sagte ihr Herz. Und manchmal war es wichtig, einzig und allein darauf zu hören.

Epilog

ELISA saß an ihrem Fenster und blickte nach draußen. Die Nordsee lag ruhig und friedlich vor ihr. Beinah hatte es den Anschein, als hätte es den Sturm nicht gegeben, und auch sonst musste man nach den Spuren der zurückliegenden Nacht regelrecht suchen. Conor hatte sein Versprechen wahrgemacht. Als sie am nächsten Morgen in den Keller gegangen waren, hatten sie diesen leer vorgefunden. Mit einem Anruf im Hotel hatte Gesa sich dann vergewissert, dass Oscar dieses Mal auch wirklich abgereist war. Sie gab sich erleichtert über die Tatsache, dass er am frühen Morgen ausgecheckt hatte. Aber Elisa konnte wohl am besten verstehen, wie es tief im Inneren ihrer Großmutter aussah.

Sie blickte zum Strand hinunter und sah Malte am Wasser entlanglaufen. Es war verständlich, dass er nach dem Erlebten einen Moment für sich brauchte. Sie alle waren noch etwas aufgewühlt. Doch gleichzeitig fühlte Elisa eine Ruhe und Ausgeglichenheit in sich, die sie lange nicht erlebt hatte. Es war das sichere Gefühl, dass nun alles gut werden würde. Es gab Menschen an ihrer Seite, die immer zu ihr hielten, ganz egal wie stürmisch es so manches Mal im Leben zuging.

Erneut blickte sie aufs Wasser hinaus. Ein paar harmlose Wellen schwappten an Land. Sie glaubte beinah, das leise Plätschern hören zu können. Am Himmel war keine Wolke zu sehen. Der Sturm hatte Dunkelheit und Tristesse einfach mit sich genommen und Platz für einen wunderschönen, klaren Tag geschaffen.

Elisa baute ihre Staffelei vor dem Fenster auf und griff zu Pinsel und Farben.

Dann begann sie zu malen …

ENDE

Eine kleine Bitte zum Schluss …

Wir hoffen, Ihnen hat dieses Buch gefallen …
Der schnellste Weg, andere Leser da draußen an Ihren Erfahrungen mit diesem Buch teilhaben zu lassen, ist eine Rezension im Online-Buch-Shop. Ihr Feedback hilft nicht nur anderen Lesern, Neues zu entdecken, sondern auch dem Autor, zu verstehen, was aus Lesersicht in diesem Buch gut und weniger gut ist. So kann sich der Autor weiterentwickeln und Ihnen sowie anderen Lesern in Zukunft noch schönere Geschichten präsentieren. Außerdem sind Ihre Erfahrungen, Erkenntnisse und Eindrücke als ehrliches Leser-Feedback eine enorme Wertschätzung vieler liebevoller Arbeitsstunden, die in dieses Buch geflossen sind.

Danke also schon im Voraus, wenn Sie sich zwei bis drei Minuten Zeit nehmen und eine kleine Bewertung zum Buch z.b. auf Amazon veröffentlichen.

Mehr zur Autorin finden Sie auf
www.brigitteploenes.de, www.facebook.com/autorinbrigitteploenes
und www.feuerwerkeverlag.de/ploenes

Abonnieren Sie auch unseren Verlags- und Autoren-Newsletter und erfahren Sie so als Erster von unseren **Neuerscheinungen, Autorennews** und exklusiven **Buch-Gewinnspielen**:
www.feuerwerkeverlag.de/newsletter

Weitere Bücher des Verlages

Nach deinem Irgendwann

Josefine Weiss

Der Einzug eines neuen Nachbarn wirbelt Annas strukturiertes Leben schlagartig durcheinander. Denn Nils weckt Sehnsüchte in ihr, die sie sich vor langer Zeit zu fühlen verboten hat. Plötzlich ist sie gezwungen, ihr Dasein als Ersatzmutter für ihre Geschwister und ihr eigenes Leben auf dem Abstellgleis zu hinterfragen. Nils lässt ihre Mauern bröckeln, und Anna steht vor der Wahl, ihre Träume und Ängste weiter zu verdrängen und so zu leben wie bisher oder das eine zu tun, vor dem sie am meisten Angst hat: Jemandem zu vertrauen. Genau in dem Moment, als sie endlich lernt, loszulassen, verändert sich plötzlich alles, und Anna steht erneut vor einem scheinbar unüberwindbaren Scherbenhaufen...

Immer der Liebe entgegen

Hanna Holmgren

Frisch getrennt von ihrem Freund verlegt Maja ihren Arbeitsplatz kurzerhand für vier Wochen auf die Sonneninsel Rügen. Als sie an ihrer Unterkunft ankommt, wird sie völlig ungläubig von Bent, dem gutaussehenden Besitzer des Hofes, in Empfang genommen - denn die Wohnungen werden eigentlich nicht mehr vermietet. Schnell wird klar, dass Bents Tante Fine ihre Finger im Spiel hat. Charmant überredet diese Maja, zu bleiben und gemeinsam mit ihr die verstaubten Wohnungen heimlich aus ihrem Dornröschenschlaf zu erwecken. Als Bent davon Wind bekommt, ist er gar nicht begeistert. Maja will schon aufgeben und sich eine andere Unterkunft suchen, doch dann passiert etwas, das sie zum Bleiben bewegt.

Vier ereignisreiche, emotionale und sonnige Wochen auf Rügen beginnen, die am Ende nach einem ganzen Leben schmecken - wäre da nicht Bents komplizierte Vergangenheit...